KRAKOWIAK

RUTH FRUCHTMAN

Die Arbeit an *Krakowiak* wurde durch ein Aufenthaltsstipendium der Kulturstiftung der Länder für die Villa Decius, Kraków, ermöglicht.

Für Adam Mol

Now I am terrified at the Earth, it is that calm and patient,
It grows such sweet things out of such corruptions,
It turns harmless and stainless on its axis, with such endless
successions of diseas'd corpses,
It distills such exquisite winds out of such infused fetor,
It renews with such unwitting looks its prodigal, annual, sumptuous crops,
It gives such divine materials to men, and accepts such leavings
from them at last.

aus: This Compost
– Walt Whitman (1819-1892)

Trockenes Reiben am Fenster. Hinter der Gardine verzweifeltes Flattern. Ein Nachtfalter schwankt hin und her, zappelt zwischen den Fensterscheiben, draußen und drinnen. Trockenes Reiben der Flügel am Glas. Sie stößt das Fenster auf, er will nicht hinaus, er will herein, schwingt sich hinauf ins Licht. Zieht Kreise, schnellt wippend von einer Lampe zur andern, fällt auf den Tisch. Fliegt wieder hinauf zur Leuchte. Dann wieder hinunter, verschwindet aus dem Blickfeld. Sie löscht das Licht, hört, wie er sich im Dunkel gegen die Wand wirft. Die Wand mit seinen braunen Flügeln schlägt. Dürres Knistern. Trocken windig. Fällt.
Brechungen. Das Fensterglas zeichnet Wellen über die Landschaft, die Fichten neigen sich, hängen schief. Schlieren verkrümmen das Glas. Grobkörniges, sprödes Land, knorrige Kiefern und Wasser auseinandergezogen. Die Weichsel stockt, die Wellen bleiben auf ihrem Höhepunkt gefangen.
Auf der Straße am Ufer fahren Autos. Lautlos. Zielbewußt. Abends fahren sie zurück, nehmen die Kurve, verschwinden. Der Regen fegt herab, spült alles weg. Die Landschaft löst sich in speckige Streifen auf, wird schwarz, hinter den dunklen Scheiben ist nichts mehr. Nur Nacht, wie am ersten Schöpfungstag, bevor alles aus dem Chaos hervorgeholt, gestaltet wurde.
Die Entdeckung damals – Marias Haus, Marias Familie. Fühlung nehmen, wird Esther es später nennen.
Gruppenbild. Drei Frauen auf dem Rasen. Die älteste serviert den Tee; schwarzgekleidet – selbst als Cezary noch lebte, trug Elwira oft Schwarz – die welligen grauen Haare umrahmen ihr Gesicht, Elwira ist füllig, ihre matte Haut faltig. Sie ist klein von Gestalt; Maria und Jolanta überragen sie schon lange. Jolanta ist schlank, nervös, kann kaum still halten auf dem Stuhl, unruhiger lachender Mund. Schwebendes. Spätsommer, drei Frauen im Garten. Sie atmen den Duft der Rosen ein, der letzten Rosen jenes Jahres.
Drei Frauen – und Esther Blu, eine Zuschauerin. Ein Voyeur?

Windstille, eine Tasse klirrt, leise Gespräche. Ein Gefühl von Endlichkeit und Ewigkeit. Wenn sie morgen die Stadt K. verläßt, auch wenn sie wiederkommt, deckt sie diese Welt nicht mehr auf. Es wird sie nicht mehr geben. Elwira, die Mutter, schenkt den Tee aus der silbernen Teekanne ein, einer alten, herübergeretteten. En famille, beinahe auch Esthers Familie. Magnolienbäume, Flieder, Zypressen, weiter hinten der Schuppen, wo immer schon die Kinder Versteck spielten, heute Jolantas Kinder, die Kinder der Cousinen und Cousins. Das Haus ist eine Wabe, und der Garten das Paradies. Esther fühlt sich hier geborgen, am Tisch auf dem Rasen, mit den anderen, mit der Geschichte. Hinter dem Garten, weiter unten, windet sich die Straße am Ufer der Weichsel entlang, grünblau leuchtend im Nachmittagslicht. Der Weg nach Auschwitz führt durch diesen Garten, geradeaus, mit dem Autobus oder mit der Eisenbahn kaum zwei Stunden entfernt, mit dem Wagen anderthalb – an ihnen vorbei, haarscharf.

Draußen tobt noch immer die Revolution. Gestern abend, während sie aßen, Chopins *Revolutionäre Etüde* im Radio, für Maria und den Vater davor noch die Messe. Die Musik spielt, sie schauen einander schweigend an. Hoffnung, Verzweiflung. Ein Jahrestag.
Ein Versehen? Ein Zufall?
Im Nachhinein wußte Esther Blu nicht, was sie dorthin zog. Etwas trieb sie fort. Als müßte sie noch etwas entdecken. Ein Pflichtgefühl? Nein, keine Pflicht, einfach ein Gefühl. Das war das Jahr, in dem sie zum ersten Mal die Kraft verspürte, dorthin zu fahren – nach Polen. Das Land des Leidens, in dem so viele ermordet worden waren. Ein dunkler Fleck auf ihrer persönlichen Landkarte.

Wo sie damals arbeitete, im Büro einer westdeutschen Stadt, hatte ihr jemand diese Adresse gegeben. Im letzten Augenblick, vor der Abreise. Sie solle hingehen und anrufen. Das seien nette Leute, hätten öfter Besuch aus dem Ausland. Und schöne Grüße ausrichten, und mitnehmen, was man damals nach Polen mitnahm – vor allem Bücher, Kaffee, Strumpfhosen und Kleidung, ein wenig Schokolade. Die Bücher unten in den Koffer legen, sagen, wenn der Zoll sie fragen sollte, sie gehörten ihr. Die Kleidung sollte allerdings bester Qualität sein. Dort sei man sehr stolz, hieß es. Anders als bei den Tschechen und den Ungarn und armen Leuten sonst. Selbst wenn sie kein Brot oder nur wenig zu essen hätten, würden Polen – in diesem Fall die polnischen Frauen – keine schäbigen Kleider anziehen. Esther Blu ging ihre Garderobe durch, suchte ein paar kaum getragene Sachen aus, derer sie sich nicht schämen mußte.
Dann fuhr sie los. Zunächst nach Warschau. Dort ließ sie ihr Visum verlängern; die paar Tage, die, wie sie zuerst gedacht hatte, ausreichen müßten, reichten doch nicht. Sie brauchte mehr Zeit. Sie reiste durchs Land, kam eines Nachts in der Stadt K. an. Sollte zunächst in einem Hotel am Bahnhof übernachten, aber da sie kein Geld mehr umtauschen wollte – sie hatte schon Tausende von Złoty, was sollte

sie bloß mit den vielen Geldscheinen? –, verbrachte sie die Nacht bei Ewa. Ewa, verhärmt, mit blondgebleichtem Haar, das ihr lustlos bis zu den Schultern herunterhing, wartete Abend für Abend mit anderen Frauen vor dem Bahnhof auf Reisende, um ihnen eine Unterkunft anzubieten. Sie fuhren mit einem Taxi, das Esther bezahlte, bis zu Ewas Wohnung. Selbst in den Jahren danach, als Esther Blu die Stadt K. sehr gut kannte, beinahe so gut wie ihren eigenen Körper, kam sie nie dahinter, wo genau Ewa wohnte. Die Nacht war sternenlos; sie fuhren und fuhren, es schien bis ans Ende der Welt. Die Gegend war verwahrlost wie Ewa selbst. Esther sollte im Wohnzimmer schlafen, Ewa in der Küche. Das Handtuch, das ihr Ewa anbot, war die erste – oder die zweite – Hälfte eines normalen Handtuchs gewesen, entzweigeschnitten und der rauhe Rand wieder glatt vernäht. Esther rieb den Stoff, fühlte ihn zwischen den Fingern, fadendünn, schon hundertmal gewaschen. Der Tee, den sie vor dem Schlafengehen und in der Frühe wieder trank, die zahllosen Schnitten mit hartgekochtem Ei, die Ewa ihr vorsetzte und sie zu essen drängte, die paar Stunden Schlaf auf dem Sofabett.

Vor dem Schlafen schaute sie aus dem Fenster auf die Nacht, die gebrochenen Steinplatten, die Schatten der Bäume.

„Nein, nein! Fenster schließen. Gefahr! Gefahr", mahnte Ewa mit Augen und Händen.

Esther Blu schaute auf das Dunkel draußen, das unendlich war, und fragte: „Wo ist Auschwitz?"

Weil ihr dies gerade an diesem Ort die natürlichste Frage erschien.

„Ach nein! Ach nein!" Ewa erschrak.

„Ist es hier in der Nähe?" Es wird nicht weit sein. Mit dem halben, abgewetzten Handtuch, am Ende der Zivilisation, so wie Esther Blu sie bis jetzt gekannt hatte.

Ewa schauderte. „Gehen Sie nicht dorthin. Ein trauriger Ort, ach, wie traurig." Wieder ein Schaudern.

Am nächsten Vormittag, lichtlos und dunstig, wieder nach dem Tee, den Frühstücksbroten, den gleichen wie am Abend zuvor, suchte sie mit Ewa eine Telefonzelle auf und wählte die Nummer.

Eine junge Frau antwortete, sprach gebrochen englisch, sagte, sie habe erst vor drei Wochen entbunden, Esther solle kommen, sie könne dort wohnen. Ihre Schwester Maria würde sich freuen, weil Esther auch französisch spreche, und Maria nur italienisch und französisch und sich sonst mit ihren ausländischen Gästen nicht verständigen könne.

Esther Blu verabschiedete sich von Ewa für immer, stieg in ein Taxi. Mit den Büchern, noch etwas Kaffee und der gebrauchten Kleidung guter Qualität.
Sie fuhren quer durch die Stadt, am Bahnhof vorbei, auch am Hotel, in dem sie hatte übernachten wollen; im Vormittagsnebel wirkte es einladender als am Abend zuvor. Sie fuhren weiter, bis sie offenbar wieder die Stadtmitte hinter sich gelassen hatten und ein ganz anderes Viertel erreichten, heruntergekommene Bürgerhäuser, üppige Bäume, links die Weichsel, rechts an einem Flüßchen vorbei, sie bogen ab, fuhren eine schattige Straße steil hinauf, bogen wieder ab, hielten vor einem riesigen Haus im Jugendstil. Esther Blu verstand, daß sie nun angekommen war.
Sie stieg aus dem Auto, zahlte, bedankte sich: *Dziękuję,* dschenkujee. Bevor sie die Reise antrat, hatte sie drei Lektionen Polnisch durchgearbeitet.
Das Eingangstor halb offen, zum ersten Mal geht sie den kurzen Weg durch den Vorgarten bis zur Haustür, klingelt.
Die junge Frau, mit der sie telefoniert hat, öffnet die Tür, heißt sie willkommen. Sie spricht Esther mit Vornamen an, stellt sich vor: Jolanta. Führt Esther durch eine große gemütliche Wohnküche, die gerade geputzt wird, hinunter ins Gartenzimmer.
„Kaffee", sagt Jolanta, „möchten Sie Kaffee?"
„Ja, bitte", antwortet Esther schamlos, trinkt fast die ganze Kanne leer, während sie unten im Gästezimmer – das eigentlich Pawełs Zimmer ist, aber ihn kennt sie noch nicht – auf die Blumen und Sträucher hinausschaut. Fühlt sich gleich wie im Paradies.
Noch ist Maria nicht da, sie wird für den Abend erwartet. Hat nämlich einen Reisepaß erhalten und ist nach Rom gefahren. Noch ist Maria nur ein Name, wie Paweł anfangs auch.
„Paweł kommt heute abend zurück", verkündet Jolanta voller Freude. Esther lächelt höflich, fragt sich, wer das wohl sei, dieser Paweł.
Noch sitzt sie unten in seinem Arbeitszimmer an seinem Schreibtisch, schaut aus dem Fenster auf den Garten.
Weiß noch nicht, daß dieses Haus an dem Weg liegt, der nach Auschwitz führt. Ahnt es nicht einmal.
Später, an jenem ersten Nachmittag, fährt sie mit der alten blauen Straßenbahn in die Stadt, zockelnd und ächzend durch die Gassen. Jolanta hat ihr erklärt – sie entschuldigt sich immer wieder für ihr schlechtes Englisch –, wie Esther zur Straßenbahnhaltestelle komme, wo sie die Fahrkarte lösen könne, in welche Bahn sie

einsteigen und wo genau sie aussteigen solle. Esther hält sich an ihre Anweisungen, sie hat auch einen Stadtplan, blinzelt immer wieder darauf, und als sie das Barbikan erreicht, steigt sie aus und läuft zum Großen Markt. Der riesige, fast menschenleere Platz voller Türme und Zinnen, Paläste und Kirchen, im fahlen Nachmittagslicht. Herbstdämmerung. Unter verwaschenen Parasolen sitzen alte Blumenverkäuferinnen, von Tauben umgeben, bieten Rosen und Chrysanthemen an. Graue Fassaden glühen kupfern. Alles seltsam unberührt, wie vorgestern, wie vor fünfzig, sechzig Jahren. Vor hundert Jahren vorgestern. Die gelben Laternen, schon jetzt am Spätnachmittag angezündet, unter den Füßen raschelnde Blätter. Die erste herbe Luft des Jahres. Da hat alles angefangen – ihre Liebe, ihre Sehnsucht, ihre Leidenschaft. Zu dieser Stadt, zu diesem Land.

Sie läuft durch alte Gassen, an Grünanlagen vorüber, sieht die Leute in den Läden Schlange stehen, auf etwas warten, sieht die leeren Regale. Manchmal, wie vorher auch in Warschau, schaut man Esther unsicher an, schielt verlegen auf ihre fremd wirkende Kleidung; Pumphosen scheinen in Polen noch unbekannt zu sein. Aber Esther lächelt beruhigend, und die Leute lächeln sie dann auch an.

Sie platzte in ihr Leben hinein. Vor allem in Marias Leben.
Maria, den schweren Rucksack noch auf den Schultern, wurde gleich nach ihrer Rückkehr zu Esther hinuntergeführt. Esther schaute hinauf, sah sie von unten, zunächst im Profil, sie trafen sich auf halber Treppe: „Ich komme gerade aus Rom, ich heiße Maria."
„Und ich heiße Esther", sagte Esther Blu.
Sie schauten einander an, das erste Mal, und Esther hatte schon damals das seltsame Gefühl, angekommen zu sein. Später fragte sie sich, als sie ins bequeme, frisch bezogene Sofabett sank, ob sie nicht doch nur träume.
„Meine Eltern wollen dich kennenlernen", verkündete Jolanta. Am selben Abend oder am Abend danach – Esthers Erinnerung ist verblaßt – betrat Cezary die Küche. Ein hochgewachsener Mann, hager, ein feines, längliches Gesicht.
Als sie ihn sah, verschlug es ihr den Atem. Cezary grüßte sie. Auf Französisch, damals ihre gemeinsame Sprache. Gleich vom ersten Augenblick an gehörte sie ihm, so wie sie Maria bereits gehörte.
Auch dieses Gefühl hatte sie nicht erwartet.

„Ich will nach Auschwitz", sagte Esther am nächsten Morgen. Deshalb sei sie in die Stadt K. gereist.

„Ach", meinte Jolanta, verunsichert. „Ja, das wollen die meisten Leute, die hierher kommen." Sie sah kurz von ihrer Arbeit auf, betrachtete Esther mit ernster Miene: „Maria und meine Eltern waren schon dort", sagte sie, „Paweł auch. Aber ich wollte nicht. Ich war schwanger, und ich dachte, es wird nicht gut für mich sein. Das alles ist sowieso nur sowjetische Propaganda, habe ich mir gedacht."

„Nein", sagte Esther. „Keine Propaganda. Alles wahr. Und von Deutschen gemacht."

Paweł begleitete sie zum Autobus, erkundigte sich nach dem Fahrplan, sagte ihr, der letzte Bus fahre nachmittags um vier, sie dürfe ihn nicht verpassen. Esther nickte, äußerlich ruhig, innerlich erreregt, setzte sich. Paweł verschwand. Der Bus fuhr ab, fuhr zu ihrem Erstaunen fast den gleichen Weg zurück, auf einmal waren sie wieder auf der Hauptstraße, der Straße, von der sie gerade hergekommen war, sie fuhren an der Weichsel entlang, und Esther erkannte die Ecke, wo sie den Hang hinaufgestiegen war, um zu den Freunden zu gelangen. Das darf nicht wahr sein, sagte sie sich. Neben dem Paradies.

Später die Holzhäuser, die Ortschaften, der Birkenwald. Sie erinnerte sich nicht mehr, wie sie den Weg ins Lager fand, vermutlich auf einer gewöhnlichen asphaltierten Straße. Das Museum wurde es dort genannt, und Esther fragte sich, was an der Geschichte museal sein sollte. „Arbeit macht frei" – sie kaufte sich einen Lagerführer, hakte die „Sehenswürdigkeiten" eine nach der anderen ab, sofern sie sie überhaupt finden konnte. Nicht angegeben: der Geruch eines ätzenden Reinigungsmittels, das benutzt wurde, um einen noch unheimlicheren Geruch zu übertünchen; nicht angegeben, die grünlichen Wände der Baracken von Auschwitz I. Sie sah die Aufnahmen der Gefangenen: frontal, Profil, Hinterkopf, Hunderte, Tausende, an den Wänden – Männer, Frauen, Kinder. Taumelte von einer Baracke in die nächste, treppauf, treppab. Beim Anblick der Kinderkleidung kamen ihr zuletzt die Tränen. Sie trat an ein Fenster, blickte hinunter auf den Hof. Die anderen Besucher beäugten sie, sie spürte ihre Blicke. Hatten sie sich so daran gewöhnt, daß keine Tränen mehr kamen? Oder fiel ihnen nur wieder ihre Pumphose auf? Sie stieg hinunter in die Kellerräume, kroch hinein in die Enge der „Käfige", in die drei Menschen zusammengepfercht wurden, Platz nicht mal für einen.

Auf einmal Gesang. Eine Gruppe polnischer Männer und Frauen, von einem Priester geleitet, ging gerade vorbei, Esther folgte ihnen, sie

sangen und beteten das *Vaterunser*, feierlich, aufrecht. Etwas verband sie in diesem Augenblick mit ihnen. Unverhofft. Hatte von ermordeten Polen bis dahin nichts gewußt, nur von ermordeten Juden, und hier waren sie, zehntausende Gesichter an den Wänden, Tausende von Nummern säuberlich abgetippt auf endlosen Listen. Ziffern, nur Ziffern – ihre Gemeinsamkeit.
Alles davor nur Hörensagen, alles davor nicht wirklich. Erst jetzt Wirklichkeit.
Sie schaut auf die Uhr. Muß jetzt unbedingt nach Birkenau, wenn sie rechtzeitig zurück sein, den Autobus nicht verpassen will. Auf dem Rasen fressende Raben, ihr dumpfes Krächzen. Wie im Winter. Es ist erst August. Oder sind es doch nur Krähen? Zwischen Krähen und Raben weiß Esther Blu nicht so genau zu unterscheiden. Quer über die Felder, die die beiden Lager voneinander trennen, darf sie nicht laufen, sie geht auf der Straße, macht den langen Umweg, an Fabriken vorbei, *Buna Werke*, Schlote, die aschbleiche Luft. Wie damals? Alles wie damals?
Als sie die Rampe in Birkenau erreicht, ist es schon spät. Die Tür der ersten Holzbaracke knarrt. Sie ist allein. In Birkenau allein. Aus ihrer Lektüre erkennt sie die Backsteinpfeiler, die wie abgebrochene Schornsteine aussehen, verstümmelte Finger. Ist das Kanada? Oder heißt es hier Mexiko? In den Teich schütteten sie die Asche, liest sie an der verblichenen Tafel. Menschenstaub. Weit entfernt ein fremder Mann. Sonst niemand. Wieder schaut sie auf die Uhr, sie muß sich beeilen. Der Weg zurück dauert länger. Noch fressen die Raben das Gras. In der Stadt K. gibt es keine Raben.
Sie erreicht die Haltestelle. Es ist schon vier vorbei, und außer ihr steht hier keiner. Sie wartet. Der Autobus kommt nicht. Nur ein Taxi, dessen Fahrer einen unverschämten Preis in Westmark verlangt.
Per Anhalter muß es denn sein; sie streckt die Hand aus. Die Autofahrer und ihre Passagiere fahren blicklos an ihr vorüber.
Da fällt Esther der Satz ein: Auschwitz sei auch für sie gebaut.
Das wissen vermutlich die Autofahrer. Sie fröstelt. Es ist schon fünf, und der Autobus wird nun nicht mehr kommen. Was nun?
Dworzec? fragt Esther Blu. Bahnhof?
Man weist ihr die Richtung. Die Straße ist weiß von Staub. Noch immer vorbeieilende Autos, die nicht halten. Wieder der Taxifahrer, derselbe, mit seinem unerschwinglichen Angebot.
Am Schalter fummelt sie im Wörterbuch. Die Angestellten lachen, verstehen nichts. Aber der Zug fährt; er fährt, und Esther läßt sich in

der Ecke eines Abteils nieder, stöhnt auf vor Erleichterung.
Die Landschaft schwindet.

Als sie zurückkam, öffnete Cezary die Tür. Es war schon dunkel, das Haus war still. Elwira war unten in ihrer Wohnung, Jolanta bei der Cousine.
Er stand im Flur, sah Esther ins Gesicht: „Ich weiß, wo Sie heute waren. Darüber wollen wir nicht reden." Sagte dann: „Sie sind bei Maria eingeladen."
Erst im Nachhinein verstand Esther, daß dies kein Zufall war; sie hatten sie erwartet. Mühsam stieg sie die Treppe hinauf, trat bei Maria ein. Sie setzte sich an den Tisch, unter die Lampe; in der Küche mußte es gewesen sein. Sie kann sich nur noch an den Lampenschein erinnern, und daß der Raum klein war – drinnen nur sie, Maria und Cezary.
Sie redeten. Natürlich redeten sie. Alle drei sprachen sie die gleiche Sprache, in seltsamem Einklang. Esther Blu teilte die Welt auf; in die, die diese Sprache verstanden, und die anderen, die sie nicht verstanden. Maria und Cezary verstanden sie. Die Sprache heißt die Auschwitz-Sprache.
Er habe Glück gehabt, daß er damals nicht selber dorthin gekommen sei, sagte Cezary. Glück, daß man ihn nicht erwischte, als er auf der Straße stand, in der gerade eine Razzia im Gang war. Glück, daß er nicht in der Stadt K. war, sondern auf dem Land, wo er seine eigenen Kämpfe führte – von denen er nicht erzählte und nach denen sie ihn nicht fragte.
Als die Deutschen die Stadt K. besetzten und zum Hauptquartier des Generalgouvernements machten, setzten sie Cezary, seinen Bruder und die Eltern auf die Straße und zogen in deren Haus ein. Sorgfältig fügte Esther die Mosaiksteine zusammen. Cezary und sein Bruder waren bei der AK, der Heimatarmee, oder der Bruder war bereits im Exil, sie mußten untertauchen. Noch war Elwira nicht in der Stadt K., noch kannte sie die Brüder nicht. Erst nach Kriegsende zog sie aus Warschau hierher, vielleicht wegen ihrer Ausbildung, unterbrochen durch den Krieg.
Nach den Deutschen kamen die Kommunisten. Nun besetzten sie ihr Haus, zogen nahtlos ein. Die Familie durfte die Wohnung unten behalten, wo später die Eltern allein wohnten. Heute drei Generationen im gesamten Haus: Großeltern, das junge Ehepaar, und bald danach Maria. Maria, und später die zweite Tochter, Jolanta. Möglich, daß das Haus bis dahin eine große Villa geblieben war, möglich, daß erst die Kommunisten es mit Türen versehen, in Wohnungen aufgeteilt hatten. Möglich.

Marias Leben fing in der unteren Wohnung an. Diese bestand aus zwei großen Zimmern und einem Wintergarten, in dem auch Esther immer wieder gesessen und mit Cezary weitläufige Gespräche geführt hatte. Maria hatte immer nur in diesem Haus gewohnt, in diesem wunderbaren Labyrinth aus Türen, Treppen, Zimmern. Sie ging in den Kindergarten, ging zur Grundschule. Lernte lesen und schreiben. Lernte beten. Ging mit den Eltern und Großeltern in die Kirche. Lernte beichten, Katechismus. Jolanta wurde geboren, wurde getauft. Ging in den Kindergarten, ging zur Grundschule. Jolanta rank und weinerlich, versponnen, Tochter der Mama. Maria, mit runden Konturen und spitzem Kinn, gehörte dem Vater. Von Anfang an. Scheinbar munter, bodenständig. Esther hatte nie nach einem Kinderfoto gefragt, wollte kein Bild aus Marias Kindheit sehen. Der Anblick würde etwas für sie zerstören, eine neue Wirklichkeit schaffen, aus der sie ausgeschlossen war.

Später, die Erste Heilige Kommunion: zwei Gottesbräutlein, weißgekleidet, Kränzchen in den Haaren. Die Schwestern, im Alter drei Jahre auseinander, stritten sich viel, hatte Esther gehört. Kein so schlechtes Mädchen, die Jolanta, erklärte Maria einmal, in einem Anflug von schwesterlicher Liebe. Die Mutter brachte wohl beide Töchter jeden Tag in den Kindergarten, später in die Grundschule. In der kommunistischen Zeit, kurz nach Stalins Tod mußte es gewesen sein, an matten Tagen und Vormittagen, liefen sie an verrußten Gebäuden vorbei, heruntergekommenen, einst eleganten Bürgerhäusern mit gewundenen Balkons, wo der Himmel auf der Stadt lastete, rauchig und schwer. Kommunistische Tage und Nachmittage, sagte Maria, wenn der bleierne Dunst Türme und Häuser stahlgrau verfärbte.

Jolanta ist schmalgliedrig, lacht viel. Ein breiter, zuweilen trotziger Mund, blaue Augen; die dunkelblonden, fein gekräuselten Locken stehen ihr ab vom Kopf wie ein Heiligenschein. Jolanta, künstlerisch und zart, will vor allem leben, will nicht zu Hause angekettet sein, sie will, daß man ihre Bedürfnisse wahrnimmt. Man, das ist ihre Umgebung, ihr ganz persönliches Umfeld – Paweł, Elwira, auch Maria. Alle hassen sie den Kommunismus, Jolanta haßt ihn mehr.
Der Kommunismus hindere sie am Leben. Sie könne sich keine hübschen Sachen kaufen, keine Schuhe, sie sei auf Geschenke aus dem Ausland angewiesen oder müsse ihre Kleider selber nähen.

„Für Pat ist Polen ein angenehmes Land“, klagt sie verbittert. „Sie kann, wenn sie will, immer wieder nach England.“ Pat ist die Frau des Cousins auf der ersten Etage. Auch Jacqueline gefällt das Leben hier. „Sie fährt jedes Jahr nach Paris, kauft dort ein.“ Jacqueline ist mit Marek verheiratet, dem Cousin, der in der Altstadt wohnt.
Der Kommunismus habe Jolanta die Jugend gestohlen. Ihr Zuhause und die Verpflichtungen sind, solange die Kinder noch klein sind, das eine Gefängnis, das enge, heimische. Um sie herum das große. Unüberwindbar.

Jolanta sitzt an der Nähmaschine. Esther steht ratlos in der Wohnküche neben ihr. Es ist der zweite Tag ihres Aufenthalts in jenem ersten Jahr, und weil sie Jolanta nicht zur Last fallen will, hat Esther gerade abgespült. Sie will dazu gehören, zu dieser Welt, dieser Familie, sie will nicht außen stehen, nur als Zuschauer, obwohl sie in zwei Tagen wieder abreist.
Jetzt ist sie mitten drin; auch die Revolution wird zu ihrer Revolution. Spätnachmittag: Jolanta, Paweł und Esther sitzen zusammen in der Küche. Hinter den vergitterten Fenstern der verwilderte Vorgarten. Sie schauen einander in die Augen, verstummen. Paweł hat ihr von den Stapeln Druckpapier in seinem Zimmer erzählt. Von den Verhaftungen, wenn er erwischt würde. Wer weiß, ob und wann sie wieder hier zusammensitzen werden. Bald fährt sie weg, die anderen bleiben. Sie ist nur eine Reisende.

Esther kommt wieder an. Mit dem Taxi, vom Bahnhof. Sie hat den Nachtzug genommen, ist die Nacht durchgefahren. Es gibt nur diesen einen direkten Zug. Sie kommt frühmorgens an, im schwülen Sommerdunst. Außer den Geldwechselstuben vor dem Bahnhof schläft alles noch. Der Taxifahrer findet weder die Straße noch das Haus. Sie sagt ihm mehrmals, wo er rechts abbiegen müsse, nach oben fahren und auf der anderen Seite des Hanges wieder hinunter. Mit dem Auto erreiche man das Haus nur von oben, nicht von unten. Esther zahlt, viel mehr als sie sollte, wird Maria später bemängeln, aus Sorge, Esther würde sich über den Tisch ziehen lassen. Es ist die Zeit der Währungsreform, wo Fehler allzu leicht passieren. Esther wird ihr nicht sagen, wieviel genau sie dem Fahrer gegeben hat.

Steigt aus. Nimmt den Koffer. Öffnet das eiserne Tor zum Vorgarten, betritt die holperigen Platten des Gartenwegs, stößt die Haustür auf. Alles ist ihr vertraut. Die zerbröckelnden Fliesen auf dem Gartenpfad, die schäbig schwarze Haustür, die immer offen steht, im Haus Schweigen. Alle schlafen noch. Außer Maria. Maria wartet auf sie, trinkt in der Küche wohl schon Kaffee, die Zeitung vor sich ausgebreitet auf dem Tisch, oder sie arbeitet bereits an einer Übersetzung, bevor der Junge aufsteht. Esther tritt ein, steht im Flur, sieht wieder an den Türpfosten der untersten Wohnungen die Namen von Elwira und Cezary, von Paweł und Jolanta, sieht die weißgetünchten Wände im Treppenhaus, steigt die kahlen Steinstufen hinauf. Da wohnt der erste Cousin, dort wohnt die Cousine, Maria wohnt ganz oben, unter dem Dach. Esther hat sich verschätzt, es sind nur zwei Stockwerke, keine drei. Schon sieht sie den Eingang vor sich, noch eine Treppe, die Wände sind nackt wie das letzte Mal und das Mal davor, sie ist dankbar, es hat sich nichts verändert. Beklemmung, Aufregung, Freude.
Der Koffer ist schwer, aber sie fliegt mit ihm nach oben. Steht jetzt schon am Eingang, drückt auf die Klingel. Im Flur Fahrräder, Körbe, Haushaltsgerümpel. Sie wartet. Schritte nähern sich. Die Tür wird geöffnet.
Maria steht vor ihr. Strahlend umarmen sie sich, Maria drückt sie an sich. Mit dieser Umarmung und Marias Lachen kommt Esther an; auch sie lacht, sie hört Marias Stimme, wach, warm. Esther tritt ein, und das Wohnzimmer ist, wie es immer schon war. Sie stellt nur kleine Veränderungen fest: Der runde Kaffeetisch mit dem grünen Tuch, der früher am Eingang stand, steht jetzt am Fenster. Sie merkt, sie vergewissert sich, sie atmet ein, sie riecht. Schließt die Augen vor Glück. Sie ist hier. Marias Gegenwart ist wieder ihre Gegenwart.

Auch die Weichsel fließt, wie sie immer schon fließt. Die Autos fahren nicht am gegenüberliegenden Ufer entlang, sondern an diesem. Sie korrigiert ihre Erinnerung. Der Garten ist üppig zugewachsen, voller Birken und Weiden, grün und intensiv, das polnische Grün, *zielony*. Sie schmeckt das Wort, den Laut, auf der Zunge. Géelony, wie Gelee. Auf dem Balkon stehen Blumentöpfe, voller flammend gelboranger Tagetes; vor dem Himmel im Relief.
Wieder schläft sie in Marias Bett. Maria geht nachts ins Wohnzimmer, legt sich auf die Matratze. Das muß so sein, das will Maria so haben, trotz Esthers Protest. Sie liegt und sieht die Landschaft wieder grobkörnig flimmernd verzogen. Wie gepreßte Blätter unter Glas. Sie spürt das feste Rosenholz des Bettgestells, fühlt um sich die weiche Baumwolldecke, die sie einhüllt, riecht die würzigen Düfte der Schränke und Stühle, sieht wieder an der Wand die Bilder, auch Bilder von Cezary. Bilder der Vergangenheiten, die auf sie herunterrauschen.

Die Gespräche mit Cezary behält Esther noch lange in Erinnerung, selbst jetzt, als es ihn nicht mehr gibt. Er nicht mehr da ist, verbessert sie sich, denn Cezary wird es immer geben, solange Maria lebt. Und sie selber. Und Elwira. Mein Mann, sagt Elwira gelegentlich. Sie werden ihn nie vergessen, er ist also nicht gestorben. Nur weggegangen, wie auf dem Bild, das Marias Sohn Jan von ihm gemalt hat; Cezary kehrt ihnen den Rücken und geht seinen Weg. Entfernt sich. Wohin der Weg führt und sie ihm nicht folgen können.

Old Poland, sagte die Bekannte, Anja hieß sie, die später bei Esther in Berlin vorbeikam. Sagte verächtlich Altpolen und war doch selbst Polin, allerdings eine kritische, oppositionelle, keine Verliebte. Eine Stimme des alten Polen, erklärte Anja, als sie sich Auszüge aus den Gesprächen mit Cezary anhörte. Esther hatte diese ersten Gespräche mit ihm aufgezeichnet, sie war stolz auf sich, auf ihn, sie spielte sie der Bekannten vor. Das eine Mal, und danach nie wieder.
Esther schwieg, als die dürre Anja spitz und rechthaberisch ihren Satz zu Ende führte. Lachte nur einmal hilflos auf, dann sagte sie nichts mehr. Wollte von Cezary nichts mehr preisgeben. Kroch wieder in sich hinein, behielt ihr Polen für sich, ihre Bilder der Stadt K., ihre Stimmen, ihre Gesichter. Mußte sie vor der besserwisserischen Anja schützen, die tatsächlich alles besser wissen mußte als Esther, weil sie dort aufgewachsen war und dort noch immer lebte. Dort – wenn Esther an Anja und Warschau dachte – war auf einmal weit weg, es waren

andere Welten, Anjas Warschau und Esthers Warschau: Anja dort als Kind, Anja, die Solidarność und das Kriegsrecht erlebt hatte, Unfreiheit immer noch, ihr täglich Brot. Anjas Zeitrechnung war eine andere als die von Esther; es hieß vorher und nachher, sie hatte durchaus ein Recht, sich so zu äußern, und Esther mußte hinhören, ob sie wollte oder nicht, um zu erfahren, was hinter dem Eisernen Vorhang wirklich vor sich ging. Aus Anjas Sicht. Esther stellte, um ihre Wirklichkeit zu schützen, eine Glaswand auf zwischen sich und Anja.

Cezary, sensibel, feinfühlig. Esther sieht ihn vor sich. Damals muß er Anfang sechzig gewesen sein, schon weißhaarig, doch noch nicht alt. Keine Verliebtheit, ihre Gefühle für ihn, vielmehr eine Liebe. Auf den ersten Blick, wie zu Maria, eine Form von Liebe.
Eine Sympathie, die verbindet. Selbst wenn er mit Esther ungeduldig wird, bleibt die Sympathie zwischen ihnen erhalten. Oder bildet sie sich das nur ein, zum Trost? Ist Cezary nur höflich? Er zeigt seine Ungeduld nicht, läßt Esther sie nicht einmal spüren. Sie spürt sie trotzdem. Oder nur ihre Ungeduld mit sich selbst, ihre unsägliche Ignoranz. Wie sie sich einbilden könnte, sie wüßte über dieses Land auch nur irgendetwas.
Cezary erzählte, erzählte, bis er heiser wurde und Herzklopfen bekam. Er erzählte ihr von der *szlachta*, der Aristokratie. Von den Bauern und vom fehlenden Mittelstand, den vor allem die Juden damals ersetzten. Von den Pächtern und den Stadtmusikanten, von den Bankiers, den Industriellen, er zeigte ihr Bilder der jüdischen Maler, die Gemälde von Maurycy Gottlieb, der fünfundzwanzigjährig starb. Von Markowicz, von Kramsztyk. Sie sah, wie die Juden einmal im Jahr, am Neujahrstag, Töpfe und Hausrat im Fluß reinigten, die symbolische Reinigung von ihren Sünden. Er erzählte ihr von den geistigen Strömungen, von Kunst und Literatur, alles, was sie, Faulpelz, aus Büchern und Archiven, wenn nicht aus dem eigenen Leben, der eigenen Kultur, hätte erforschen sollen. Ich forsche im Leben, sagte sie oft, nicht im Staub. In wessen Leben, drängte sich die unbequeme Frage auf und blieb, wie andere Fragen, unbeantwortet. Cezary erzählte ihr vom Leben damals. Vom Mittelalter bis ins neunzehnte, ins zwanzigste Jahrhundert hinein. Nur von seinem Leben erzählte er wenig.

Sie bedrängte ihn mit ihren Fragen. Ihren dummen Fragen. Er ließ es zu, beschwerte sich nicht. Nur ein einziges Mal bat er sie um Rücksicht wegen seines Herzens.

Seine Gesundheit war zerbrechlich. Doch er verwirklichte seine Pläne, hatte für Elwira und die Familie nur wenig Zeit. Das hörte sie aus Marias wenigen Sätzen heraus: „Du würdest meinen Vater hassen, wenn du ihn kenntest."

Esther kannte nur seine vornehme Gestalt, den weichen Klang seiner Stimme. Wenn er lächelnd im Theater die Hand auf ihren Arm legte, um ihr das Stück zu erklären, weil sie sonst kaum etwas verstanden hätte.

Selbst wenn sie ihn nicht ausfragte, trieb sie Wunden in seine Seele. Er erinnerte sich. Obwohl er nichts sagte, fiel ihm vieles wieder ein. Seine Geheimnisse.

„Warum interessiert Sie diese Geschichte?" fragte sie ihn. „Warum tun Sie das? Für wen?"

Cezary zögerte. „Mein Vater war Nationalist", sagte er nur.

Dieses Mal bedrängte sie ihn nicht. Schweigend saßen sie nebeneinander in Marias Zimmer; in jenem Jahr kamen viele Bekannte zu Besuch, die Kinder luden ihre Freunde ein, und Esther und Cezary hatten sich an den einzigen Ort zurückgezogen, der ihnen ein wenig Zuflucht bot. Keine peinlichen Fragen. Jemand anders hätte weiter geplappert, hätte ihm womöglich das Messer ins Herz gestoßen. Esther hielt sich zurück, sann nach. Immer wieder fiel ihr der Name Jaworzyński auf, offenbar war die Familie sehr bekannt. Vielleicht war Cezarys Vater in den dreißiger Jahren Abgeordneter im Sejm gewesen, gar derjenige, der die Auswanderung der Juden nach Palästina verlangte. Oder nach Madagaskar?

„War dein Großvater Parlamentarier?" fragte sie vorsichtig Maria.

„Nein", antwortete sie schlicht, „er war Dichter."

Sie konnte nicht fragen. Sie sollte einfach in die Bibliothek gehen und suchen. Ein schlechtes Gewissen, schon bevor sie anfängt. Hinterrücks, Maria hinters Licht führen, kein Recht, aus Freunden Figuren zu machen.

Über die eigene Familie, den eigenen Großvater sollte sie forschen. Marias Familie geht sie nichts an. Doch sie braucht sie. Damit sie Cezary versteht, Cezary erkennt, selbst jetzt, da er nicht mehr lebt. Die anderen, sinnlosen Fragen, die sie ihm stellte und die er geduldig beantwortete, bis ihm der Atem ausging.

„Wir lebten aneinander vorbei", sagte er nur, „sie hatten ihre Sprache, ihre Bräuche. Sie sahen uns nicht, wir sahen sie nicht." Die Juden.

Sie wünschte, es wäre anders gewesen. Vielleicht täuschte er sich, und es war tatsächlich anders. Schon wieder muß sie die Geschichte

zurechtbügeln, ihre Lieblingsbeschäftigung. Es war nicht anders. Zumindest nicht für Cezary.
„Ich geh zum Juden", erklärt Jolanta, wenn es sich um preiswerte Kleidung für den Winter handelt und sie einen neuen Mantel braucht. Meint damit den alten Markt, den man den jüdischen Markt nennt, weil früher die Juden dort ihre Ware verkauften und man sich heute noch an bestimmten Tagen einen guten, nicht zu kostbaren Mantel ergattern kann, wenn auch schon lange nicht mehr bei jüdischen Händlern. Gehma zum Juden! „Das sollten Jolanta und meine Mutter sich vielleicht abgewöhnen", sagt Maria. Es ist ihr irgendwie peinlich. „Ich wünschte tatsächlich, daß solche Ausdrücke aus der Sprache verschwänden", sagt sie.
Wieso denn? Esther wundert sich. Das ist nur ein Zeichen dafür, daß wir lange zusammengelebt haben. Ein Zeichen dafür, daß die Geschichte bleibt, noch nicht vergessen ist. Sie hängt uns nach. Im Nacken. Ich geh zum Juden.

Ob der Sommer 1939 der Sommer Cezarys erster Verliebtheit war oder schon der seiner dritten oder doch nur ein Sommer wie jeder andere? Ein Sommer, der am 1. September jäh zu Ende ging. Obwohl das Wetter im September jenes Jahres schön war. Maria hatte ihr einmal das Foto gezeigt: Cezary, sein Bruder und der Vater, alle vor der Villa auf dem Rasen. Die Villa hatte ein Vordach über dem Eingang und Säulen; es war wohl das Haus auf dem Land, in das sie sich zurückzogen, als die Deutschen kamen. Der junge Mann, der in weißen Hosen auf dem Rasen saß, war Cezary.
Esther stellte sich ihn blond vor, in ihrer Erinnerung waren seine Augen blau, blau paßte auch zu seinen weißen, lässig frisierten Haaren, zu seiner vornehmen, doch nie affektierten Haltung. Polnische Stereotypen, summte ihre innere Stimme.
„Nein, er hatte dunkle Augen", erklärte Maria, das Dunkle betonend, „und mein Vater war früher schwarzhaarig."
„Ein gut aussehender Mann", murmelte Esther nur. Cezary jung, dunkel und braunäugig; besser als jetzt konnte er kaum ausgesehen haben.
„Ich bin in deinen Vater ein wenig verliebt", sagte sie scherzhaft.
Maria lachte. „Alle meine Freundinnen sind in ihn verliebt."
Ein Zweig der Familie stammte aus Armenien, eine Cousine war tatarischer Herkunft. Wenn Cezary dunkle Haare hatte – mit seiner langen, etwas römisch gebogenen Nase – wirkte er mitten im deutschen Rassenwahn sogar ein wenig jüdisch. Das sagte Esther aber nicht.

Cezary wäre im Krieg wirklich gefährdet gewesen.
Der Wohlklang seiner Stimme, das leise Lachen, manchmal auch seine formelle Art des Umgangs, die wirkliche Nähe zu ihm nicht zuließ. Nähe zu diesem anderen Cezary, den Elwira kannte, wenn überhaupt, hatte sonst nur noch Maria.
Cezary und Esther siezten sich. Eine Zeitlang, auf ihre Bitte hin, sagten sie du zueinander, aber er vergaß es immer wieder, und nach einer Weile ließ sie es sein. Es blieb beim Sie. Was Esther insgeheim als einen gescheiterten Versuch betrachtete, sich in die Familie einzuschmeicheln.
Als ob sie zu ihnen gehören müßte, aus Trotz; sie, die Jüdin. Vielleicht hätten sie Esther gern aufgenommen, sie waren froh, wenn sie kam, und wohl erleichtert, als sie wieder ging... Esther selbst führte diesen Satz zu Ende. Sie umarmten sich, grüßten sich, freuten sich; in der ersten Zeit hatte es bestimmt einen gewissen Reiz, daß sie aus dem Westen kam.
Sie gehörte zu ihnen – als ein unvollkommenes Symbol ihrer Vergangenheit, ihrer Geschichte. Keine betende Jüdin, hinter den Männern versteckt. Ohne Kaftan, nicht wie auf den Ölgemälden, den alten Zeichnungen. Keine feilschende Marktfrau, die pfiffig ihre beste Ware anpreist. Keine Jüdin aus seiner Jugend, bei der Cezary eingelegte Gurken gekauft hätte. Er nahm Esther nicht nur als Gast wahr, die ewig Wiederkehrende, die Freundin seiner Töchter, sondern als sie selbst, Esther Blu – eine Stellvertreterin?
Nichts vertrat sie. Sie war einfach da, ab und zu, nicht selten, eher öfter, immer häufiger, intensiver. Je öfter sie hierher kam, desto mehr gehörte sie dazu. Das glaubte zumindest sie.
Cezary saß neben Esther im verdunkelten Saal, alle lauschten sie der warm pulsierenden Musik, israelischer Musik, der modernen jüdischen, nicht mehr dem heißgeliebten, modisch-nachgemachten Klezmer. Esther saß zwischen ihm und Elwira, neben Elwira saß Jolanta. Alle hingerissen, auch Esther, obwohl mehr von der Begeisterung der anderen getragen. Cezarys Gesicht war wie verklärt. Nach dem Konzert hüllte sie draußen der laue Sommerabend ein.
„Die Juden“, seufzte Cezary, als sie zum Auto gingen, „wie soll ich ohne Juden leben?“
Als er es sagte, lächelte er, blickte Esther tief in die Augen.
Esther antwortete nicht, auch sie lächelte nur, im Nachhinein wehmütig. Sie wußte nicht, wie sie seine Blicke deuten sollte. Typisch philosemitisch, seine Bemerkung, peinlich sogar, und sie wünschte,

er hätte es nicht gesagt. Doch er wollte ihr sagen, ja, er wollte ihr sagen: Ich wünschte, all das wäre nicht geschehen. Auch ich leide darunter, nicht nur du.

Cezary – an ihren Fragen zugrunde gegangen, an den Fragen, die sie ihm nicht stellte, und an denjenigen, den banalen, die ihm die Kraft raubten. Sie war ein Störenfried. Obwohl er sich anscheinend freute, sie wiederzusehen, ihr versicherte, daß ihm die Gespräche nichts ausmachen, nur nicht zu lang, nicht zu intensiv, die Ärzte…
Krankmachend, der Gedanke, daß er damals nichts verhindern konnte – das dichtet sie ihm an. Nein, sie korrigiert den Gedanken. Er konnte nichts verhindern. Daß er nicht hinsah, nicht sehen wollte, wegsah. Oder er sah hin, und das war das Schreckliche. Er konnte das, was er sah, nicht verdrängen. Jetzt kann sie Cezary nicht mehr fragen, was er damals sah oder nicht sah. „Die Toten lagen überall", erklärte Jolanta, die es so gehört hatte. Er sah, selbstverständlich sah er. Sie nickte.
Er hätte helfen können und er tat es nicht?
Darüber sprach er nicht.
Er setzte sich hin, las, studierte. Erst jetzt entdeckte er diese Menschen, die früher zu seiner Umgebung gehört hatten und in seiner Kindheit und Jugend so allgegenwärtig waren, daß er sie nicht wahrnahm. Er erkannte sie erst, als sie fehlten.

Diejenigen, die übrigblieben, einige, die nun schon alt waren, liebten ihn. Sie waren froh, daß jemand zu ihnen stand, sich für ihre Geschichte interessierte. Anderen wiederum wäre er zu rechts, zu konservativ. Und dann sein Vater – trotz Cezarys Einsatz für die jüdische Kultur, für die Restaurierung alter Gebäude, verlassener Schuppen, Friedhöfe –, gerade seines Vaters wegen nahmen sie es ihm übel.
Esther konnte es nicht ergründen, dieses ruhige, empfindsame Gesicht, sie konnte darin nicht lesen. Nicht mehr, als er ihr zeigen wollte.
Als er krank war, im Krankenhaus dahinsiechte, von Maria gepflegt – sie brachte ihm jeden zweiten Tag seine Lieblingssuppe –, durfte Esther ihn nicht besuchen. Sie war sowieso nur zufällig in der Stadt. Hatte trotzdem gehofft.
„Du kannst ihn nicht sehen", sagt Maria schroff am Telefon. Esther hört den Schmerz in ihrer Stimme.
„Keiner darf ihn sehen, außer uns, er will nicht", fügt sie mildernd hinzu. Er schäme sich, in seinem Zustand, wolle sich nicht zeigen. Nur seinen Nächsten, seiner engsten Familie.

Esther gehört nicht dazu, das versteht sie jetzt, drückt ihren Schmerz in sich hinein. Hält sich zurück, betet. Doch kein Gebet mehr könnte ihn retten. Nicht einmal die vielen Messen, die für ihn gesungen wurden. Sie hatten zu lange gewartet mit den Hilfen zum Weiterleben – Herzschrittmacher, Beipässe, Herzklappen – alles, was er gebraucht hätte, um sein erschöpftes Herz zu entlasten.
Sein durch ihre Fragen verängstigtes Herz?
Auch das war eine Anmaßung. Esthers Fragen konnten niemanden erschüttern oder ums Leben bringen.
Nicht die Fragen, sondern die Erinnerungen?

Isaak Blaublat war gefangen. Zwischen der auseinanderbrechenden Habsburger Monarchie und der noch zerstückelten polnischen Republik, im Schatten des aufsteigenden Deutschen Reichs. Zwischen gestern und morgen. Weshalb auch später seine Mutter ins Landesinnere flüchten sollte, zwischen dem Krieg von gestern und den Unruhen von heute gefangen.

Auf dem Bild aus der Kleinstadt, wo er herkam, stehen auf der einen Straßenseite niedrige Häuser, schief aneinandergelehnt, unterbrochen durch einen einzigen, zweistöckigen Bau. Gegenüber der Markt; im Hintergrund erkennt man ein geräumiges Gebäude, wahrscheinlich das Rathaus. Die Aufnahme wurde für eine Ansichtskarte verwendet. Ein Jahr, nachdem die Karte verschickt wurde, marschierten die Deutschen ein, zwei Wochen später die Russen, und zwei Jahre danach, 1941, kehrten die deutsche Wehrmacht und die SS endgültig dorthin zurück.

Am Rande des Marktplatzes recken sich Telegraphenmasten und Pfosten, vor ihnen stehen mehrere Menschen. In jenem Augenblick – als sich der Fotograf das schwarze Tuch über den Kopf schiebt, den Hebel herunterzieht, auf den Auslöser drückt – hören sie auf, sich zu bewegen, sind für immer an den Rand des Bildes gebannt. Auch die Kutsche bleibt stehen. In diesem Ort wurde Isaak Blaublat geboren, hier ist er aufgewachsen.

Als das Foto aufgenommen, lebte er längst nicht mehr dort.

Wie alt er war, als er fortging, weiß Esther nicht. Sie hat keinen danach gefragt, und ihn selbst hat sie kaum noch gekannt. Blasse Erinnerungen aus frühen Kinderjahren. Selbst wenn sie ihn besser gekannt hätte, hätte sie ihn nicht gefragt, weil Einwanderergeschichten sie damals nicht interessierten. Angenommen, er wurde geboren, dort irgendwo, in einer Straße hinter dem Markt oder noch weiter weg, und besuchte die Grundschule, die jüdische. Hätte polnische und ruthenische Kinder gekannt, ging mit ihnen zur Schule, hätte sich mit ihnen gerauft. Sie hielt es für viel wahrscheinlicher, daß er eine jüdische Schule besucht hatte, und auch die Hebräischschule, den *Cheder*. Zu mehr als der Grundschule hätte es wohl nicht gereicht. Als großer Gelehrter galt Isaak Blaublat später nicht. Mit fünfzehn oder sechzehn, vielleicht schon mit vierzehn, ging er von der Schule ab und machte eine Lehre, lernte das Tischlerleben kennen, nebenbei ein wenig Schneiderei.

Weshalb er damals wegging? Das hatte sein Sohn Joschua, Esthers Vater, und auch sonst keiner jemals erwähnt. Sie hatte es zumindest nie gehört. Der Pogrom, der als die Lemberger Unruhen, gar die „Ereignisse" oft genannt wird und die Urgroßmutter nach dem Tod ihres Mannes vermutlich zur Flucht bewegte – Esther setzt die Mosaiksteine zusammen, bildet daraus mit ihren Geschichtskenntnissen das passende Muster –, geschah erst später, nach Ende des Ersten Weltkriegs. Fest stand nur, daß Isaak Blaublat weg wollte, und Lemberg war ihm nicht weit genug. Das hat Esther mit ihm wohl gemein. Er wollte weg, ohne Wiederkehr. Alle Brücken abbrechen, alles hinter sich lassen. Das dichtet sie ihm an. Selbst als sein Vater starb, fuhr er wohl nicht wieder dorthin. Keiner konnte das mit Gewißheit sagen, es war niemand mehr da, den sie fragen konnte, ob der Großvater damals zur Beerdigung gefahren sei. Vielleicht hatte der Erste Weltkrieg bereits begonnen, und das war der Grund, weshalb er nicht hinfuhr, nicht einmal für die *Schiwa,* die Trauerwoche, die nach jüdischem Brauch unmittelbar nach der Beerdigung beginnt. Einen seiner beiden Söhne hatte er nach seinem Vater, Esthers Urgroßvater, genannt, Joschua, so daß sie wußte, wann dieser ungefähr gestorben war. Sonst hätte ihr Vater seinen Namen nicht erhalten, um ihn weiterzutragen. Mit dem Namen eines Verstorbenen erbt man auch seine Biographie.

Angenommen, daß er doch hinfuhr: Wie fühlte er sich, als er das kalte Haus wieder betrat, die nach dem Tod seines Vaters entseelten Räume wiedersah?
Seine ganze Kindheit, seine Jugend weggefegt. Wie seine Familie, die Hinterbliebenen, ihn damals wohl begrüßten?
Ob er weinte?
Vielleicht war das sein einziger Besuch gewesen. Oder er fuhr regelmäßig, alle paar Jahre hin, jedes Jahr wieder. Wie Menschen es manchmal tun, wenn sie „weg von zu Hause" sind. Esther allerdings nicht. Isaak Blaublat – später nannte er sich Blu – vermutlich auch nicht.
Briefe wurden bestimmt hin- und hergeschickt. Auch Fotos. Eine winzige Aufnahme, von einem größeren Familienfoto ausgeschnitten, zeigte ihre Urgroßmutter. Ein längliches, fast strenges Profil, das Esthers Vater Joschua geerbt und an sie weitergegeben hatte, üppige schwarze Haare hochgesteckt, ein schmales Lächeln.

Esther Blu hatte den Ort gesucht.
Nicht bewußt, doch immer wieder, stöberte sie in alten Büchern, Fotoalben, und jetzt weiß sie, daß sie ihn seit Jahren gesucht hat. Besonders hier in der Stadt K. ist sie auf einmal ganz nah.

Die Ansichtskarte mit dem Bild der Kleinstadt, fand sie zufällig. Sie sah die Händler im Café und ging auf sie zu. Da saßen sie mit ihren Sammlungen alter Postkarten und Fotografien, und Esther war einfach neugierig. Sie hätte nie gedacht, daß Menschen akribisch Postkarten suchen und sammeln. Ehe sie sich versah, stand sie bereits an einem Tisch. Glatzköpfig, bebrillt hockte der Händler da, unauffällig, ein sandfarbener Teint voller Sommersprossen, auch die paar übriggebliebenen Haare auf seiner Glatze waren sandfarben. Klein und gedrückt schaute er zu Esther auf.
Nein, danke, sie schüttelte den Kopf, seine farbigen Kitschkarten mit den Lilien, Windmühlen und Anemonen wollte sie nicht kaufen, auch nicht die seines Kollegen, der neben ihm saß. Sie wollte weitergehen, blieb aber stehen. Sollte sie fragen? Sie zögerte, fürchtete sich vor der Antwort. Endlich fragte sie ihn, ihr Blick gewollt unverbindlich, ihre Stimme gleichgültig. Er überlegte, und sie wartete. Der Händler, der links von ihm saß, winkte ab. Nein, er habe von dort keine Aufnahmen, das wisse er genau. Der sandige Herr, er war Esther eher unsympathisch, meinte plötzlich: Ja, er habe eine. Nur eine. Aber nicht hier bei sich, sondern zu Hause. Wieder Zögern. Esther überlegte, ob sie sich auf ein Treffen mit ihm am folgenden Tag einlassen sollte. Dann sagte sie zu, notierte sich die Anschrift eines nahegelegenen Cafés, hier im ehemaligen jüdischen Viertel.

Er wird sie reinlegen, Esther wird sich reinlegen lassen, zu viel Geld ausgeben, unter dem Vorwand, immer gibt es einen Vorwand, daß es wirklich nötig sei und sie das Bild wirklich brauche. Sie geht hin. Ein Sonntagvormittag im Herbst, Nieselregen. Sie findet das Café, nicht im modischen Teil des Viertels, wie sie vermutete, sondern abseits. Man würde achtlos vorbeilaufen, wenn man es nicht kennte. Drinnen wie ein grelles Bühnenbild, eine offensive Modernität, den siebziger Jahren nachempfunden; Laternen aus Messing, karmesin-vergoldete Wandtapeten aus künstlichem Brokat. Eine Stimmung beinahe wie im Puff, schrill und diskret zugleich, nur ohne Frauen, außer der einen, geschminkten, dicklichen jungen Dame am Empfang.
Da sitzen schon die Händler, ihre Aufnahmen und Postkarten auf Tischchen ausgelegt. Auch der Sandmann ist da; er sitzt wieder im Nebenraum, offenbar mag er Nebenräume. Er sitzt allein und wartet auf sie. Er verliert keine Zeit, als Esther, die sich schon wie gefangen vorkommt, sich zu ihm an den Tisch setzt. Feierlich zieht er die Ansichtskarte aus seinem Baumwollbeutel heraus. Sie späht hin,

gierig, weiß nicht, was sie erwartet. Esther in ihrem alten blauen Regenmantel. Wie zwei Verschwörer hocken sie nun zusammen. Auf ihre Bitte hin legt er ihr die Karte in die Hand, und sie sieht zum ersten Mal den Markt, die Telegraphenmasten, die schief ineinander gedrückten Häuser. Die Überschrift, der Name, stimmt. Sie dreht die Karte um. Die wilde Hoffnung, dort den ursprünglichen Namen ihrer Familie zu finden, Blaublat, schwindet. Ein fremder Herr schreibt an eine fremde Dame, die sich in einer der Kliniken der Stadt K. aufhält, wünscht gute Besserung und eine baldige Rückkehr. Beide wohnen in der Stadt ihres Großvaters.

„Eine Seltenheit, eine Rarität, dieser Ort", nickt der Händler, stolz darauf, daß er diese eine Aufnahme besitzt, die er ihr anbieten kann.

„Damals wohnte er nicht mehr dort, mein Großvater", versucht sie dem Händler zu erklären, als sie enttäuscht das Datum erkennt, „Es ist viel zu spät." Sie dreht die Karte um und nochmals um. „Auch die anderen Verwandten waren schon fort. Und seine Mutter lebte nicht mehr."

Halbherzig versucht sie ihn runterzuhandeln. Das muß man wohl irgendwie. Vom Preis, der ihr schwindelerregend hoch erscheint, zieht der Händler zehn Złoty ab.

„Noch zehn?" fragt sie.

Er lehnt ab. Bei einer Versteigerung würde er mehr bekommen, murmelt er.

Esther nickt verständnisvoll. Sie gibt nach und vergißt ihn zu fragen, wieso er die Postkarte nicht längst in eine Versteigerung gegeben habe. Er merkt an ihrer Miene, daß Handeln nicht gerade ihre Sache ist. Für Esther entwürdigend. Beim Handeln erkennt man den Juden. Esther überreicht ihm die Scheine, weiß, daß sie für diesen Schnappschuß zu viel Geld bezahlt, redet sich aber ein, daß sie nun ein interessantes Bild besitze, eine Rarität. Dieser Ort historisch wichtig, ihr wichtig.

Später, als sie die Ansichtskarte in der Hand hält, ihre Brille aufsetzt, fällt ihr auf, daß der eine Rand einen Riß hat, den hatte sie beim Kauf übersehen.

Isaak Blaublat brach auf. Er fuhr nach Prag, wo sich bereits sein Cousin niedergelassen hatte. Dort blieb er mehrere Monate, vielleicht ein Jahr, kostete das Leben aus. Er war umtriebig, arbeitete, wollte auf Dauer jedoch nicht bleiben. Obwohl es angenehm war und um vieles besser als das ostpolnische Provinznest, das er verlassen hatte. Besser

sogar als Lemberg, als ganz Galizien. Eine wunderschöne Stadt, soll er später gesagt haben, wenn von Prag die Rede war; seine Augen leuchteten. Ein kurzes Techtelmechtel mit einem Prager Mädchen, munkelte man, sei der Grund gewesen, weshalb er nicht bleiben wollte. Großvater Blu war ein gutaussehender junger Mann, der bei den Frauen Erfolg hatte, fabulierte man später. Auch das eine apokryphe Erzählung. In Esthers kindlicher Erinnerung trug er eine Hornbrille, hatte einen kümmerlichen schwarzen Schnurrbart und das hagere, melancholische Familiengesicht. Setzte bei Wind eine Schirmmütze auf. Seine schwarzen Augen funkelten humorvoll.
Das Techtelmechtel mit dem Mädchen wurde ihm zu heiß, und er reiste weiter, in die Welt hinaus. Vermutlich wollte er sich nicht so früh festlegen, es sei denn, er hätte etwas geahnt. Etwas, was sein Cousin mit der jungen Braut, seiner böhmischen Braut, wie er stolz zu sagen pflegte, damals nicht ahnte. Die Geschichte von der böhmischen Braut hatte Esther ebenfalls gehört; ein Witz ihres Vaters, der, sobald die Frau seines Cousins zweiten Grades erwähnt wurde, anfing, Smetana zu summen. Nur ein Witz konnte es aber nicht gewesen sein, und warum Esthers Vater die Taktlosigkeit besaß, ausgerechnet *Die verkaufte Braut* zum Besten zu geben – der Cousin und seine Braut von damals, seine langjährige Ehefrau, wurden dreißig Jahre später nach Auschwitz deportiert. Sie kamen nicht wieder. Der Großvater hatte zwar Visa für sie besorgt, aber es war zu spät, der Krieg brach aus, und sie saßen fest. Was den frühen Tod von Isaak Blaublat-Blu – er starb sieben Jahre nach dem Krieg an Krebs – möglicherweise zum Teil erklärte. Die Ermordung des Cousins und seiner böhmischen Braut saß ihm in den Knochen. Nistete sich ein. Nahm Geist und Seele gefangen.

Auf dem Weg nach Prag hatte Esthers Großvater in der Stadt K. haltgemacht. Damals wahrscheinlich eine Tagesreise mit der Eisenbahn oder einem Pferdefuhrwerk. Isaak Blaublat war arm, er hatte gespart, um überhaupt wegfahren zu können. Hatte wohl das Geld während der Lehre verdient oder gleich danach. Alles ist Dichtung. Auch war es möglich, daß seine Eltern ihm etwas mit auf den Weg gegeben hatten. Doch nie hatte Esther gehört, daß er aus einer wohlhabenden Familie stamme. Vielleicht hatten sie damals kaum genug zum Essen, Galizien war arm, man war froh, als er ging.
„Er kannte Lemberg", erklärte Esthers Vater einmal. „Vater kannte Lemberg." Hatte er bei dieser Gelegenheit auch die Stadt K. erwähnt?

Sie bildet sich ein, daß er damals gesagt habe: „Und die Stadt K." Sie, als Jugendliche, war dagesessen und hatte es gehört. Aber Joschua Blu lebte nun auch nicht mehr, und Esther konnte ihn nicht fragen, was es mit der Stadt K. auf sich gehabt habe. Allein hatte sie das Gefühl, daß jemand „K." gesagt habe, und es hätte mit dem Großvater zu tun gehabt.

Sie war sicher, daß er hier gewesen war, vielleicht von dieser seltsam heruntergekommenen Schönheit ein wenig gespürt hatte. Etwas davon. Damals war die Stadt noch nicht so grau und schäbig. Noch nicht hatten Krieg und Mord gewütet. Nicht so, wie es später kam.

Wenn sie auf der Starowiślna läuft, sieht sie ihn, jetzt, vor über hundert Jahren, wie er vor dem Eingang der Kameralna stehenbleibt, weil er Sehnsucht nach Theater hat. Waren ihm die Preise damals zu hoch? Wahrscheinlich ging er lieber in verlockende Stoffläden, unterhielt sich mit der Verkäuferin über die Qualität der Baumwolle und des Leinens, berührte mit langen, geschickten Fingern die neuen Muster, befühlte mit seiner Seele die Farben. Schöne *Schmattes*, kopfnickend, feine *Schmattes*.

Er hatte gewiß in der Stadt K. seine Lieblinge. Nicht die Frauen, sondern die Plätze, Gassen; ein bestimmter Balkon in der Krakowska, eine Hausfassade in der Miodowa, der Honigstraße. Wunderte er sich, falls er immer wieder hierher kam, über die kleineren Veränderungen, wenn jemand in seiner Abwesenheit eine Fassade mit einer anderen Farbe, mag sein rosa oder aprikosengelb, gestrichen oder den Stuck aufgefrischt hatte? Aber zu Großvaters Zeiten waren die meisten Häuserfassaden im sogenannten „jüdischen" Viertel bereits verrußt, heruntergekommen, die Gassen wimmelten von bettelarmen Menschen, Verkäufern, Verkäuferinnen, die Kleidung und Haushaltsgegenstände anboten. Mag sein jedoch, daß Wilkowskis Laden und Liepmans Geschäft inzwischen in andere Stadtteile umgezogen waren, da sie nun bessere Zeiten hatten, und Isaak Blaublat nach ihnen auf die Suche gehen mußte.

Fielen ihm damals die Verwandlungen auf, die das Wetter herbeizauberte, ein unvermuteter Sonnenstrahl im Winter, der Frühjahrsregen? Die ersten, vom Wind heruntergejagten, klatschroten, safrangelben Herbstblätter, die kupfernen Kastanien? Oder sah er nur die Armut, das Gaslicht, fand das alles um kein Haar schöner als in Lemberg, einer viel großzügiger angelegten Stadt. Nicht wie in der Stadt K., Haus an Haus aneinandergedrückt, unter düsteren Arkaden, wie in den Märchen,

von massigen Kirchen und Klöstern überschattet. „Noch eine Stadt in Galizien“, hätte er gemurmelt. „Bin froh, daß ich weg kann.“
Endlich weg, so schnell es ging. Mit dem Nachtzug nach Prag.
– ein Auswanderer, immer ein Auswanderer –
Oder er wandelte auf der Krakowska unter den Arkaden, hatte gewiß seine Adressen. Trat ein in die Hinterhöfe, besuchte die Hutläden. Setzte einen Hut nach dem andern auf. Wollte dieses Mal nicht vom Hutverkäufer auf der Straße irgendeinen Hut kaufen. Obwohl sie preiswerter waren, und er könnte handeln. Er wählte einen grauen Homburg – und handelte trotzdem. Obwohl der Hutmacher ihn ironisch ansah und ihm nur einen nichtssagenden Nachlaß gewährte. Nachlaß war immerhin Nachlaß. Er schlenderte weiter, bewunderte die Edelsteine in den Schaufenstern der Juweliergeschäfte, blätterte an den Ständen in Büchern und Zeitungen. Überquerte die Straße, bog links ab, und bevor er weiterfuhr, besuchte er eine Synagoge oder ein Bethaus, ein Stüberl. Sprach ein letztes Gebet vor der Weiterreise.

Von der Pferdekutsche in die Eisenbahn. Oder vom ersten Zug in den zweiten. Zwischen den Zügen und der Pferdekutsche, wenn auch nur kurz, war er damals in der Stadt gewesen. Um Abschied zu nehmen, lief er vom Bahnhof zur Stadtmitte. Oder fuhr mit der Straßenbahn, noch von Pferden gezogen, oder, wer weiß, mit der ersten Elektrischen.
– ein Auswanderer, immer ein Auswanderer –
Weil er ein Auswanderer war, ist auch sie einer.
Von ihm geerbt, die Unfähigkeit da zu bleiben, wo sie ist. Eine Zeitlang fuhr Isaak Blaublat immer wieder nach Prag, oder nach Wien. Später hielt ihn die Familie fest, seine beiden Söhne und seine Frau, Tochter von Einwanderern, die nur ihre Kindheitserinnerungen aus ihrer Geburtsstadt mitgebracht hatte, ein paar hundert Kilometer tiefer im Landesinneren als die seinige. Sie muß selten davon gesprochen haben, und wenn, dann nur zu ihm. Ob sie jemals von der Kindheit träumten, oder sich der Vergangenheit nur schämten? Auch die beiden Söhne klammerten sich an das neue Land, das sie Heimat nannten; sie lebten und starben am gleichen Fleck.
Nur Esther konnte nicht ruhen.
Nur sie machte sich auf.
Ging auf die Suche nach einer abgebrochenen Vergangenheit, die ihr nicht gehörte. Wäre er damals nicht weggegangen, wäre Esther Blu nicht geboren worden.

Es zieht sie hierher zurück. Stellvertretend.
Für eine Geschichte, die nicht geschrieben wurde.
Wäre er hier geblieben, und hätte es den Holocaust nicht gegeben, hätte sie eine andere Geschichte gehabt.
Nicht nur eine von Weggehen und Wiederkommen. Sie wäre hier geboren worden, wäre zur Schule gegangen und aufgewachsen. Sie hätte schon in der Kindheit Maria gekannt. Ja, warum nicht? Und was wäre mit der kommunistischen Zeit gewesen? Fällt der Kommunismus ganz weg? Das eine hängt mit dem anderen zusammen. Die zweite Geschichte wird von der ersten geschrieben. Esther kann keine Märchen erfinden. Sie hat nur ihre Zeit, diese zerbrochene Zeit.

„Ich liebe das jüdische Viertel", flüstert Jolanta. „Ich fühle mich dort zu Hause."
Wie kann man diesen Ort lieben. Wie kann man diese Leere lieben. Wenn Esther durch die Straßen geht, die hinter den touristischen Plätzen und Gassen liegen, sieht sie noch rechts oben an den Türpfosten nackte, muschelförmige Mulden, einen Finger breit, aus denen sie damals die *Mesusa* herausgekrallt haben. Hier wohnten einst Juden. Die gierigen Finger der Deutschen, die das letzte Stück jüdischen Lebens herausreißen mußten. Wie konnten diese Übermenschen hierher kommen und das Leben auslöschen!
Diesen Alltag ermorden.
Esther Blu hat das nicht erlitten. Esther war nicht dabei. Noch war sie nicht geboren. Du Heuchlerin. Du nimmst den anderen ihr Leiden und wühlst darin herum.
Der Schmerz verbindet sie mit diesem Ort.
Jolanta spürt den Schmerz nicht. Sie bewegt sich wie in Trance, findet das alles wunderschön, die neuen Cafés, die restaurierten Synagogen, die heute als Museen gelten. Sie schätzt es irgendwie, obwohl dies nicht zu ihrer Welt gehört, der Welt des guten katholischen Mädchens, das liebevoll die Hostie aus der Hand des Priesters mit ihren Lippen berührt und verzehrt. Dann leuchtet ihr Gesicht vor sinnlicher Freude. Wie ein hungriger Säugling schluckt sie das heilige Stück hinunter.

Esther sah Abraham das erste Mal in der kleinen Synagoge. Am Jom Kipur, Versöhnungstag. Da er neben der Heiligen Lade stand, konnte sie ihn kaum übersehen, mager und schlaksig wie er war, mit kalkblassem Gesicht, in einen schwarzen Anzug gekleidet. Bald zog er die Jacke aus und stand in weißen Hemdsärmeln da, einen Gebetsschal um die Schultern, schaukelte unermüdlich vor und zurück, den ganzen Tag. Auf dem Kopf hatte er den schwarzen breitkrempigen Hut eines Chassiden. Ein bleiches Profil, wiegender Oberkörper, vorwärts, rückwärts, vorwärts, im Rhythmus. Vor der Nase hielt er das Gebetbuch, auf das er sich ganz und gar konzentrierte.
Er gehörte nicht zu den Einheimischen. Sie war schon ein paarmal hier gewesen, ohne daß er ihr aufgefallen war, und er wäre ihr bestimmt aufgefallen, allein durch seine Gebärden, dieses völlig übertriebene Wiegen. Jüngere und ältere Besucher reisten hierher für die Hohen Feiertage, oft aus den Vereinigten Staaten. Ohne die Hilfe amerikanischer Juden und deren Teilnahme könnte heute die jüdische Gemeinschaft der Stadt K. – so wurde behauptet – nicht überleben.
Esther suchte umsonst nach einem Gebetbuch, das nicht schon beim Aufschlagen auseinanderzufallen drohte. Mußte sich eines vom Synagogendiener, dem *Gabbai*, ergattern. Frauen zählten hier ohnehin kaum. Sie setzte sich auf eine der Bänke hinter der breiten, viereckigen Öffnung in der Wand, die bis auf Stirnhöhe mit einem durchsichtigen Mullvorhang behängt war, durch den die Frauen in den eigentlichen Synagogenraum hineinblicken durften, und reckte vergeblich den Hals. Selbst wenn sie aufstand, sah sie kaum den hiesigen jungen Rabbiner, geschweige denn den fremden, eigens aus New York hier eingeflogen, die einander auf der niedrigen Bühne, der *Bima*, in der Mitte ablösten, sie sah nur Abraham, der sich fortwährend verbeugend hin und her wiegte. Wußte noch nicht, daß er Abraham hieß, wollte es auch nicht wissen; er würde vermutlich am folgenden Tag wieder abfliegen und sie sähe ihn nicht mehr. Dieses affektierte Schaukeln und Wiegen, er lenkte die ganze Aufmerksamkeit auf sich, das wollte er wahrscheinlich, so dachte Esther verächtlich.
Oder doch nur ihre Aufmerksamkeit, weil er unmittelbar in Esthers Blickfeld stand? Die Frauen um sie herum waren entweder mit ihren Gebeten oder ihren privaten Gesprächen beschäftigt; die Männer beteten brummelnd oder schwatzten diskret vor sich hin. Der blasse junge Chassid aus New York – er mußte aus New York sein – schwankte weiterhin auf den Absätzen vorwärts, rückwärts, hin und her, tat manchmal, leicht federnd, einen Schwung zur Seite, achtete nicht

auf die Betenden hinter sich. Er stand sowieso bald allein, keiner hielt es aus, lange hinter ihm zu stehen. Obwohl dieses Schaukeln gewiß in die Vorstellungen der hiesigen Juden paßte: ein authentischer Broadway-Chassid. Diese amerikanischen Juden regieren die Welt, die jüdische Welt, fügte Esther hastig hinzu, obwohl keiner ihre Gedanken lesen konnte, sie kommen hierher, ergießen sich. Warum denn nicht, mußte sie widerwillig zugeben. Vermutlich stammten seine Vorfahren auch aus dieser Gegend. Er hatte das gleiche Recht wie sie, hier zu stehen und zu behaupten, er sei polnischer Herkunft, und das hier sei sein Ort. Trotzdem nicht auszuhalten, setzte sie ihr Selbstgespräch fort, muß Gott sei Dank mit ihnen nichts zu tun haben, kann ihnen aus dem Weg gehen. Sie schaute wieder in ihr Gebetbuch, versuchte die schaukelnde Gestalt aus ihrem Bewußtsein auszublenden.
Er läßt sich nicht verdrängen, schwankt immer noch hin und her; trägt lange Schläfenlocken, doch nicht so lang, daß sie grotesk wirken, nicht ganz wie im Ghetto. Esther, du wirst eine ganz schöne Antisemitin, wenn du nicht aufpaßt. Muß nicht jeden Juden lieben, nur weil ich selber einer bin – schmunzelnd. Wieder federt er nach links, rechts, vorne, noch eine knappe Verbeugung. Ein Broadway-Chassid. Ein Angeber, ein kleiner, nachgemachter Modeengel. Kein Recht, so über ihn zu lästern; wieder schaut Esther weg, schaut auf die Schrift in ihrem Gebetbuch – unvergänglich, unverwüstlich.

Am Nachmittag, nach der Pause, tritt er unerwartet auf. Man führt ihn zur *Bima*, legt ihm einen Gebetsschal um die Schultern und redet ihm zu. Den breitkrempigen schwarzen Hut behält er auf. Dem Brauch entsprechend trägt er nun das Buch Jonah vor. Ausgerechnet ihm mußten sie's anvertrauen – Esther mißmutig –, die dünne Stimme durchbricht kaum das Gemurmel der Betenden, eine Falsettstimme, beinahe wie die eines Kindes, obwohl er lange über das Alter des Stimmbruchs hinaus sein müßte. Überirdisch beinahe, aber nein, das wäre ein viel zu großes Kompliment. Jonah und die Geschichte vom Gottvertrauen. Jonah und die Stadt Nineveh, durch Gottes Barmherzigkeit vorm Untergang bewahrt. Der Stadt K. hatte Gott keine Barmherzigkeit gezeigt, so Esther erbittert, deswegen stehen sie alle hier, in diesem engen, mittelalterlichen Raum, die Überbleibsel der großen Vorkriegsgemeinden. Selbst wenn heute mehr Leute als sonst gekommen und mehrere getauft worden sind, obwohl sie es nicht genau weiß, nicht wissen will. Sie müssen sich mit einem jungen Juden aus der Fremde zufriedengeben, der ihnen die Geschichte von Gottes Barmherzigkeit vorsingt, an die sie noch glauben sollen. Immer noch. Der Abend naht, die Tore der Stadt schließen sich, beeil dich, hereinzukommen. Gott trägt deinen Namen ins Buch des Lebens ein; sonst wirst du sterben, schon in diesem Jahr. Wenn Er heute deinen Namen ins Buch des Lebens schreibt, der jüdische Gott, wird Er Sein Versprechen halten, noch ein Jahr.

Und jetzt ist es vorbei. Das Widderhorn – der *Schofar* – tönt, heiser, dissonant. Alle geben sich die Hand, wünschen sich noch schöne Feiertage, und gehen hungrig und unsicher durch die dunklen Gassen, an den heruntergekommenen wie an den paar hinter der Synagoge schon restaurierten Häusern vorbei, zum neuen jüdischen Hotel, in dem heute ein koscheres Essen umsonst angeboten wird.

„Sie haben uns eingeladen", sagt eine der betagten Damen, die neben Esther herhumpelt.

Sie, das heißt, der Rabbiner aus New York, seine Familie, seine Söhne. Auf die Reise in die Stadt K. sind offenbar keine Frauen mitgekommen. Alles nur noch für die Herren, die in dem Land ihre Pflichten erfüllen müssen – *Po-lin* – das Land, in dem sie ruhen sollten, und wo so viele schon zur Ruhe getrieben wurden. Wie Vieh.

Sie gehen ins Hotel Paradies, in die lichten neuen Räume; auch das alte Gebäude nebenan werde wohl aufgekauft, vielleicht abgerissen, auf jeden Fall werde das Grundstück dem Hotel einverleibt, meint eine zweite alte Dame, unterwegs.

Sie stehen im hellen Speisesaal herum, der kleiner und niedriger ist, als Esther sich vorgestellt hatte, warten auf die übrigen Gäste und die Rabbiner. Auf einmal tritt ihnen der junge Chassid, oder vielleicht ist er bereits ein Zaddik, aus der Neuen Welt entgegen.

„Man hat uns eingeladen", versichert ihm die erste alte Dame auf Polnisch. Sie braucht wohl eine Bestätigung, daß sie wirklich eingeladen sind. Wer weiß und wer wüßte – diese schmucken Leute aus fernen Landen...

„Ich verstehe doch gar nichts", sagt der junge Mann forsch und ungeduldig. „Warum spricht man hier kein Englisch?"

Das sind seine ersten Worte, mit einem breiten amerikanischen Akzent.

„Warum sprechen Sie kein Wort Polnisch, wenn Sie schon hierherkommen?" hört Esther die eigene Stimme, beinahe so laut und unfreundlich wie die seine.

„Wenigstens ein paar Sätze – ja, das ist doch höflich, hierzulande. Das hören die Leute gern."
Der Chassid mustert sie erstaunt. Er kehrt ihr schweigend den Rücken und geht zurück auf den schmalen Flur, wo die ersten Vorbereitungen schon im Gang sind. Als er während des Abendessens offiziell vorgestellt wird – er ist in der Tat der Sohn des New Yorker Rabbiners –, überhört sie seinen Namen. Absichtlich. Sie will ihn sich gar nicht merken. Morgen werden Vater und Sohn nach New York zurückfliegen, wo die nächste wichtige Aufgabe den Rabbiner erwartet, wahrscheinlich noch nicht seinen Sproß, und, wie in den amerikanischen Filmklischees, aus Esthers Leben scheiden.
Die alte Dame, die seine Unhöflichkeit kaum verstanden hat, verlangt inzwischen eine dritte Portion Gefilte Fisch und ist selig.
„*Pyszne – pyszne* –" gluckst sie mit vollem Mund. Vorzüglich, vorzüglich.

Die Suche nach Spuren hat Esther sich für heute vorgenommen. Spuren aus Danielas Leben, Daniela, die damals Donata hieß und in einer der Straßen in der Stadtmitte wohnte, parallel zur Ulica Karmelicka, Esther weiß allerdings die Hausnummer nicht. Einmal hat sie eine Abbildung des Hinterhofs gesehen, jetzt betritt sie vorsichtig einen dieser Höfe. Dann einen zweiten, danach einen dritten. Die Balkone des ersten Hinterhofs wirken zu modern, obwohl auf Danielas Aufnahme das Haus noch gar nicht alt aussieht; die Wendeltreppen verbinden die Balkone miteinander, gehen ineinander über. In dem Hof, in dem sie jetzt steht, sind es nur einzelne, kastenförmig wie jene der Nachkriegszeit. Obwohl sie es gar nicht genau weiß. Wenn einer sie fragen sollte, was sie in fremden Hinterhöfen in der Dämmerung zu suchen habe, würde sie antworten, daß sie Architektin und an Hinterhöfen aus der Vorkriegszeit ganz besonders interessiert sei. Selbst bei Dämmerung. Wird man ihr glauben? Doch keiner kommt, keiner fragt. Esther schlendert unbehelligt weiter.
Sie findet weder Danielas Hinterhof noch das Atelier von deren Vater, obwohl sie einmal zufällig da hingeraten war. Sie erinnert sich an die Straße und sucht wieder da, wo das Haus damals gestanden haben mußte. Heute bleibt es verschwunden. Wie Danielas Vater auch, der in Mauthausen ermordet wurde.

Jetzt irrt sie durch die Gegend, sucht die nächste Straße ab, auf den Spuren von Wandas Familie. Wanda, die immer noch Wanda heißt, wohnt heute in New York. Ein wenig älter nur als Daniela, wohnte auch sie hier in der Nähe, ging zur Schule. Besuchte vielleicht das riesige Lyzeum, dessen imponierende Fassade die eine Straßenseite beinahe ausfüllt. Nichts ist geblieben von Wandas Kindheit, Wandas Jugend; die Schüler, die gerade aus der Pforte strömen, sind andere; andere Generationen und keine Juden. Wenn doch, dann nur wenige. Nicht mehr wie damals. Damals nie wieder.

Hier gab es eine Konditorei, schrieb Wanda. Nach der Schule durften sie ab und zu *ciasto* – Kuchen – kaufen. Aßen sie ihn bereits auf dem Heimweg? Oder warteten sie, bis sie zu Hause waren? Eine Kleinigkeit. Esther möchte es wissen. Sie könnte Wanda schreiben und sie fragen. Was für eine absurde Frage, doch gerade an diese Absurditäten erinnert man sich. Wanda wird sich viel eher daran erinnern, ob sie damals schon auf der Straße das *ciasto* aufgegessen hatte oder nicht, als an die Person, die ihr den Brief schreibt und die Frage stellt. Esther hat Wanda nur flüchtig kennengelernt; ihr Treffen bestand aus einer Begegnung zwischen Tür und Angel, jemand sagte zu Esther: „Frag sie, frag diese Frau da, sie weiß es. Sie kommt von dort." Allein aus diesem Grund ging sie auf Wanda zu, stellte sich vor – als Neugierige, schamlos neugierig, die vor solchen absurden Fragen nicht zurückschreckt. Wanda war geduldig, hörte ihr zu. Sie tauschten Adressen aus. So fing es an, mit Telefonnummern und ein paar Nummern noch dazu. Schwarzgefärbte Haare jetzt, von der Stirn zurückgekämmt, ein wenig streng. Wanda Lewin hat ausgesprochen jüdische Gesichtszüge. Was das überhaupt heißt. Aber wenn schon eine Jüdin, dann bitte eine echte. Wanda ist kaum mittelgroß, eher klein, gedrungen. Volle Lippen, breite Backenknochen und dunkeläugig. Vor allem ihr Blick: Trauer, und hinter der Trauer Vorwurf.

Wanda ist großzügig und gibt ihr einen Termin. Sie unterhalten sich nur kurz, dann muß Wanda schon gehen. Die Maschine nach New York, oder sonst wohin, Esther kann sich nicht entsinnen. Sie könnte ihr schreiben und nach dem Kuchen fragen. Mit welchem Recht aber macht sie sich an Wanda heran, an ihre Kindheit? Nachmachen, das Leben von damals, erfahren, wie es wirklich war. Selbst das Wort „wirklich" ist problematisch. Als ob sie Wanda nur erfunden hätte; die Frau, die in Wirklichkeit existiert, entkommt ihr. Wanda selbst sucht keinen Autor. Keine Figur sucht einen Schöpfer. Alle möchten sie in Ruhe gelassen werden. Esther drängt sich zwischen sie.

Gute Manieren verlangten vielleicht damals, daß junge Mädchen aus gutem Hause auf dem Heimweg nach der Schule keinen Kuchen verzehrten. Damals, in der Stadt K., da stand in keinem Buch, zumindest keinem, das Esther kannte, was sich gehörte und nicht gehörte. Aus einem solchen guten Hause war Wanda vielleicht nicht, ihre Familie war nicht wohlhabend, doch auch nicht arm, und ihr Benehmen auf dem Nachhauseweg war nicht schlechter als das der Kinder aus den sogenannten besseren Familien. Jüdische Bräuche und Gewohnheiten, polnische Bräuche, Gewohnheiten. Ob sie so anders waren, wie oft erzählt wird. Polonisiert, *polskość;* das Polentum. Aus dem die Juden angeblich ausgeschlossen wurden, während die Juden ihrerseits die Polen keineswegs ausschließen wollten – aus ihren Feiern, Festen, Bräuchen. So wird zumindest erzählt. Offen und liberal, trotz der Speisegesetze und hundert anderer Gesetze, die ausgedacht wurden, um das Judentum zusammenzuhalten und Fremde abzuschrecken.

Żydostwo. Fest zusammenschweißen. Selbst wenn der Fremde mit an deinem Tisch ißt, schläft er noch lange nicht in deinem Bett, mit deiner Tochter.
Auch ihr Vater, Joschua Blu, wenn er Esther gute Nacht sagte, fluchte auf die Polen, sagte immer wieder: Die Polen – und auch die Ungarn – seien schreckliche Antisemiten. Oh ja, und wie. Wie sie überhaupt dazu kamen, damals über die Polen zu reden, weiß Esther nicht mehr.
Esther läuft entschlossen weiter. Biegt ein in die nächste Straße. Eine jüdische Straße. Dort, schrieb Wanda, wohnten früher viele Juden, hatten dort ihre Geschäfte. Heute steht hier eine Boutique neben der anderen. Teure, klassisch geschnittene Kostüme, billige Fummel aus Indien, leicht altmodische Strickpullover. Ein Kurzwarenladen, eine Bäckerei, nachgemachte Jugendstillampen, Antiquitäten, Getränke und Zeitungen, alles nebeneinander, durcheinander. Esther liebt diese Zufälligkeit, diese Unordnung, diese Welt von heute, die viel von gestern hat. Sie entdeckt eine Leihbücherei, die Bücher fallen beinahe auseinander, lose Seiten, jeder Band ist numeriert: *Sindbad der Seefahrer*, eine Ausgabe aus den fünfziger Jahren, Mädchenromane. Ein alter Heizkörper läuft auf Hochtouren, summt und klagt, sie kann kaum atmen. Nicht mehr eine jüdische Straße, nicht einmal die Hälfte oder ein Drittel davon ist jüdisch. Eine polnische Straße, mit ihrem ganzen Charme und zufälliger Eleganz, ein faszinierendes, verlockendes Chaos.

Dämmerung. Dunkelheit senkt sich herab. Es ist erst kurz nach vier, ein Herbstnachmittag, schon steigen die Schatten. Sie muß zurück, geht die andere Straße hinauf, die Straße mit der Brautmode, ein Geschäft, ein Schaufenster neben dem anderen, voller Flitter und Brautgewänder, warum so viele Bräute, so viele Hoffnungen... Auf der anderen Straßenseite wartet ein kleines Mädchen mit seiner Mutter an der Kreuzung; es trägt einen Geigenkasten, kommt vom Unterricht, die dünnen Kinderbeine stecken in hübschen Winterstrümpfen, rote Blätter auf Beige, die Wollmütze hat es tief in die Stirn gedrückt. Die Mutter hat sich leicht untergehakt, bereit zum Überqueren, neigt sich hinunter, das Kind erzählt ihr etwas, eine Geste von Liebe, von Nähe. Das Leben ist normal. Das Mädchen hätte Donata – heute Daniela – sein können, vielleicht heißt es Donata oder Wanda. Auf diesen Straßen kommen noch weitere Kinder mit Geigenkästen, begleitet von liebevollen Müttern. Die Zeit klappt zurück, bleibt stehen. Keine Normalität, schreit die Stimme. Nichts mehr normal.

Von der Fassade in der Karmelicka schaut ein steinernes Gesicht herunter. Eine Göttin, eine Nymphe. Um ihre Lippen spielt ein kaltes Lächeln. Die Jugendstilfassade ist eindrucksvoll; Giebel mit Fresken und hohen Fensterbögen. Immer wieder ein verschnörkelter Balkon aus Gußeisen. Hier möchte ich wohnen, denkt Esther auf einmal, und staunt. Zumal sie sieht, daß eine Wohnung zum Verkauf angeboten wird: über hundert Quadratmeter, eine Traumwohnung, die sie sich keinesfalls leisten könnte. Trotzig schreibt sie die Telefonnummer auf. Hier, in der Stadtmitte, Straßenbahnen rattern unter den Fenstern vorbei; ein paar Häuser weiter geht es hinein in die Hinterhöfe – *Tania odzież*, preiswerte gebrauchte Kleidung. Auf der anderen Straßenseite ein Kiosk: Hunderte von rotgelben Äpfeln in Pyramiden geschichtet. Die Verkäuferin lauert auf Kundschaft. Nebenan ein Café: Zauberinsel. Dort kann man im Sommer im Garten sitzen. Neugierig steigt Esther die paar Stufen hinauf, schaut in den Caféraum. Betäubendes amerikanisches Techno – sie kehrt um, tritt wieder hinaus.

Sie wird anrufen, einen Termin vereinbaren, um die Wohnung zu besichtigen. Esther hat kein Geld, sie hat gar kein Geld. Sie weiß, daß es der reinste Wahnsinn ist, eine Wohnung kaufen zu wollen, aber sie muß in die Wohnung hineinschauen, sie muß durch die Zimmer gehen und das Gefühl haben, diese Zimmer gehören ihr. Hier kann sie leben, hier kann sie wohnen, sie gehört hierher.
Jetzt liegt der Zettel vor ihr auf dem Tisch; er liegt bereits seit einigen Tagen da, und die Wohnung ist wahrscheinlich schon vergeben. Sie schaut sich noch einmal die Telefonnummer an. Die Tischlampe spendet goldoranges Licht, die Gardinen sind zugezogen. Esther gießt sich noch eine Tasse Tee ein, das einzige, was ihr um diese Tageszeit hilft, das Leben zu ertragen, greift nach dem Telefon, selber erstaunt, weil sie sich entschlossen hat. Sie wählt die Nummer, wartet. Zählt die Sekunden, ihre Herzschläge. Eine angestrengte Frauenstimme, keineswegs unfreundlich, schrillt ihr entgegen. Esther fragt nach dem Preis. Die Frau sagt ihn ihr. Er ist unbezahlbar.
„Wollen Sie die Wohnung besichtigen?“ fragt die Stimme.
„Ja“, antwortet Esther.
Sie wußte nicht, daß es so einfach sein würde. Hatte vor, der Maklerin die Wahrheit zu sagen. Ich will die Wohnung einfach nur sehen, ich will sie einfach – sehen. Ich kann sie nicht kaufen, ich habe kein Geld. Selbst nicht für eine Einzimmerwohnung, für eine fünfzimmerige schon gar nicht.

„Morgen um zwei“, schlägt Esther statt dessen vor. Die Stimme am anderen Ende der Leitung erklärt sich einverstanden. Esther legt den Hörer auf. Als entschlossen und kauffähig hat sie sich ausgegeben, in diesem Augenblick glaubt sie es beinahe selbst, wundert sich nur, daß man sie nicht durchschaut. Als sie später im Bett liegt, kann sie vor Spannung, vor Aufregung kaum schlafen, wälzt sich die halbe Nacht. Sie wird nicht kaufen, sie kann nicht kaufen. Schüttelt heftig den Kopf, redet sich zu. Vielleicht muß sie sich für die fälschlich erweckten Erwartungen sogar entschuldigen. Die Maklerin wird charmant sein und ihr vergeben. Selbst wenn sie nicht charmant ist, wird sie Esther verzeihen.

Esther wird durch die Räume gehen, sie wird sie anfassen, die Wände, die Türen, die Fenster. Helle Zimmer mit großen Fenstern. Die Türen, alle Doppeltüren, werden offen stehen, sie wandelt von einem Zimmer ins nächste. Die Räume stehen leer, sie warten nur auf sie, auf Esther Blu. Eine Stimmung des späten neunzehnten Jahrhunderts, beinahe spürt sie die Geister der Menschen, die vor ihr hier gewohnt haben. Das Bad ist gekachelt, es sind die Kacheln von früher, ein wenig französisch. Eine alte Badewanne, ein Waschbecken. Vielleicht gibt es sogar zwei Bäder, die Wohnung ist riesig, hundertfünfzig Quadratmeter, sagt die Maklerin. Die Dielen knarren, wenn sie darüber läuft, sie sprechen zu Esther, sie solle hier einziehen, das Geld werde sich finden – irgendwie. Altes Holz, ein gutes Gefühl, wenn sie darauf tritt, die Dielen wurden früher gebohnert, Jahrzehnte hindurch, Esther spürt ihre Wärme, ihre Festigkeit unter den Füßen, ihre Knoten und Knorpel, sie schwebt durch die Zimmer, lauscht ihren Schritten, dem eigenen Echo. Frühstück im Erker. Sie ist angekommen, sie wird hier einziehen, hier leben. Hier sterben; sie wird im Jüdischen Friedhof begraben, in der Miodowa, der Honigstraße. Wie sie es sich erträumt hat.

Der Tag ist kalt, unnachgiebig. Esther kleidet sich sorgfältig, will nicht zu elegant, zu wohlhabend erscheinen, niemanden in die Irre führen. Nur darf sie nicht nachlässig, ungepflegt wirken. Seriös, mit ernsthaften Absichten. Sie setzt die Kappe auf. Mit einem Hut sieht sie besser aus als ohne, sie muß zumindest aussehen, als ob sie ein bißchen was hätte, selbst wenn unter der Matratze verborgen.
Sie zieht hinaus in den Nachmittag, will keinesfalls zu spät kommen. Sonst gibt die Frau auf und geht weg. Vielleicht hat sie schon aufgegeben und ist weggegangen. Die Uhrzeit kann Esther noch nicht so

gut aussprechen; ein und zwei Uhr, dreizehn, vierzehn – die Zahlen sind zum Verwechseln ähnlich, das alles konnte leicht zu einem Mißverständnis führen, sie wird umsonst in der Kälte ausharren, noch hat sie ihre Wintersachen nicht geholt, sie ist nur für die Zwischensaison gekleidet, trägt einen dünnen Mantel und Halbschuhe. Die Luft ist kalt, es riecht nach Schnee. Sie wird vor der Wohnung herumstehen, wie eine Stunde zuvor die Maklerin, wahrscheinlich auch schon fluchend, dagestanden hat. Esther wird sich eine Lungenentzündung zuziehen. Zu einer Säule gefrieren und sterben. Vor ihrer Traumwohnung in der Stadt K., ihrer Traumvergangenheit, ihrer unverwirklichten Zukunft.

Eine Frau kommt die Straße entlang, läuft an ihr vorbei. Eine zweite, eine dritte, sie gehen vorüber. Keine sieht aus, als ob sie eine Wohnung zu verkaufen hätte. Die erste Frau hat karottenrote Haare, trägt einen kurzen karmesinroten Rock und braune Stiefel; die zweite setzt eine Brille auf, ist ganz in Schwarz gekleidet, beide haben sie es eilig, keine beachtet Esther, die frierend dasteht.

Auch sie ist schwarz gekleidet und hat eine Brille aufgesetzt, damit sie nichts und niemanden übersieht. Sie geht ein paar Schritte auf und ab, entfernt sich vom Haus, schaut wieder die Fassade hinauf. Die steinernen Gesichter blicken gleichgültig auf sie herunter.

Noch ein paar Schritte. Esther dreht sich auf dem Absatz um und läuft zurück.

Der Mann kommt auf sie zu. Sie erkennt ihn sofort, obwohl sie ihn noch nie gesehen hat. Das ist der Makler, sie weiß es, sie spürt es in den Knochen.

Er trägt eine kurze schwarze Lederjacke, darunter einen grauen Pullover und einen schwarzen Schlips, als ob er gerade von einer Beerdigung käme. Sie sieht den Kragen eines schwarz-weiß karierten Hemdes. Fettige dunkle Haare, Hornbrille, kleiner Schnurrbart, ein Allerweltsgesicht.

„Ich vertrete den Hausherrn“, stellt er sich vor und küßt ihr die Hand. Eine Geste, die Esther sonst gefällt, jedoch von diesem Mann, in dieser Situation wirkt sie fehl am Platz. Wahrscheinlich will er sich bei ihr nur einschmeicheln.

Esther versucht ihn einzuschätzen. Wie sie mit ihm umgehen soll. Was er mit ihr anstellen will. Ein ganz Krimineller oder nur ein halber. Oder doch harmlos. Am besten geht sie von den schlimmsten Vermutungen aus; vor Maklern hat sie sich immer gefürchtet.

Er öffnet ihr die Haustür. Daran hängt eine Todesanzeige, die Esther schon

vorher aufgefallen war. Mehrere Frauen blieben sogar davor stehen, schauten kurz hin, bevor sie weitergingen. Vermutlich kannten sie die hier im Haus kürzlich Verstorbene. Unbehaglich, Esther zuckt zusammen. Sie treten ein. Der Flur riecht muffig, die Treppe ist dunkel und schäbig, nicht wie bei Maria, sondern ungepflegt, als ob das Haus jahrzehntelang sich selbst überlassen und vergessen wurde.
Sie steigen zum ersten Stock hinauf. Eine Wohnung Belétage. Der Makler bleibt vor der Tür stehen, fummelt mit den Schlüsseln, murmelt etwas vom „ersten Mal", was Esther seltsam erscheint. Sie schlägt vor, das Licht anzuschalten, damit er sehen kann und das Schloß findet. Da er nicht reagiert, geht sie selbst zum Schalter und knipst es an.

Esther weiß es, noch bevor er die Tür öffnet. Sie weiß es, im Magen schon eine dumpfe Enttäuschung, sie schielt auf den Türpfosten. Hier wurde keine *Mesusa* herausgerissen, hier hat kein Jude gewohnt, weder Donata noch Wanda.
Er öffnet die Tür, und sie tritt ein. Steht jetzt im Gang und weiß, noch bevor er sie hinter ihr zumacht, daß auch sie nicht hier wohnen wird. Die Wohnung ist nicht leer. Die Zimmer sind vollgestopft, mit Möbeln, Bildern, Büchern, Esther muß aufpassen, wo sie den Fuß hinsetzt, sonst bringt sie die ganzen Nippes zu Fall. Die Räume riechen säuerlich wie das Treppenhaus, als seien sie seit Wochen, seit Monaten nicht mehr gelüftet. Die Möbel sind alt und schwer und häßlich. Nichts, was Esther lieben könnte. In der Küche stehen ein Büfett und Stühle in geschnörkeltem, nachgemachtem Bauernstil. Im Zimmer neben der Küche wieder Möbel, dieses Mal im „zeitgenössischen" Stil der fünfziger Jahre, furniert und billig. Sie alle rauswerfen, auch die Teppiche herausreißen, noch sieht sie keine Spur von Dielen – und atmen, atmen. Alles weiß streichen – und atmen. Es gibt tatsächlich zwei Bäder, sie werden ihr stolz präsentiert; beide bereits modernisiert, entsprechen keinesfalls ihrem Geschmack. Was habt ihr mit meiner Wohnung gemacht, was habt ihr – zwei wunderschöne Kachelöfen, an die sie eventuell ihr Herz hängen könnte, allenfalls ein Stück Herz, sind in elektrische Heizkörper umgewandelt worden. Die Räume sind dunkel. Ein schwacher Lichtstrahl fällt durch die Fensterscheiben in einem der drei Wohnzimmer.
„Nordlicht", verkündet der Makler.
Jetzt weiß sie alles.
Er will, daß sie einen Wisch unterschreibt. Sie lehnt ab, und weil er staunt, muß sie ihm erklären, daß sie die Wohnung nicht kaufen wolle

und deshalb nichts zu unterschreiben brauche. Sie versteht ohnehin kein Wort des Vertrages, nur ist sie viel zu stolz, es ihm zu sagen. Sie verspricht ihm in ihrem gebrochenen Polnisch, daß sie ihm seine Provision garantiere und ihn nicht beschwindeln werde.
Ob er ihr eine andere Wohnung zeigen darf?
Mal sehn. Sie verspricht ihm nichts. Steht auf und geht.
Geht weg. Steht nun wieder auf der Straße und läuft schnell um die nächste Ecke in die nächste Straße hinein, auf keinen Fall will sie ihm draußen wieder begegnen.

Der Nachmittag ist kälter geworden. Noch ist nicht Dämmerung, nur das unerbittliche Nebelgrau der Nachmittage, wo die Langeweile zur Ewigkeit wird, ein ganzes Leben ausfüllt.
Dann geschieht es.
In jenem Augenblick, als sie es wahrnimmt, das Grau und das Leben in einem, hier, in dieser Straße, zerfällt die Stadt K. Plötzlich. Bricht aus dem Rahmen heraus, den sie, Esther Blu, ihr geben will. Ihrem Zauberrahmen. Bricht aus und fällt in sich zusammen.

Die Stadt K. ist eine Stadt wie jede andere. Sie hätte hier eine Kindheit wie jede andere Kindheit gelebt, im ewigen Trott, von zu Hause in die Schule, von der Schule nach Hause, unterwegs vor der Konditorei stehen bleiben, ins Schaufenster starren, während ihr das Wasser im Munde zusammenläuft, und dann wieder nach Hause. Ab und zu wäre sie aus der Eintönigkeit ausgebrochen, hätte die Konditorei betreten und ein Stück Kuchen gekauft, das ihr vielleicht nicht einmal geschmeckt hätte. Am nächsten Tag wieder. Und immer wieder. Wie Wanda, Donata und alle anderen Kinder, damals und heute. „Eine wunderbare Kindheit“, schwärmt Daniela, „ich hatte eine wunderbare Kindheit. Bis –“ und seufzt. Während Esther sich fragt, wie wunderbar Daniela-Donatas Kindheit wirklich gewesen sei, ob nicht gerade die Tatsache, daß sie so brutal abgebrochen wurde, dieser Kindheit ihren besonderen Reiz verleiht.
Esther betrachtet die rußigen Hausfassaden, die sie so liebt. Ihre Vernarbungen, die noch offenen Wunden. Wie ein Klicken, ein Druck auf den Schalter, stellt sich das Bild wieder her, doch nicht ganz so wie vorher. Dann wieder weg. Wieder da. Bestimmt nur Esther die Wirkung der Dämmerung, den Glanz an der Häuserwand? Nur ihr Bewußtsein allein, jenseits der Wirklichkeit? Ungeduldig schüttelt sie den Kopf. Das will sie so nicht haben.

„Ich habe den Sinn meines Lebens gefunden", erklärte Jolanta. Endlich, nach einer langen Suche. Nach dem Kommunismus, nach – „Den Sinn meines Lebens", wiederholte sie, „das Schloß."
Das Schloß lag außerhalb der Stadt K. und gehörte der Familie Jaworzyński. Immer wieder hatte Cezary von seinen glücklichen Kindheitserinnerungen in diesem Schloß geschwärmt. Fast alle Gebäude wurden im Krieg zerstört, die umstehenden Häuser, der Pferdestall; vom Bau selbst blieb beinahe nur ein Skelett übrig; die Außenwände, einige Innenräume und Teile der Mauer. Sonst nur die Erinnerung. Hätte er jemals einen Traum gehabt, beteuerte Cezary, dann wäre es der, das Haus dort wieder aufzubauen, es zu restaurieren. *Le Château*, nannte er es zärtlich, das *zamek*. Seine Nostalgie.

Das Schloß restaurieren, ihm ein wenig von seinem Glanz zurückgeben. Das, was man ihm gewaltsam entrissen hatte, seine Geschichte. Das sei ihr kleines Geheimnis gewesen, gab Jolanta nun zu. Bereits vor einigen Jahren hatte sie angefangen, darüber nachzudenken, als der Vater noch lebte. Nein, besprochen habe sie es mit ihm nicht, nur Andeutungen gemacht, wollte ihn damit überraschen. Statt dessen hatte er sie überrascht und war gestorben. Der ganze Plan blieb noch lange unsicher, es war nur ein Traum. Cezarys Traum, den Jolanta für ihn weiterträumte, weil sie, um ihn zu verwirklichen, eine Finanzierung brauchte.

In den letzten Jahren hatte sie überall herumgeschrieben, man hatte ihr viele Vorschläge gemacht, denen sie allen nachgegangen war. In ihrer Freizeit – seit mehreren Jahren arbeitete Jolanta in einer der städtischen kulturellen Einrichtungen – hatte sie Briefe geschrieben und verschickt. „In alle Welt", erzählte sie strahlend. Jolanta konnte wundervoll übertreiben, ihr Enthusiasmus, ihr Engagement waren ansteckend, sie rissen ihre Zuhörer mit: Elwira, Paweł, selbst Maria, die meist skeptisch war, auch Esther, der Jolanta die Geschichte wieder erzählte, als sie bei ihnen vorbeikam. Überall, wo ein möglicher Mäzen sich auch nur erahnen ließ, habe Jolanta hingeschrieben. Sie schickte, so gut es ging, Aufnahmen oder Dias vom Schlößchen, wie es heute aussah und wie es damals ausgesehen hatte. Kopierte ein ganz frühes Foto aus der Zeit vor dem Ersten Weltkrieg, dazu noch einige Aufnahmen aus Cezarys Jugend vor dem Zweiten Weltkrieg.
Das war also keine Villa gewesen damals, stellte Esther fest, als sie zufällig die Fotos zu Gesicht bekam, sondern gehörte zum Schloß.

In ihrer Schilderung versuchte Jolanta, etwas von der ursprünglichen Herrlichkeit zu vermitteln, wie sie es sich vorstellte. Außer den Dokumenten und Bildern kannte sie den Bau und das Grundstück nur aus Cezarys Erzählungen. Aus seinen Gutenachtgeschichten selten genug, weil Cezary vor dem Schlafengehen seiner Töchter selten zu Hause war.
In einem der Bücher, die Jolanta durcharbeitete, entdeckte sie ein Bild, die Reproduktion eines Gemäldes, das längst verlorengegangen war. Aus den ersten Jahren des neunzehnten Jahrhunderts mußte es gewesen sein. Damen in langen, gebauschten Röcken saßen und wandelten ruhig und elegant durch den Schloßgarten, in ihren Haaren geflochtene Blumenkränze.
„Das ist mein Idealbild“, lachte Jolanta, und ließ es vergrößern. „So muß es eines Tages wieder aussehen. Ich will weiter forschen und sehen, wann genau unsere Familie es erworben hat.“
Aus Archiven und Familienbeständen, sofern sie nicht während des Krieges vernichtet worden waren, erfuhr sie vieles über die Geschichte des Anwesens. Das Schloß selbst wurde vermutlich schon in der Renaissancezeit gebaut, allenfalls kurz danach von einem kultivierten Grafen, der viel gereist war, das erklärte zum Teil die italienischen architektonischen Einflüsse.
„Eine Perle“, sagte sie, „das Schloß ist eine Perle.“
Einige Hinweise fand sie auch in Cezarys Papieren. In den letzten Monaten seines Lebens zeigte er nur wenig Interesse, er war zu schwach, Jolanta wollte ihn nicht beunruhigen.
Sie ergänzte ihre Schilderung mit einer ausführlichen Beschreibung des Projektes: das, was sie, Jolanta Piotrowska, aus dieser Ruine gern machen würde. „Ein Juwel“, schwärmte sie, „auf das wir stolz sein können.“
Da das Schloß außerhalb der Stadt K. liege, könnte die ganze Umgebung an Bedeutung gewinnen, wenn es restauriert wäre.
„Kultur. Konzerte, Veranstaltungen. Ein wenig Glanz“, wiederholte sie, „ein wenig von seinem altem Glanz.“

Nur war es viel schwerer geworden, als sie gedacht hätte, die geeigneten Geldgeber zu finden. Die Antworten stürzten sie abwechselnd in Verzweiflung und neue Hoffnung. Endlich erklärte sich in den Vereinigten Staaten ein entfernter Cousin bereit, ihr die ersehnte Hilfe zu geben. Zur gleichen Zeit fand sie einen zweiten Gönner, und zwar in Deutschland. Sie zögerte, bevor sie dessen Hilfe annahm.
„Ganz überraschend, über Dritte und aus dem Nichts erschienen“,

erzählte sie. Ein gewisser Herr Müller-Weidt, der offenbar glaubte, daß er als Deutscher dazu beitragen müßte, die zerstörte Vergangenheit zu heilen.
Der Cousin und der Deutsche, ihre beiden Wohltäter – das war die Chance, auf die sie gewartet hatte.
Jolantas Verhältnis zu Deutschland war widersprüchlich. Sie teilte weder Cezarys instinktive Abneigung noch Marias Mißtrauen und Elwiras Schweigen, wenn es um die Deutschen ging.
„Ich bin für alles offen", erklärte sie, fuhr einmal mit Paweł in den Ferien dahin, änderte danach schlagartig ihre Meinung.
„Sie rümpfen die Nase, wenn wir mit unserem alten Wartburg dort anfahren", sagte sie. „Schließen alles weg, damit wir ihnen um Gottes willen nichts klauen können –"
Um den Mund der trotzige Zug. Für die Deutschen seien die Piotrowscy noch immer nicht gut genug.
„Ich würde die Hilfe annehmen", nickte Maria. „Selbst aus Deutschland."
Sie stand in der Küche und knetete Teig, als Jolanta mit ihr darüber sprach.
„Sie haben damals den Laden in Schutt und Asche gelegt. Sollen sie jetzt helfen, ihn wieder aufzubauen", und Maria schlug den Teig kräftig mit der einen Hand. „Aber nur helfen!" mahnte sie. „Nicht aufkaufen."

Die Arbeiten kamen endlich in Gang. Jolanta war wie verwandelt. Das Schloß sei nun ihre Lebensaufgabe, erklärte sie wiederholt, jetzt wo die Kinder größer seien und sie nicht mehr brauchten.
„Furchtbar anstrengend", erzählte sie Esther seufzend, „ich muß so oft hinfahren, nachschauen, ob die Männer die Arbeiten dort tatsächlich so verrichten, wie ich sie haben will. Paweł hilft mir ein wenig, aber er ist mit seinem eigenen Beruf beschäftigt. Mehr kann ich von ihm nicht erwarten. Manchmal fährt Mateusz mit mir hin, aber er lernt, hat jetzt wenig Zeit. Also", lachte Jolanta, „alles hängt von mir ab."
„Jolanta läßt andere sowieso ungern an ihre Sachen heran", murmelte Maria zu Esther. „Sie braucht sich nicht zu wundern, und im Grunde will sie auch nicht, daß jemand sich einmischt."
„Alles dauert aber so lange", stöhnte Jolanta. „Eine Zeitlang mußten die Arbeiten ruhen" – sie lächelte ironisch – „weil wir plötzlich kein Geld mehr hatten. In den Staaten hatte der Tadi keines, und unser netter Herr Müller-Weidt aus Essen – ich glaube, seine Geschäfte gingen letztes Jahr nicht gut –, auch er mußte pausieren. Aber jetzt geht es weiter. Esther, du mußt ihn mal kennenlernen", sagte sie, „ja wirklich ein Muß".

In letzter Zeit glich Jolanta, wenn sie lachte oder lächelte, immer mehr Maria. Früher hatten sie beinahe keine Ähnlichkeit. Doch jetzt fiel Esther auf, daß sie Schwestern waren. Wenn sie lächelten oder lachten, spiegelte sich das Verklärte in Marias wider in Jolantas.

„Du mußt ihn kennenlernen", wiederholte sie, „den Herrn Müller-Weidt aus Düsseldorf –"

„Ich dachte aus Essen –"

„Irgendwo am Rhein", nickte Jolanta feierlich. „Er ist wirklich ein guter Mensch. Er mischt sich nicht ein – nur ab und zu – er kommt nicht oft nach Polen, aber wenn er kommt, gibt er mir immer einen Rat, den ich manchmal wirklich gut gebrauchen kann. Du solltest ihn mal kennenlernen, du würdest ihn mögen." Sagte sie zu Esther.

„War er in Polen während des Kriegs?" fragte Esther

„Nein, er ist noch zu jung. Etwas über sechzig ist er wahrscheinlich schon – aber damals war er noch ein Kind."

„Und seine Familie – sein Vater?"

„Naja", Jolantas Lächeln verblaßte. „Das kann ich ihn nicht fragen. Er hat zwar einmal etwas erwähnt, am Anfang, als wir uns endlich trafen und nicht nur korrespondierten. Aber ganz kurz nur, als ich ihm dankte, ich bin ihm wirklich sehr dankbar, da hat er nur so gemurmelt, das sei das Mindeste, und so –"

„Du kannst also davon ausgehen" – Marias Stimme erregt und schneidend – „daß sein Vater hier war. Wahrscheinlich auch sein Onkel. Und vielleicht auch er, in der Kindheit, wer weiß. Aber Mr. Müller-Weidt ist ein netter Mann, und Jolanta ist froh, daß sie ihn hat, nicht wahr?" – lachend – „ein echter Wiedergutmacher!"

„Der Tadi gibt auch gute Ratschläge", Jolanta wechselte mir nichts dir nichts zu ihrem anderen Wohltäter über. „Ich glaube, er hätte am liebsten alles selbst bezahlt. Er war anfangs sehr zurückhaltend, aber weißt du, das war auch ein Teil seiner Familiengeschichte. Seine Tante war mit ihrer Mutter – seiner Großmutter – damals im Schloß versteckt, in den Kellern, in den letzten Kriegsmonaten, als die Deutschen sich zurückzogen –"

„Und die Russen kamen", fügte Maria hinzu. „Keine so angenehme Geschichte –"

„Aber jetzt wollen wir etwas ganz Wunderbares daraus machen", erklärte Jolanta.

„Ein Juwel", lachte Maria ein wenig spöttisch. „Eine Perle."

„Wann wird es fertig?" fragte Esther.

Jolanta überlegte. „Vorausgesetzt, ich breche nicht zusammen und das Geld kommt, und die Arbeiten können rechtzeitig abgeschlossen werden – dann ungefähr in einem Jahr. Wir machen ein Fest – einen Kostümball oder so – und dann –" sie zögerte, „geht's los."

„Es geht los", wiederholte sie. „Und ich habe große Pläne. Ich will das Ganze leiten und entscheiden, was dort gemacht werden soll."

Sie schaute an Esther vorbei. Wieder sah Esther den Traum in ihren Augen.

Wieder dachte sie an Cezary.

Feiertag und heiß. Unverhofft, alles grün, *zielony*. In den Parks und Grünanlagen genossen die Menschen den Sonnenschein, stellten ihre Klappstühle auf, die sie eigens dafür mitgebracht hatten, oder legten sich halbnackt ins Gras, in die leuchtenden Teppiche von Löwenzahn. Einige Geschäfte waren trotz des Feiertags geöffnet; neugierig blieb Esther vor einem der Schaufenster stehen, sie drehte sich um, wollte weitergehen, als eine kleine stämmige Frau sich lächelnd vor sie hinstellte, sie fragte, wie spät es sei.

„Viertel vor drei", antwortete Esther, ohne auf die Uhr zu schauen.

„Ich weiß nicht, ob ich Sie fragen kann", setzte die vierschrötige Frau an, bevor Esther weiterlaufen konnte. Ihr Gesicht war braungebrannt, sie hatte schwarze Augen, ein offenes Gesicht, man sollte ihr trauen, sie pflanzte sich vor Esther auf. „Ich weiß nicht, ob Sie die richtige Person sind", begann sie wieder.

Esther seufzte, hielt den Atem an. Kein Entrinnen.

„Ich habe das Gefühl, ich kann Sie ansprechen –"

Atem und Körper der Frau rochen säuerlich. „Ich bin mit vier Kindern allein zu Hause, mein Mann hat mich sitzen lassen, ich habe kein Geld, um Brot zu kaufen."

Esther öffnete ihre Handtasche.

Alle Bettler wußten, daß Esther Angst hatte, Angst vor der Verfluchung, die früher oder später jeden Juden trifft, wenn er nicht genug Geld spendet. Weder in der Stadt K. noch in anderen Städten Polens hatte sie jemals einer verflucht, aber sie fürchtete sich davor. Esther Blu war nicht wohlhabend, ihr fehlte oft ein praktischer Lebenssinn, und ehe sie sich versah, hatte sie zwei kleinere Erbschaften durchgebracht, hatte nun nichts mehr zu erwarten, weder vom Großvater Blaublat-Blu, der längst tot war und außer einigen Büchern, zwei silbernen Kerzenständern und einer Schreinerbank – er stellte immer

noch ab und zu für jemanden etwas her – nichts weiter besessen hatte; noch von ihrem Vater, der wie sie war und auch sein ganzes Geld verschleudert hatte.
„Ich habe kein Geld, um Brot zu kaufen –", klagte die Frau.
Unter den Achseln ihres Kleides sah Esther zwei sich ausweitende naßdunkle Flecken. Naserümpfend trat sie einen Schritt zurück, öffnete ihr Portemonnaie, nahm ein Zwei-Złoty Stück heraus.
Die Frau schaute beleidigt. Ratlos steckte Esther die Münze schnell wieder ein.
„Ich will Sie zu mir nach Hause einladen", sagte die Frau.
Esther erschrak. „Nein, ich kann nicht. Auf keinen Fall."
Die Frau musterte sie aufs Neue beleidigt und bitter enttäuscht.
„Ich habe kein Geld, um Brot zu kaufen", wiederholte sie.
Esther nahm das Geld hastig wieder heraus, drückte es ihr diesmal unmißverständlich fest in die Hand, als wollte sie sagen, sie habe nicht mehr als das. Selbst wenn die Bettlerin tatsächlich alle Verwünschungen des Himmels herunterbeschwor.
Aber auf einmal strahlte die Frau, sie bedankte sich, segnete Esther und schob die Münze in ihre Handtasche.
Esther drehte sich erleichtert um, wollte gehen.
„Warten Sie einen Augenblick –"
Esther blieb unwillig stehen.
„Auch ich will Ihnen etwas schenken", erklärte die Frau. Sie zog aus der Plastiktasche eine kleine farbige Karte, drückte sie Esther in die Hand.
Was ist das? wunderte sie sich, schaute jedoch nicht hin, steckte sie in die Tasche ihrer Jacke, eilte weiter.

Als sie sicher war, daß die Frau tatsächlich verschwunden war, verlangsamte sie ihre Schritte, überquerte den Großen Markt. In den letzten Jahren hatte er sich sehr verändert. „Ich freue mich so, daß die Stadt wieder schön wird", hatte Daniela bei ihrem letzten Besuch gesagt. Wie genau hatte die Stadt ausgesehen, als sie das sagte? Nicht so wie früher und noch nicht so wie heute. Aber vielleicht gefiel Donata-Daniela die Stadt K. gerade, wie sie jetzt war. Mit den Jahren hatte sie sich an ganz andere Maßstäbe gewöhnt als die Europäer.
„Bald wird die Stadt nur noch eine einzige Touristenattraktion sein", klagte Maria, enttäuscht und wehmütig. „Wie eine Stadtbühne."
Jede Art von Happening, Menschen strömen vorüber, es gibt tagtäglich Kabarett, Künstler auf dem Trapez, schallende Musik, Filmkameras.

Flitter und Billigschmuck, meist aus dem Ausland. Riesige Leinwände verdecken die Hausfassaden früherer Paläste und Bürgerhäuser. Reklame. Sieben Jahre Glück. Noch sitzen Blumenhändlerinnen unter Sonnenschirmen, jetzt grellgelben mit Aufdrucken, RTF und Pepsi, noch scharen sich die Tauben gefräßig um die Krümel, setzen sich findig auf die Schultern und Köpfe der Kinder. Echte Gefühle, große Gefühle. Kauf jetzt die Zeit für deine Gefühle. Sieben Jahre Glück, unter Garantie.

Vor dem Kircheneingang wartet ein Pulk von Menschen. „Eingang für Betende, bitte keine Besichtigung" steht dort in Blockbuchstaben; die Tafel am Türpfosten hat Esther bisher abgeschreckt. Zwei Japaner treten vor ihr in die Kirche ein. Beten wollen sie vermutlich nicht, und Esther folgt ihnen.
Sie war lange nicht mehr hier gewesen. Die Frauen, Männer und Kinder, die vor ihr eingetreten waren, bekreuzigten sich. Die Japaner waren bereits verschwunden, hatten nur zum Fotografieren eine günstige Stelle gesucht. Unwillkürlich betastete Esthers Hand ihre Brust, bewegte sich schwankend hinauf zum Kopf, dann hinunter zum Sonnengeflecht. Sie kniete nicht hin wie die anderen, sondern blieb an der Seite im Schatten stehen; das intensive Blau, das Rot der prächtigen Glasfenster rauschten herab, schwebten wie losgelöst in der Luft; ein verschnörkeltes Barock, das üppige Gold der Blätter und Verzweigungen, die die schwarzen Marmorpfeiler umrankten, blendete sie. Sie schloß die Augen und betete, wie alle rings um sie herum das Vaterunser murmelten; außer den Touristen, die mit ihren Fotoapparaten hantierten. Sie sprach das einzige Gebet, das sie auswendig kannte, außer dem Kaddisch, dem Totengebet – das *Schma Jisrael* – Höre Israel, aber die hebräischen Worte vermischten sich auf einmal mit den Versen des Vaterunsers, die ihr seit der Schulzeit ebenfalls vertraut waren.

Nach einer Weile trat sie wieder hinaus in den Sonnenschein. Sie faßte in ihre Jackentasche, berührte mit den Fingerspitzen die Karte. Kaum größer als ein Kärtchen, wie diejenigen, die es früher in Zigarettenschachteln gegeben hatte. Solche Kärtchen waren in der Stadt K. überall zu sehen und zu haben, man verkaufte sie, verschenkte sie, oft mit dem Bildnis des Papstes, auf der Rückseite ein Gebet oder der Jahreskalender. Auf der Karte, die sie nun in der Hand hielt, war ein Bild der Schwarzen Madonna.

Esther betrachtete sie, lächelnd. Als hätte die Frau vorhin gewußt, daß das Bildnis ihr gefallen würde, die Idee einer schwarzhäutigen Madonna hatte Esther schon immer fasziniert. Sie steckte die Karte in ihre Handtasche.
Vielleicht ein Glücksbringer.

Es ist Frühsommer, und Esther zieht mit Ela durch die Straßen des Viertels, in dem Ela wohnt: da, wo die Deutschen das Ghetto für die Juden errichtet hatten. Die schmalen Bürgerhäuser aus dem neunzehnten Jahrhundert, mit ihren Jugendstilbalkonen aus schwarzem Gußeisen, den sich rankenden Blättern und Blumen. Hier und da ein Haus aus rotem Backstein, eine Villa, deren Putz längst grau geworden ist.

Sie steigen zusammen die Stufen hinauf, die Gassen terrassenförmig wie übereinander gewachsen.

„Auch hier hätte ich gern gewohnt", meint Ela, „abseits von allem."

Auf dem Stadtplan ist das Ghetto durch graue Linien gekennzeichnet. Von hier wurde Donatas Mutter verschleppt, einfach weggeschleift. Man hatte ihr gesagt, es gebe an jenem Tag in der Fabrik, die außerhalb des Ghettos lag, keine Arbeit, sie sollten alle zu Hause bleiben. Vielleicht ahnten sie die Wahrheit. Donatas Mutter kam nicht wieder.

Sie klettern auf den Hang hinauf, der zum Grabhügel führt, setzen sich auf eine Bank. Wenn ein Fremder in der Stadt K. ankommt und der Tod ihn bald danach einholt, heißt es, daß er hierher gekommen sei, um zu sterben. Vermutlich weil die Stadt K. ungewöhnlich reich an Gräbern ist, an riesigen Grabmalen, die sich rund und keck wie Frauenbrüste in den Himmel recken, milchig geschwollen an die Wolken drängen.

Das Stadtbild mit seinen Türmen und Kirchen, backsteinrot und weiß, wie aus Pappe geschnitten, breitet sich vor dem tiefblauen Himmel aus. Die Weichsel sieht man von hier nicht, unten frißt sich die Schneise der neuen Autobahn in die Landschaft. Im Steinbruch weiter links ragen Schlote und Schächte einer verlassenen Fabrik empor, verrostetes Gelände.

Esther schließt die Augen.

Dalli! Dalli!... an einem Tag wie heute rannte Joseph zum Konzentrationslager, kaum zwei Kilometer von hier entfernt, nachdem er die Nacht auf dem Friedhof verbracht hatte, und sah, daß eine Flucht aussichtslos war. In der Hitze, sagte er, als Esther ihn fragte, wie das alles damals gewesen sei. Jedes Jahr kehrte er in die Stadt K. zurück, um seine Geschichte zu erzählen. Erzählen, erzählen und immer wieder erzählen. Will es hinter mich bringen, sagte er, als sie im strömenden Regen dorthin liefen. Am Friedhof, in dem er sich damals vergeblich versteckte, sind Ela und Esther gerade vorbeigeschlendert, Ela nichtsahnend, Esther unter dem Zwang, sich zu erinnern. Warum sie nun Ela unbedingt davon erzählen muß, als sie in der Sonne sitzen, von Joseph, von Donata und ihrer Mutter und dem Bruder Dawid, der aus dem Ghetto verschwand und nie wiederkam? Kann von den Geschichten nicht lassen, die Geschichten kreisen ihr im Kopf, sie kann sie nicht aufhalten, sie verderben ihr nicht den Tag, oder doch, natürlich verderben sie ihr den Tag, wieder fragt sie sich, wie das alles möglich sein konnte, gerade hier, wo sie jetzt sitzen. An einem Tag wie heute wurden Joseph und hunderte anderer Juden auf der Straße unten ins Lager getrieben. Aufs offene Feld. Wie Vieh.

„Warum mußt du heute und gerade jetzt daran denken?" fragt Ela. „Kann man es nicht vergessen?"

An diesem wunderbaren sonnigen Vormittag, der wie ein Geschenk ist, weil Ela heute nicht arbeiten muß.

„Warum kannst du sie nicht vergessen?"

Die Falten zwischen Elas Augenbrauen vertiefen sich.

„Warum können sie's nicht vergessen?" fragt Ela. „Warum könnt ihr es nicht vergessen?"

„Wenn sie es nur könnten", antwortet Esther. „Wenn wir es nur könnten."

Sie sitzen beklommen nebeneinander. Ela ist noch jung, jünger als Maria und Jolanta. Sie lebt gern, sie ist genießerisch. Diese Vergangenheit ist nicht ihre Vergangenheit. Ihr Gesicht in diesem Augenblick wirkt ernst, angestrengt. Ela hat ohnehin einen blassen Teint. Bevor ich angefangen habe zu sprechen, war sie weniger blaß, wirft sich Esther vor. Die Vergangenheit wohnt sowieso mit Ela zusammen im Haus. Nur haben die früheren Besitzer diese eine Wohnung völlig auseinandergenommen, von oben bis unten renoviert und umgebaut, Heizung installiert, die Wände weiß gestrichen, bis sie strahlten, die Fußböden abgezogen und die Dielen lackiert. Das eine Fenster, zur Straße hinaus, ist neu und paßt nicht zur Hausfassade. Ela hat in einem der beiden Zimmer ein Hochbett aufgestellt; nach und nach kauft sie geschmackvolle neue Möbel, richtet sich ein. Im Winter kriecht Kälte durchs Haus, die Wände sind feucht. Jetzt im Frühjahr wird das Treppenhaus frisch gestrichen, werden Leitungen erneuert, und bei Tageslicht sieht man wieder die alten, blauweiß gemusterten Fliesen auf dem Fußboden im Flur.

Sie sehen den Kindern zu, die auf den Grabhügel hinaufklettern. Jetzt aber ein anderes Thema – wir leben jetzt, im Heute, heute, und Esther fragt Ela nach ihrer Reise.

„Es war wunderbar“, erzählt sie begeistert, „die Städte, die alten Viertel, die Häuschen, wir waren in Wilna, Kowno, Riga – das sind phantastische Orte.“

Ela erzählt von der Natur im Baltikum, von den Türmen von Riga und Tallinn. Esther hört zu, versucht die Trommeln in ihrem Kopf zum Schweigen zu bringen, sie trommeln weiter: In Kowno wieviele Tausende, achttausend, zehntausend, ein Strom von Blut, die Litauer haben im Fluß mit Eisenstangen auf die Juden eingeschlagen, selbst die Deutschen, die SS, sei entsetzt gewesen, heißt es, oder war das woanders, nicht in Kowno? In Wilna habe es zwei Ghettos gegeben, das große und das kleine. Die Juden haben sich in den Wäldern versteckt. In Riga haben die Deutschen angeblich nur drei Tage gebraucht, um die gesamte Rigaer Judenheit zu erschießen. Die Juden haben sich, erzählt ein Augenzeuge, gehorsam an die Mauer gestellt. Haben nicht einmal versucht zu fliehen. Die Letten haben mitgemacht, sie waren Arier, Lichtgestalten, die Letten, sie sind in der SS gewesen, die Litauer auch, trommelt es immerzu, während Ela erzählt. Von den Schlössern und Palästen, von den freundlichen Menschen, denen sie unterwegs begegnet sind.

„Eine wunderbare Reise“, seufzt sie. „Alle waren so nett zu uns. Und die estnischen Speisen – alles dort hat mir so gut geschmeckt.“

Sie sind jetzt in Tallinn angelangt, und von Tallinn weiß Esther nichts. Wieso weiß sie nicht, wundert sich. Die Trommeln werden leiser.

Jetzt darf sie nichts mehr sagen, nichts mehr verderben, jetzt ist Mittag, und die Sonne steht schon hoch. Leuchtend wie damals, als die –

„Wo bist du?“ fragt Ela.

„Mit dir in Riga“, antwortet sie hastig.

Sie ist hier, im Viertel, in dem auch Juden gewohnt haben, Juden und Polen zusammen, bevor die Deutschen kamen. Sie sieht vor sich Josephs Familie, so wie er sie ihr und den anderen geschildert hat: den Großvater, der Schneider gewesen sei und in der Einzimmerwohnung im Souterrain gewohnt habe; wenn er hinaufschaut, sieht er die Füße und Hosenbeine der Menschen, die auf dem Bürgersteig vorbeigehen. Bald erkennt sie auch Joseph an ihrem Schuhwerk wieder; die gut geputzten Schuhe und Stiefel, die hochhackigen, flachen, schäbig abgelaufenen, die breit getretenen; die mal dunklen, zerfransten, mal schmucken Hosenbeine der Männer; die Knöchel und farbigen Röcke der Frauen und Mädchen, gestrickte Strümpfe. Auch die Hinterhöfe erzählen von Schneidereien und Bäckereien. Geschichten aus Josephs Kindheit, die er immer wieder vorträgt, wenn er aus Kanada herüberfliegt, von hämmernden Schustern und verwaisten Metzgereien, wo die Hühner einst gerupft worden seien, alle längst leer.

Joseph bleibt vor dem Haus stehen, und es kommen ihm die Tränen. Esther wünscht, er würde endlich damit aufhören. Die Touristen treiben ein unheimliches Spiel mit ihm, er zieht sie mit in sein Spiel hinein, sie machen mit, masochistisch sind sie alle, genauso wie er, doch sie darf dieses Wort nicht in den Mund nehmen, Joseph braucht die wißbegierigen Besucher, die Mehrheit sind amerikanische Juden; er braucht sie, um erzählen zu können, wie die *Haggada* erzählt wird, alle Jahre wieder, die Geschichte des Auszugs der Israeliten aus Ägypten, aus der Sklaverei in die Freiheit, und andere Bibelgeschichten alljährlich auch, wie die von Esther und der Überwindung des Bösen, von Haman, der die Juden erschlagen wollte, sie töten wollte für alle Zeiten.

Zugleich muß Joseph seine Anekdoten über die antisemitischen Polen wieder heraufholen, Esther kann sein schadenfrohes Lächeln kaum ertragen, als er vom Priester und der Kirche erzählt, dann doch noch von der polnischen Familie, die ihm das Leben gerettet habe. Auch die Fußballmannschaften, das Gekritzel heute noch an den Mauern und Wänden, wo es nur um Fußball geht.
„Es geht wirklich nur um Fußball", erklärt ihr lachend Jolanta. Die Kronen und die Galgenbilder. „Das sind die verschiedenen Mannschaften, Esther, die Favoriten und die Gegner." Es gebe heute keine jüdischen Mannschaften mehr in Polen. „Antisemitismus", sagt Joseph, „weil die jüdischen Mannschaften damals Konkurrenten waren. Aber Polen wissen oft nicht, daß sie antisemitisch sind", fügt er mildernd hinzu, „sie reden einfach so, sie wissen es nicht –"
„Wenn sie's nicht wissen, sind sie es vielleicht nicht", entgegnet Esther. Die Ghettojahre und das Leben davor, nur weil heute schönes Wetter ist und alles hochkommt, und der noch kleine Joseph zieht los zum Fußballspiel, noch sieht man keine fremden Uniformen, noch hört man nicht die rauhen Stimmen der deutschen Besatzer, noch ist die Welt einigermaßen unschuldig. Josephs Mutter hat Suppe gekocht, und an Schabbat gibt es *tschulent*.

„Hier würde ich gern wohnen", lacht Ela, sie sind mittlerweile die Hänge hinuntergelaufen, an Josephs Friedhof vorbeigegangen, ganz nahe daran, für Esther heißt er eben Josephs Friedhof, sie kennt keinen anderen Namen, sie sieht die umgekippten Steine, die keiner mehr pflegt, Ela weist auf ein altes Bürgerhaus im Jugendstil mit Giebeln und einem geschwungenen Balkon. „Ich nehme es mit, und du?"

„Auch die Villa nebenan", stimmt ihr Esther zu, „gefällt mir gut." Hätte ihre eigene Familie auch hier gewohnt, würde sie diese Straßen kennen, wäre der Großvater doch hier geblieben und nicht ausgewandert, und wenn vor allem *sie*, die Deutschen, nicht gekommen wären, wäre es weiter so gegangen wie immer in den Märchen, und wenn sie nicht gestorben sind, so lebten sie noch heute, und vielleicht würde Esther tatsächlich in einem dieser Häuser wohnen, wer weiß. Die staubigen Straßen, die Kastanien und Platanen, ihre sattgrünen Blätter, die schwere Luft, die ihren Atem ins Stocken bringt, sie spürt sie –

„Wo bist du?" fragt Ela wieder.

„Eine gute Wohngegend", antwortet Esther rasch, „so viel Grün. Ich würde hier gern wohnen." Sie kommen auf die Limanowski Straße, überqueren sie und sind wieder auf der Józefińska.

„Hilf mir, eine Wohnung zu finden. Ich will hier wohnen." Staunt, als sie den Satz hervorbringt. Staunt über die Worte, die sie gesprochen hat, den Gedanken, der ihr herausgerutscht ist.

Abraham stand auf der Straße. Er war also nicht in New York, sondern hier in der Stadt K.; wahrscheinlich war er noch einmal zu Besuch hierhergeflogen. Esther erkannte ihn wieder, wie er da stand im Profil, ein wenig zurückgelehnt, den Kopf unter dem breitkrempigen schwarzen Hut nach hinten geneigt. Ohne den Hut wäre er ihr nicht aufgefallen, ein durchschnittliches Gesicht, Hunderte von jungen Männern sahen aus wie er. Anstatt weiterzugehen, blieb sie spöttisch neugierig stehen, schaute ihm zu.
Der junge Amerikaner stand vor einem Haus, dem einzigen Haus auf dieser Straße im altjüdischen Viertel, das noch völlig verfallen war, fast eine Ruine, der Eingang mit Brettern und Balken vernagelt. Er stand beinahe regungslos da, den Blick auf die Bretter gerichtet, die den Eingang versperrten und das Gebäude vor neugierigen Blicken schützten. Erst wenn man durch den dünnen Spalt zwischen den unregelmäßig befestigten Holzbrettern hindurchspähte, sah man einen Hinterhof voller Schutt und Steinbrocken, die Hausfassade mit einem Fenster und zwei herausragenden Betonstützen; links vom ersten Pfeiler führte eine Tür ins Innere. Was er da bloß tat, blinzelnd vor dieser halben Ruine, verträumt, als ob er ein Wunder erwartete.
Beide waren sie in der Gasse allein. Der ganze touristische Trubel – die Cafés, Restaurants, Hotels – fand auf der dahinter liegenden Straße statt, wie im Spiegelreich.

Er spürte vielleicht ihre Blicke, denn er drehte sich um und nahm Esther wahr. Er erkannte sie bestimmt nicht wieder, und falls doch, wäre sie ihm wohl ebenso gleichgültig wie er ihr. Doch das Bedürfnis, jemandem etwas mitzuteilen, war anscheinend in diesem Augenblick stärker als die Sympathie; gerade als sie weitergehen wollte, hörte sie plötzlich seine Stimme. Er sprach sie an.
„Das hier wird eines Tages meine Klause sein“, verkündete er.
„Ihr – was?“ rutschten ihr die Worte vor Erstaunen aus.
„Meine Klause“, wiederholte er auf englisch. Offenbar ging er davon aus, daß sie ihn verstünde. „Ich werde hier Kabbala und Chassidismus lehren und praktizieren, wie meine großen Vorgänger es getan haben.“
Esther blieb stehen. Musterte ihn. Er war ihr genauso unsympathisch wie damals.
„Warum gerade hier?“ fragte sie ihn kühl. Ihre Stimme paßte sich der Überheblichkeit seiner Stimme unwillkürlich an, und sie ärgerte sich. Er schenkte ihr einen kurzen, mitleidsvollen Blick, freute sich offenbar, bei dieser Gelegenheit sein Wissen ausbreiten zu dürfen.

„Zu Beginn des 17. Jahrhunderts gab es hier die Klause des Kabbalisten Natan Nata Spira“, erklärte er.
„Hier? In diesem Haus?“
„Wahrscheinlich. Gut, ich weiß es nicht ganz genau“, gab er zu. „Diese Straße – die Gasse – hieß damals Na Przejściu – sie heißt immer noch so,“ – er wies auf das Straßenschild – „aber hier steht nichts mehr. Wir dürfen jedoch annehmen, daß es ungefähr an dieser Stelle war, und dieses Haus paßt dazu – es gibt alte Zeichnungen. Das Haus ist jedenfalls leer, und mein Vater wird es für mich kaufen.“
„Der New Yorker Rabbiner?“
„Ja. Genau – er ist mein Vater. Gut, wenn es mit diesem Haus nicht klappt, können wir versuchen, eines dort zu bauen, wo es früher vielleicht gestanden hat. Wir kriegen das schon heraus. Aber es würde hier gut hinpassen, neben der Synagoge.“
Esther schwieg. „*Przejście* heißt Übergang – Durchgang“, sagte sie.
„Der Übergang in die geistige Welt“, seufzte er. „Es paßt. Alles paßt.“
„Außer, daß hier nichts mehr ist“, bemerkte Esther. Mußte ihn herausfordern, seine Eitelkeit ein wenig dämpfen, ins Wanken bringen.
„Ich werde es schaffen,“ erklärte er unbeirrt. „Ich will es restaurieren. Diese Stadt war früher ein Zentrum für Kabbala und Chassidismus, ich will sie jetzt erlösen“, sagte er, „den Ort befreien.“
Als ob wir das wirklich könnten, und Esther verzog das Gesicht.
„Und was tust du hier?“ fragte er plötzlich.
Ihre Antwort würde ihn bestimmt nicht interessieren. Wohl nur so eine Höflichkeitsfloskel.
„Was ich hier tue?“ Sie zögerte. „Ich recherchiere. Ich bin eine Art von“ – noch einmal Zögern – „Historikerin.“
„Historikerin? Dann weißt du das alles schon?“
„Alles nicht. Ich bin keine gewöhnliche Historikerin, ich habe kein Diplom in Geschichte.“
„Ach, so. Liebhaberei. Warum gehen wir nicht irgendwo Kaffee trinken?“ schlug er auf einmal überraschend vor.
Esther überlegte. Sie sollte ihm jetzt sagen, daß sie keine Zeit habe. Noch eine Stunde, auch nur eine halbe Stunde mit diesem Klügling zusammensitzen, das wäre ihr zuviel.
Oder einmal und dann nie wieder.
„Gut.“ Sie willigte ein. Aus Neugier, weil auch er letztlich zu den Kulissen dieser Stadt gehörte, jedenfalls gehören wollte.
„Hier. Um die Ecke. Das ist mein Lieblingscafé. Und koscher. Ich habe es mir bestätigen lassen.“

Mit Unterschrift, Stempel und Siegel. Aber sie fragte ihn nicht.
Sie setzten sich an einen der kleinen runden Tische am Fenster, mitten in der altneuen Stimmung, die gerade für dieses Viertel so typisch war. Die gehäkelten Tischtücher, an den Wänden altertümliche Stiche, im Hintergrund Musik. Eine Geige weinte, eine Frau sang Jiddisch.
Er setzte sich ihr gegenüber, streckte die langen Spinnenbeine.
„Ich mag dieses Café", bekräftigte er. „Wenn ich in der Stadt bin, komme ich jeden Tag hierher. Du weißt, es war früher eine *Mikwa*?"
Die Kellnerin zündete die Kerze auf dem Tisch an, nahm ihre Bestellung entgegen.
„Ich heiße Abraham", sagte er, als sie fort war. Sich vorzustellen schien ihm jetzt angebracht.
Er behielt noch den schwarzen Hut auf. „Ich hätte viel lieber Mosche geheißen, wie der Rebbe hier, Moses Isserle" – setzte er lächelnd fort – „und ich habe meinem Vater gesagt, daß ich mit Abraham gar nicht so einverstanden bin. Warum konnte ich nicht Moses heißen? Von Moses bis Moses, das A *und* O."
„Selbst Abraham ist nicht gerade unbedeutend", kommentierte Esther, schon gelangweilt. Warum er den absurden Hut nicht absetzte, darunter trug er bestimmt eine Kipa. Sie erinnerte sich sogar, als sie ihn damals nach dem Gottesdienst vor einem halben Jahr beschimpfte, daß er später beim Essen keinen Hut aufhatte. Der Hut verlieh ihm offenbar eine Aura, auf die er nicht verzichten wollte.
„Ich heiße Esther", sagte sie leise, obwohl er sie nicht gefragt hatte.
Zum ersten Mal zeigte Abraham echtes Interesse. „Und wirst du dein Volk retten, Esther?" fragte er. Seine Augen glänzten.
Sie lachte auf, kopfschüttelnd. „Das glaube ich kaum!"
„Schade." Pause. Dann: „Hast du kein Sendungsbewußtsein?"
Esther überlegte. „Nein", antwortete sie.
„Warum hast du keines? Jeder Jude braucht ein Sendungsbewußtsein."
Er hatte schon die Jacke abgelegt und saß vor ihr in Hemdsärmeln. Sein Rücken beugte sich, er war schmalschultrig, schlaff, unsportlich. Den Hut behielt er immer noch auf.
„Ich werde mein Volk bestimmt nicht retten", wiederholte Esther mit Nachdruck, als wollte sie jedes Fragezeichen aus dem Weg räumen.
„Ein Volk kann sich nur selbst retten – oder sich in den Abgrund stürzen."
„Das glaube ich nicht, Esther. Das glaube ich nicht. Jeder von uns kann in der Geschichte eine Rolle spielen. Namen sind wichtig. Und auch wenn du nicht ‚Esther' bist", setzte er seine Überlegungen fort, „kennst du vielleicht die Geschichte von Esterka?"

Da er ihr kurzes Zögern als Nichtwissen deutete, redete er weiter:
„Die Jüdin aus einer Stadt etwas weiter weg von hier, die Tochter eines Schusters oder Schneiders oder irgendwas, ich glaube, eines Schneiders, die die Geliebte des Großen Kazimierz wurde –“
„Ach ja –“
„Sie hatten zusammen vier Kinder, wird erzählt, obwohl es keine endgültigen Beweise gibt; zwei wurden getauft, zwei wurden jüdisch erzogen.“
„Eine wunderschöne Geschichte“, stimmte ihm Esther zu.
„Die hat mir mein Vater erzählt, bevor wir hierher kamen. Selbstverständlich war der Große Kazimierz ein Goj –“
„Einer, der den Juden wohlgesonnen war“, konterte Esther.
„Vielleicht nur wegen der schönen Esterka, und eine richtige, koschere Ehe war das auch nicht“, wandte Abraham ein. „Trotzdem“, mußte er zugeben, „eine hübsche Geschichte. Esterka hatte hier einen Palast, auch ein Grabmal, sagte mir mein Vater – und jetzt, heute, ist nichts mehr davon übriggeblieben.“
Wie von allem, auch die Esterka hatte sich verflüchtigt...
„Glaubst du an *Gilgul*?“ fragte er plötzlich, „an Seelenwanderung?“
Esther überlegte. „Ich weiß nicht – warum?“
„Vielleicht wandeln ihre Seelen noch umher, hier an diesem Ort. Sie und der Große Kazimierz, warum nicht? Sie verkörpern sich immer wieder in anderen Menschen. Wer weiß?“
„Ich weiß nicht“, antwortete Esther ungeduldig. Wie er sich an die Geistigkeit heranmachte, grob, ungeschickt, warum konnte er das nicht lassen. Es stieß sie ab.
„Hast du Kinder, Esther?“
„Nein.“
„Geistige Kinder vielleicht?“ Abraham schmunzelte.
„Vielleicht – das kann ich nicht wissen.“
Eine ungemütliche Pause. Esther schaute auf die Uhr. Sie würde bald aufstehen und gehen. Aber die Kellnerin hatte ihnen erst jetzt den Kaffee gebracht.
Abraham schloß die Augen, faltete die Hände, murmelte ein kurzes Gebet, einen Kaffeesegen. Esther sah ihm dabei zu, wartete, bis er fertig wurde.
Er rührte nachdenklich in der Kaffeetasse, als wüßte er nicht, was er sagen sollte, setzte aber wieder an: „Was tust du als Historikerin hier in Polen?“
„Ich bin auf den Spuren meiner Familie“, antwortete sie vorsichtig.

„Ach, Ahnensuche! Wurzeln." Er lachte. „*My roots.* Das betreiben wir alle –"
„Alle?"
„Beinahe alle. Wozu sollen wir sonst hierher kommen? Außer um herauszufinden, wer wir sind. Und was hast du herausbekommen? Mein Urgroßvater", fuhr er fort, ohne ihre Antwort abzuwarten, „war Rabbiner in einem Schtetl gar nicht weit von hier – das hat mein Vater erfahren. Wir sind sehr stolz auf ihn. Und deiner? Weißt du was über ihn?"
„Er war Tischler."
„Ach." Abraham schwieg, fing sofort wieder an zu reden, als ob das eigene Schweigen ihn beunruhigte. „Schreibst du über deine Familie? Ich bin mal einer Frau begegnet, die hier herumstrich und über ihre Familie einen Roman schreiben wollte. Wenn du Historikerin bist, welche Geschichte recherchierst du? Jüdische Geschichte, selbstverständlich –"
Sie hatte sein Alter unterschätzt, er könnte schon sieben- oder achtundzwanzig sein, sein Gesicht war mager, die Augen zu nahe beieinander, seine Lippen hübsch geformt, aber der Mund war zu breit und schlaff. Auch hatte er noch keinen Bart, warum denn nicht, wunderte sie sich, wenn er sich als Chassid oder Zaddik ausgibt.
„Gar nicht selbstverständlich", entgegnete sie, verspürte dabei ein Gefühl von Triumph. Diese Antwort hatte er nicht erwartet: „Polnische Geschichte auch. Beides gehört zusammen."
„Meinst du?"
„Ja."
„Gut. Polnische Geschichte sehe ich auch als Teil der jüdischen", gab er zu.
„Ich sehe es anders."
„Wirklich?" Er staunte.
„Ja, wirklich. Jüdische Geschichte sehe ich als Teil der polnischen." Eine kurze Pause, während sie sich überlegte, ob sie wirklich weiterreden sollte, dann sagte sie: „Ich bin eine Historikerin der Gefühle."
„Eine was?" Abraham stutzte, verunsichert. „Was heißt das denn?"
„Das kann ich dir schwer erklären."
„Na ja, gut." Er war offenbar erleichtert. „Das mußt du auch nicht."
„Es interessiert dich nicht?"
„Das habe ich nicht gesagt." Abraham wehrte sich. „Ich habe nur gesagt, das mußt du mir nicht erklären, wenn du nicht willst. Interessiert. bin ich schon."

Ich kann die Geschichte dieses Landes nur durch meine Gefühle verstehen – wollte sie sagen. Aber Abraham würde ihr bestimmt widersprechen... Esther schwieg.

Er wechselte schon das Thema.

„Ich wollte mir einen Schlüssel besorgen. Ich möchte hinein ins Haus. Bis jetzt aber haben sie mir keinen gegeben. Mein Vater hat ihnen geschrieben, und ich soll nachhaken."

Er schaute auf die Uhr. „Für heute ist es zu spät. Ich habe ein paar Freunden versprochen, mit ihnen *Mincha* zu beten – das Nachmittagsgebet", erklärte er.

„Ich weiß, was *Mincha* ist."

„Ach, ja?" Er schien es zu bezweifeln. „Bist du traditionell erzogen worden?" fragte er. Wieder zeigte er flüchtiges Interesse.

„Ja. So in etwa."

Abraham nickte langsam, zog sie nun wohl ernsthaft in Zweifel. „Du bist also eine assimilierte Jüdin?"

„Das muß ich heute nicht besprechen", antwortete Esther.

Dann zögerlich, eine plötzliche Wärme vortäuschend, weil sie tatsächlich neugierig war: „Wenn du den Schlüssel bekommst, darf ich mit dir hineingehen – in das Haus?"

Abraham überlegte, ließ sie eine Weile zappeln. Esther wartete, schweigend, kühl, aber nicht zu unfreundlich. Spielte nun die Gleichgültige. Er würde sich vermutlich nur freuen, wenn er ihr etwas verweigern könnte, und suchte nach einer Berechtigung.

„Ich weiß nicht, ob Frauen –", er stockte.

„Damals vielleicht nicht", räumte sie ein, „obwohl das keiner so genau wissen kann, aber wir sind inzwischen über dreihundert Jahre weiter, es gab seitdem Kriege und Vernichtung – die Zeiten haben sich geändert, meinst du nicht?"

„Ja, gut." Abraham gab nach, er willigte ein. Wollte offenbar das Gespräch möglichst rasch beenden. „Ich muß sowieso hinterher alles noch koscher machen –"

„Das wird sehr lange dauern, so wie es jetzt aussieht."

„Jawohl." Sie standen auf, er baute sich zu seiner vollen Größe auf, von seiner Körperlänge her ein ansprechender junger Mann, mindestens um einen Kopf größer als Esther. Er hatte schon bezahlt, wollte ihr zeigen, daß er der Herr war, ein Mann, und noch dazu ein Gentleman. „Wir haben viel vor", beteuerte er. „Ich habe viel vor", verbesserte er sich.

Du kleiner Wichtigtuer. Esther lächelte, bot ihm ihre Hand. Wieder vorgetäuschtes Wohlwollen.

Abraham zögerte, er gab wahrscheinlich Frauen sonst nicht die Hand. Er hatte, wie erwartet, einen weichen, leicht feuchten Händedruck.

Cezary, ja, jetzt erinnerte sie sich. Cezary hatte ihr die Geschichte von Kazimierz dem Großen und Esterka erzählt – zwischen seiner Schilderung der *szlachta* und der Bauern – so daß sie sich zwar an die Geschichte erinnerte, doch vergessen hatte, daß es Cezary war, der sie ihr erzählt hatte.
Wie der Große Kazimierz dem jüdischen Mädchen begegnet war, es kennenlernte, die Entfernungen waren damals beschwerlicher zu überwinden als heutzutage, wenn Esther auf die Landkarte schaute, lag das Dorf Opoczno – im Mittelalter mußte es noch ein Dorf gewesen sein – von der königlichen Hauptstadt weit entfernt. Das hatte ihr Cezary nicht erzählt, und wieso Esterka alle diese Häuser und Paläste besitzen durfte, die ihren Namen bis heute verewigt hatten. „Eure Straßen, unsere Häuser“, vielleicht wurde der Spruch schon damals geprägt, die freche Esterka vom Dorf – sie war bestimmt frech –, die dem schon alten König Kazimierz so schicksalhaft auffiel, ihn bezirzte... und, wie die Geschichte lief, war sie bereit, ihm zu folgen, komme, was da wolle, selbst wenn ihr Vater nicht einverstanden wäre... wie jüdische Väter in solchen Fällen selten einverstanden sind.
„Alles nur Legende“, lächelte Cezary. Und übrigens, ob das überhaupt Esterkas Kinder waren, auch das sei nicht bewiesen, schmunzelte er, Kazimierz hatte andere Geliebte, andere Konkubinen, nicht nur Esterka. Esther verspürte einen Stich in der Magengrube, als er „Konkubine“ sagte, doch Esterka war letztendlich nur seine Mätresse, keine Königin, obwohl – obwohl – Cezary zögerte, man wisse beinahe mehr über Esterka als über Adelaide, die eigentliche Königin und Ehefrau des Königs. Er stand auf, entschuldigte sich bei ihr für die Unterbrechung, leider müsse er nun Pause machen, eine dringende Versammlung in der Stadt, aber wenn sie später noch da sei, oder wenn sie wiederkomme... Er nahm ihre Hand in die seine, drückte ihr flüchtig einen Kuß auf die Fingerspitzen, griff nach seiner Aktentasche und ging. An der Tür zum Wohnzimmer drehte er sich um, lächelte ihr noch einmal zu.
Esther erwiderte sein Lächeln. Ein knappes Winken.

Am kleinen Fluß entlang, dem Fluß, den nur die Einheimischen kennen, die herbstlich melancholische Skizze von Wyspiański fällt ihr ein, geht Esther gern spazieren. Nicht durch die Parkanlagen in der Nähe von Donata-Danielas früherem Zuhause, auch nicht durch das Stadtviertel, das sich unmittelbar hinter dem Gefängnis befindet, das Deutsche Viertel genannt, in dem Jan, der andere, frühere Jan, der Neffe des Großvaters Jaworzyński, Cezarys Cousin – Esther sieht noch die Blutflecken an den Wänden vor sich, das Gekritzel der Gefangenen – in einer der Zellen gefoltert, bevor er hingerichtet wurde.
„Dort habe ich als Kind gewohnt", sagte eines Tages überraschend Herr Müller-Weidt; Klaus, wie er sich mittlerweile immer gern vorstellte. Pan Klaus, der Klaus. Dort, sagte er, in einer der neuen Wohnungen im Deutschen Viertel, ganz einfach. Damals ging er mit seiner Mutter gern in den Anlagen spazieren. Es gab Eis, und vielleicht sogar ein Karussell? Auf Esthers Frage nach dem Karussell ging Herr Müller-Weidt nicht ein.
Wenn sie mit ihm zusammensitzt – er bleibt trotz allem, trotz seiner Freundlichkeit, seines guten Willens, immer noch *Herr* Müller-Weidt – bringt sie den Namen Klaus nur schwer über die Lippen. Auch Maria spricht ihn nicht aus. Pan Klaus, sagt sie ab und zu, mal ironisch, mal dankbar. Letztlich sind sie ihm alle dankbar, daß er es ihnen ermöglicht, ihr Erbe anzutreten, das *zamek* mit den wunderbaren Gärten, noch liegen sie brach, aber Jolanta und Elwira haben auch dafür ihre Pläne. Obwohl die Kastanienbäume von der Braunfäule betroffen sind, wie alle Kastanien dieser Gegend. Selbst Klaus Müller-Weidt kann diese Krankheit nicht beheben, so sehr er es sich wünschte. Er wünschte es tatsächlich. Sogar Esther Blu spürt, daß er es wünschte. Sie stellt sich ihm als Esther Blaublat vor, und er lächelt gütig, ein echt jüdischer Name, unverwechselbar jüdisch. Klaus Müller-Weidt möchte die Kastanienbäume der Stadt K. retten, ihre Krankheit wegzaubern, wie er auch seine Vergangenheit wegzaubern möchte, einen Bruchteil der deutschen Vergangenheit der Stadt K. Oder doch nicht. Er habe eine glückliche Kindheit gehabt, erzählt er gern, wenigstens die anderthalb, zwei Jahre, die er bewußt hier verbracht habe, seien glücklich gewesen, ausgesprochen glücklich; davor war er noch zu klein, um sich zu erinnern. Selbst damals war die Stadt K. wunderschön. Trotz der schwarz-rot-weißen Fahnen, die überall auf den Fotos aus dieser Zeit zu sehen sind. Oder vielleicht gerade deswegen. „Ich erinnere mich noch an den Großen Markt", sagt Herr Müller-Weidt, spricht wenigstens nicht den anderen Namen aus, in den der Marktplatz,

wenn auch nur vorübergehend, umbenannt wurde. Andere seiner Erinnerungen sind verschwommen.
Jolanta lächelt gutmütig. Sie hat sich entschieden, gutmütig zu lächeln, was er auch sagt, der Klaus, zumindest in seiner Anwesenheit. Jolanta ist von Cezary und Elwira dazu erzogen worden, höflich und manierlich zu sein.

Als die Kaffeestunde stattfand, waren die Pläne für das Schloß schon festgelegt, anhand jener alten Zeichnungen und einiger neuer Konzepte; die Bauarbeiter und Handwerker hatten angefangen. Die Kaffeestunde – Maria hatte Pflaumenkuchen gebacken – war eine Einsegnung, eine Feier, um der ganzen Familie Herrn Müller-Weidt vorzustellen – ein gegenseitiges Fühlungnehmen. Zur Beruhigung? Wie hätte Cezary das alles empfunden, hätte er noch gelebt? Es wäre vielleicht nicht möglich gewesen, er hätte es nicht gewollt. Vielleicht gerade deshalb hatte ihm Jolanta von ihrem Vorhaben, ihrem Traum nichts erzählt.

Hätte es den Zusammenbruch nicht gegeben, sagte Klaus Müller-Weidt, wäre er, wer weiß es, in der Stadt K. aufgewachsen. Esther wollte den Satz nicht zu Ende denken. Auch Herr Müller-Weidt hielt inne, als verstünde er plötzlich die Tragweite seiner Aussage. Manchmal schaute er bescheiden und betreten, als seien ihm seine Schuld, seine Verantwortung als vierjähriges Kind mit der Mutter nachmittags durch die Anlagen spazieren gegangen und auf der Wiese gesessen zu sein, wohl bewußt. Seine Betroffenheit, seine Scham konnte er überzeugend zum Besten geben.
Seine frühe Kindheit in der Stadt K. war trotz des Krieges eine normale Kindheit, mußte er eingestehen. Eine peinliche Pause. Ja, vom Krieg habe er nichts gemerkt. Wie sollte er denn auch? Nachmittags führte ihn die Mama im Park spazieren. Hielt ihn an der Hand, wie alle Mamas sonst, wenn er nicht im Sportwagen saß. Die Mutti, sagte er. Dann schwieg er, vergnügt.
Elwira, die noch Deutsch versteht, lächelt ihm geduldig zu. Sie kann ihn ohnehin nur undeutlich wahrnehmen, sieht ihn wie durch Nebel. Kein Riese, vielmehr ein Schatten, mit einer durchaus freundlichen Aura.
Er ist ein guter Mensch, sagt Jolanta immer, wenn Herr Müller-Weidt wieder abreist. Nein, vielen Dank, dieses Mal solle Madame Jolanta sich bitte nicht stören lassen, er werde mit dem Taxi zum Flughafen fahren. „Bis zum nächsten Mal“, sagt er lachend beim Aufstehen. Gibt ihnen allen der Reihe nach die Hand, obwohl doch nicht

„auf Polnisch", daran könne er sich noch nicht so recht gewöhnen, muß er gestehen – wieder ein Lächeln – die Hände der Damen auch nur leicht mit den Lippen zu berühren.

„Ein empfindsamer Mensch", sagte Maria, als er endlich fort war. „Ich glaube wohl, er ist sensibel. Man darf es ihm nicht vorwerfen, wenn er die Vergangenheit seiner Familie gutmachen möchte."

Maria war fair, Maria war immer gerecht. Ein Mensch ist ein Mensch, seine Herkunft, seine Nationalität seien unwichtig, gab sie immer wieder zu verstehen. Selbst wenn er Deutscher ist.

Sie stellte den Rest des Pflaumenkuchens wieder in die Küche, und alle halfen ihr, den Tisch abzudecken.

Als sie sich kennenlernten, vertraute Herr Müller-Weidt Esther mehr Einzelheiten über sein persönliches Leben an als Jolanta. Esther sprach letztendlich seine Sprache, während er sich mit Jolanta auf Englisch unterhalten mußte.

„Wir waren damals gerade in die neue Wohnung eingezogen", erzählte er, in diese schöne neue Wohngegend, die von polnischen Architekten für die neu eingewanderten deutschen Besatzer eingerichtet wurde. Ja, mindestens ein Architekt sei damals Pole gewesen, betonte er, nicht ohne eine Spur von Schadenfreude, weil er feinfühlig genug war, um herauszuhören, wo Esthers Sympathien lagen. Klar, die Polen seien auch nur Menschen gewesen, setzte er fort, sie mußten ihr täglich Brot verdienen, selbst bei ihrem Unterdrücker, der damals wie heute immerhin gut bezahlte. Nur wenige Polen hätten für die Deutschen gearbeitet, fügte er tröstend hinzu. „Gerade in die neue Wohnung eingezogen, meine Mutter freute sich richtig, ich kann mich an ihre Freude erinnern. Die neuen Wohnhäuser kamen mir damals als Kleinkind schon sehr hoch vor. Später, als ich an diese Zeit zurückdachte, sah ich tatsächlich Wolkenkratzer. Aber als ich letztes Mal hier war, bin ich vorbeigefahren, um mir das alles nochmals anzuschauen – ja, stellen Sie sich vor, das erste Mal nach so langer Zeit! Da sah ich, daß es in Wirklichkeit nur drei-, höchstens vierstöckige Wohnhäuser waren."

Wenn er lachte, wurde sein rheinländischer Akzent unüberhörbar, seine Stimme wärmer.

„Kaum hatten wir uns dort eingelebt, meine Mutter hatte gerade die neuen Gardinen genäht und aufgehängt, mußten wir schon wieder weg."

Sein Lachen verstummte. Von der Zeit danach sprach er nicht. Es war ihnen im Frühjahr 1945 gelungen, nach und nach bis in den Westen durchzukommen, dort neu anzufangen, ein Leben aufzubauen. Klaus Müller-Weidt habe sich damals als Flüchtlingskind gefühlt, sagte er zu Esther. Es gab zwar wieder eine Wohnung, in der die von der Mutter frisch genähten Gardinen nicht mehr so schnell abgehängt werden mußten. Allein die neue Wohnung, die Gardinen – handgenähte, weil die Mutter in der Nachkriegszeit sich keine Nähmaschine leisten konnte – ließen auf sich warten.

Wenn Herr Müller-Weidt so redet, gehört ihm die Stadt K., auch er erhebt darauf einen Anspruch. Durch die Kinderjahre, die Erinnerungen, die Spaziergänge im Park, die Schaukel und den Sandkasten. Die Kinderbeine des drei- bis vierjährigen Klaus müßten nach und nach die ganzen Anlagen abgetrottet haben, von den Planty bis zum Wyspiański Park. Jeden Tag, jeden zweiten Nachmittag, hin und her. Vertraut, diese Orte. Da habe er im Herbst Kastanien aufgelesen und nach Hause getragen, erzählt er wehmütig. Diese Kastaniensammlung sei ihm leider abhanden gekommen. Wahrscheinlich auf der Flucht.
Madame Jolanta sei eine reizende Dame, betont er immer wieder, und mit dem Schloß und der Familie Piotrowski-Jaworzyński will er zweifellos eine gute Tat vollbringen.
Der Vater des Herrn Müller-Weidt habe damals selbstverständlich in der Gegend um die Stadt K. gearbeitet. Nicht als gewöhnlicher Soldat, seufzte er, sondern als Wehrmachtsoffizier. Das habe er erst viel später erfahren. Seine Erinnerungen an den eigenen Vater hätten sich lange nicht so eingeprägt wie diejenigen an die Wohnung, die Gardinen und die Parkanlagen. Der Vater sei nicht oft zu Hause gewesen, erklärte er Esther. Er erinnere sich an ihn leider nur schattenhaft. Nach dem Krieg, in der neuen Heimat, habe er den Vater nie wieder zu Gesicht bekommen. Er war verschollen, sagte er schlicht. Vielleicht wurde er von den Polen erschlagen, bot er als Erklärung an. Oder er hat sich als Jude getarnt. Sagte Esther im Gegenzug. Es gab solche Fälle.
Herr Müller-Weidt lächelte.
Wie das auch gewesen sein mochte, die Mutter wurde zur Kriegerwitwe erklärt; von ihrer Rente hätten sie eine Zeitlang gut gelebt.

Über die Jahre hatte Esther Blu gelernt, aufzustehen. Der Körper gehorchte, sie zwang sich in den Tag hinein. Jetzt, auf einmal, wollte er nicht mehr. An den Tagen, wenn sie sich von der Stadt K. eingeschlossen fühlte, waren ihre Glieder wie gelähmt. Jeden Tag eine ungeheure Anstrengung, aus dem Bett zu kommen, sich anzuziehen, aus dem Haus zu gehen, ins Leben. Mit den Zehen, den Fußballen berührte sie vorsichtig die Dielen, den Boden abtastend, bevor sie darauf trat. Besonders an Tagen, an denen der Himmel grau war, kämpfte sie gegen das Grau, nicht nur gegen das seltsame Schiefergrau, das die Stadt K. besonders prägte, bis hin zur Luft, sondern gegen das bleierne Grau am ganzen Körper.

„Wir fahren jetzt am Wochenende weg, komm mit, wenn du magst", schlug Ela vor.

Ela fuhr öfter weg; sie verbrachte die Wochenenden außerhalb der Stadt K., am liebsten auf dem Land oder in anderen Städten.

Auch Jolanta und Paweł waren verreist.

„Komm mit", schlug Ela vor.

Es war für Esther eine Ehre, von Ela eingeladen zu werden.

Sie lehnte trotzdem ab. Sie hatte eine Ausrede – ihre Arbeit. Die einzige Ausrede, die jegliche Ablehnung rechtfertigte.

Ela musterte sie. „Bist du sicher?" fragte sie. „Du kannst die Arbeit vielleicht verschieben –"

„Ja, nett von dir, wirklich nett. Aber ich kann nicht. Ein anderes Mal vielleicht."

Gefühlshistoriker: Es gibt heute nur wenige von uns, wollte sie sagen. Wenn es uns überhaupt gibt; vielleicht bin ich dabei, etwas ganz anderes zu schaffen, eine Sicht auf die Geschichte, die es bisher nicht gegeben hat. Dennoch möchte sie so viel nicht versprechen. Es geht letztendlich nur um meine Gefühle und die Gefühle der anderen, was diese Geschichte betrifft. Wo ein bestimmtes Ereignis oder gewisse Menschen bestimmte Gefühle hervorrufen. Es geht mir darum, die Fäden zu sortieren. Zu welcher Zeitrechnung gehört ein bestimmtes Gefühl. Ob wir nicht durch unsere Gefühle in andere Zeiträume eindringen, wo wir gar nicht hingehören, und die Gefühle, welche diese Ereignisse hervorrufen, doch nicht letztendlich fehl am Platz sind. Wir verstellen dadurch die Gegenwart.

Ela würde sie seltsam beäugen; mit Ela hatte sie noch gar nicht über ihren Beruf gesprochen, selbst mit Maria nicht. Obwohl Maria ahnte, daß sie etwas recherchierte. Irgendetwas.

Ein zweites Mal würde Ela sie nicht einladen, wenn sie dieses Mal ablehnte.

So dachte Esther, aber in diesem Augenblick konnte sie nicht anders. Selbst wenn sie wollte, könnte sie jetzt nicht weg.
„Später – vielleicht“, sagte sie.

Ein Gefühlsknäuel. Die Stadt K. kann sich gegen Esthers Gefühlstaumel nicht wehren. Esther ist verurteilt, den Wegen nachzugehen, die Donata und Wanda damals gingen, auch Josephs Wege: Sie hat sich dazu verurteilt. Auch die Wege ihres Großvaters, der in der Stadt K. den hellgrauen Homburg gekauft hatte.
Angenommen, daß er das überhaupt gewesen war, der Mann auf dem Foto mit dem grauen Homburg. Es fiel eines Tages aus einem Buch ihres Vaters heraus, wo es offenbar als Lesezeichen diente, fiel hinein in Esthers Leben. Zwei gänzlich verschwommene Aufnahmen, auf keiner von beiden war das Gesicht wirklich erkennbar, als ob man die Blende zu weit aufgeklappt hätte und Licht hereingeströmt wäre. Die zwei Fotos waren beinahe identisch, auf dem zweiten hielt er sich ein wenig anders als auf dem ersten, die linke Schulter war höher als die rechte, das Lächeln ein wenig zurückgenommen. Es mußten ganz frühe Aufnahmen gewesen sein, als der Fotoapparat erst in Mode gekommen war. Ein junger Mann steht neben einem Stand am Markt, hält lachend ein Kleinkind auf dem Arm; gut aussehend; er hat ein längliches Gesicht, die Spur eines Schnurrbartes. Auf dem Kopf trägt er einen grauen Homburg. Der Homburg mußte hellgrau gewesen sein, weil die Aufnahme aus weißlichen Schatten bestand, mit der Zeit war sie ausgebleicht, an Stellen vergilbt. Die Farbe des Hutes hob sich vom Rest nur ein wenig ab. Esther konnte sich nicht vorstellen, wer das sonst sein könnte, wenn nicht der Großvater. Einfach weil die Aufnahme schon so alt war. Das Kind, das er auf dem Arm hielt, war vielleicht ihr Vater.

Er kaufte den hellgrauen Homburg bei einem Hutmacher in der Stadt K., wahrscheinlich auf der Krakowska Straße. Zahlte für damalige Verhältnisse viel Geld. Oder er bekam ihn heruntergesetzt, für sehr wenig Geld, zum Freundschaftspreis, weil der Hut ihm ganz besonders gut gefiel; womöglich hatte der Großvater noch nie so einen eleganten Hut besessen, und der Hutmacher wollte ihn dem attraktiven jungen Mann verkaufen und keinem anderen, der später seinen Laden betreten hätte.
Oder der Großvater hätte den Hut bei einem früheren Besuch bestellt, er holte ihn bei der Ausreise nur ab. Doch Esther wollte lieber glauben,

daß der Großvater zufällig den Hut an jenem Tag entdeckt hatte, gerade als er dabei war, das Land und die Stadt K. endgültig zu verlassen, wie man auf das Besondere, das Wunderschöne oft erst im allerletzten Augenblick trifft, und der Hut für ihn ein Glücksbringer war – so hatte er wenigstens damals gehofft. Vorausgesetzt, daß er ihn nicht erst viel später in London gekauft hätte, nach der ersten, schweren Phase seines Einwandererlebens. Angenommen, daß der junge Mann auf dem Foto überhaupt der Großvater war, und nicht ein entfernter Cousin dritten Grades; in Esthers Familie väterlicherseits waren Cousins im Überfluß vorhanden. Ein Verschollener, ein Einwanderer. Oder ein Fremder, geschichtsloser, dessen Bildnis unverhofft in ein altes Buch ihres Vaters Joschua hineingeflattert war.
Es war der Großvater, dessen war sie sich sicher, und er hatte den grauen Homburg in der Stadt K. gekauft. In einem Hutladen auf der Krakowska. Vor der Abreise.

Am Nachmittag zog Esther wieder los, fand nochmals die Straße, dieses Mal schneller als zuvor, suchte nach der Hausnummer, dort, wo Donatas Vater seine Werkstatt gehabt haben sollte. Es war ein Haus wie jedes andere, und doch nicht wie jedes andere; für Donata hatte gerade dieses Haus eine bestimmte Bedeutung.
„Warst du jemals wieder dort?" fragte Esther sie einmal.
Daniela schwieg.
Ab und zu kehrt sie in die Stadt K. zurück. Was sie genau treibt, wenn sie kommt, weiß Esther nicht. Einige kulturelle Veranstaltungen, oder sie liest aus ihrem neuen Buch, in dem es, wie in all ihren Büchern, immer nur um diese Zeit geht, ihre verzweifelte Suche nach der Zeit. Darüber redet Daniela mit Esther nicht, und Esther erwartet nicht, daß sie mit ihr über das Mädchen Donata von damals spricht und über die verlorene Kindheit.
Wenn sie selbst den Ort aufsucht, so hofft sie, wird sie etwas von Danielas Gefühl, einen Schimmer davon, verspüren. Wie mit einer Wünschelrute.
Esther ist am falschen Ende der Straße angelangt, es ist heiß. Sie läuft zurück, zählt die Hausnummern ab. An der Ecke hängen Planen über einem Gerüst. Ein Haus wird restauriert, sie muß vom Bürgersteig herunter und läuft auf der Chaussee weiter. Vor der Hausfassade steht eine Plakatwand, vollgeklebt mit Reklamen für den neuen Chopin-Film, einen romantischen Streifen und anerkannten Mißerfolg: Die Heldin, eine junge Frau mit welliger, eberholzschwarzer Mähne und

„Chopin“ selbst, mit einem verführerischen Pagenschnitt, lächeln in leerer Sehnsucht aneinander vorbei. Die meisten Plakate sind halb abgerissen, neue Plakate, mit wertvolleren Ankündigungen, sind schon darüber geklebt. Esther geht weiter, und das nächste Haus hat die fahlgraue Fassade der zwanziger Jahre, die Gesichtszüge der Göttin über dem Eingang sind verwittert, und tausendmal liefe man vorüber, wenn man davon nichts wüßte. Die Tür steht offen. Durch den breiten, schäbigen Flur sieht sie den Hinterhof; in der Nachmittagssonne hängt eine junge Frau Wäsche auf; hinter der Mauer, die das Grundstück abgrenzt, reckt sich ein hellgetünchter neuer Wohnblock.

Sie hat nicht den Mut, ins Haus zu treten. Wäre am liebsten durchgelaufen, von unten bis oben, einfach, um zu sehen, um zu spüren, was für ein Haus das einmal war, wie es gewesen sein mußte. Nur hat sie Angst, daß die Frau, die ihre Wäsche gerade aufhängt, bald ins Haus zurückkommt und sie fragt, was sie hier zu suchen habe. Die Geschichte mit der Architektin ist unglaubwürdig. Die Frau wird vielleicht denken, daß Esther hier herumschleiche, um einzubrechen. Und letztendlich ist sie ja auch eine Einbrecherin. Auf der Suche nach Donatas Kindheit – auf Donatas Leben die Hand legen. Tiere markieren ihr Revier, schreiten es ab. Ist das nicht auch ihr Anliegen, wenn sie ehrlich ist, Esther Blu?

Sie späht durch den schmalen Eingang auf das enge Treppenhaus. Feuchte Luft weht ihr entgegen. Eine finstere Treppe führt nach oben, die Wände sind fleckig, braungelb vor Schmutz, auf dem Gang brennt eine Glühbirne.

Donata und Wanda wohnten im gleichen Viertel, nicht weit von einander entfernt; sie kannten sich nicht. Damals, unter so vielen Juden, kannte nicht jeder jeden. Außerdem besuchten sie andere Schulen und waren im Alter zwei oder drei Jahre auseinander. Mit zwölf oder vierzehn Jahren war das schon erheblich.

Die Straße, in der Wandas Familie wohnte, lag auf der anderen Seite der breiten Durchgangsstraße; in einer der Parallelstraßen, Richtung Norden, hauste die Gestapo. Von dort aus hatten sie einen guten Zugriff auf das umliegende Viertel; zwei Minuten, um die Hauptstraße zu überqueren und gleich um die nächste Ecke, kaum fünf Minuten entfernt. Länger als eine halbe Stunde hätten sie damals nicht gebraucht, um die Juden, die dort wohnten, aufzuspüren und in ihre Todesregister einzutragen, um sie später greifen zu können. Auf dem

Stadtplan fiel die enge Straße kaum auf. Esther stellte fest, daß nicht nur das eine Gebäude, in dessen Kellern Polen gefoltert und ermordet wurden, damals zur Gestapo gehörte, sondern die ganze Straße. Düstere Giebel aus Schiefer, an den Fenstern und Balkonen der gegenüberliegenden Häuser waren Blumenkästen voller Petunien, eine stechend rote Geranie.

Als Cezarys Cousin Jan im Gestapogefängnis gefoltert und ermordet wurde, waren Wanda und ihre Familie längst im Ghetto, wenn nicht schon im Lager. Die Wohnung gehörte ihnen nicht mehr, ihr Leben davor war zu einem Traum geworden. Donata war bei einer polnischen Familie außerhalb der Stadt untergebracht. Auch ihre Eltern waren im Ghetto. Vielleicht liefen sie und Wandas Eltern einander dort unwissend über den Weg.

Ordnung der Gefühle: Für jedes Gefühl eine andere Farbe. Abends stellt Esther ihre Listen von Gefühlen zusammen. Manchmal nimmt sie einen Pinsel und malt: für Wanda wählt sie meist Rot, doch das Rot wird öfter mit Blau gemischt, wandelt sich ins Karmesinrote, die wahre Farbe für Wanda aber ist das Granatrot. Für Daniela wählt sie ein strahlendes Grüngelb. Und Joseph, wenn er anfängt, sich zu grämen, seinen Unmut auf die Welt zu schütten; Esther stellt sich ihn vor in wässrigem Graugrün – die seltenen Augenblicke, in denen das Grüne sich vertieft, in bläulichen Untertönen aufbricht, sobald er sich selbst vergißt, das gequälte Kind von damals, sich öffnet. Wenn er nur mehr Blau durchscheinen ließe, aus seiner graugrünen Unterwelt, in die Esther ihn gestellt hat. Farben und Gefühle kann man jedoch schwer auswerten, kann nur zeigen, wie sie sich wandeln, sich miteinander vermischen, ineinander übergehen, sich auflösen.

Unter den Kastanienbäumen und Platanen, mit ihren üppigen, ausladenden Kronen, gingen die Nonnen, in ihren langen braunen Gewändern und schwarzen Hauben. Esther lief ihnen langsam nach auf der Allee, richtete ihre Schritte nach den Schritten der Frauen. Sie waren noch nicht alt, die eine, rechts vor ihr, war dünn und hochgewachsen, hatte schmale Kinderhände, die nicht zu ihrer Gestalt paßten. Sie war um die vierzig, vielleicht noch jünger. Die Nonnen schwatzten, kicherten miteinander, Esther hörte ihre hohen, aufgeregten Stimmen, konnte aber die Worte nicht verstehen. Was erzählen sich Nonnen bei schönem Wetter, auf dem Weg zur Kathedrale? Dann verlor sie sie aus den Augen, wurde vom Menschenstrom mitgerissen, der sich in der beginnenden Morgenhitze den Hang hinaufbewegte.

Alte Menschen, junge, meistens Paare, auch Familien stiegen hinauf, eine seltsame Stimmung herrschte, festlich und feierlich zugleich. Etwas würde geschehen, Esther verspürte Spannung, auch sie hatte es eilig, dorthin zu kommen. Sie ging an den paar alten, verkrüppelten Bettlern vorbei, die ohne Hoffnung am Wegrand kauerten, ihre Teller vor sich hinhielten; an Nonnen und Priestern vorbei, die um Hilfe für den Erhalt ihrer Klöster und Kirchen baten. Endlich kam sie an.

Am Eingang war Gedränge. Heute warteten keine Touristen, sondern Betende. Auf einmal rumorte es hinter ihr auf der Treppe, die wartende Menge teilte sich, und eine Schar junger Männer trat auf, kostümierte Gestalten, Riesen in Uniform, rot, weiß, golden und blau glänzend, ihre Mützen und Kappen wie Helme, rote viereckige mit goldenen Quasten. Mit ihren prächtigen Fahnen und Wappen aus Seide und Satin schritten sie an Esther vorbei, betraten die Kathedrale, die sich über ihnen türmte, ein majestätisches Gewölbe aus Geist und Geschichte. Halb geschoben, halb getragen bewegte sich Esther mit ihnen nach vorne.

Wir hatten keine Chance. Dieser Gedanke ging ihr blitzartig durch den Kopf.

Das Judentum hatte keine Chance.

Es konnte nicht, wir konnten nicht mit dieser Zeremonie, dieser Feierlichkeit Schritt halten, wir waren keine Konkurrenz für sie, für diesen rot-weiß-goldenen Stolz, die Überzeugung, die Hoffnungen von Jahrhunderten. Mit ihrem Glauben, ihren Kathedralen hatten sie sich durchgesetzt, hatten die anderen verscheucht, die merkwürdig skandierenden Rabbiner, die bärtigen Juden von früher mit ihren seltsamen Bräuchen. Kein Wunder, man lehnte sie ab, wollte mit ihnen nichts zu tun haben, mit ihren abwegigen Gewohnheiten, noch dazu ihrem Gebrabbel aus Hebräisch und Jiddisch, mitunter, wenn es gut ging, ein paar Fetzen gebrochenes Polnisch. Hatten aus der wunderbar singenden Sprache dieses Landes die irrsinnigsten Begriffe einfach übernommen, ohne Erlaub, nicht einmal eine Bitte oder ein Gestatten-Sie. Wir hatten keine Chance.

Die Kathedrale füllte sich, immer mehr Leute strömten herein, Esther wollte nicht in der Mitte neben den Fahnen stehenbleiben, sie ging tiefer hinein, kam ganz nach vorne, dort konnte sie, wenn sie sich reckte, über die Köpfe der Menschen vor sich hinwegschauen, den Priester neben der Kanzel deutlich sehen.
Dort wartet sie, von der Menge eingeschlossen, benommen von der Stimmung dieser Stunde. Wieder die Mützen, quastig und viereckig, darunter die jungen, überzeugten Gesichter. Der Trompetenschall läutet diesmal weißgekleidete, Weihrauch spendende Jugendliche herein, sie halten Wachskerzen, fast so lang wie sie selbst; nach ihnen kommt die Entourage, die Bischöfe in ihren purpurnen Gewändern. Esther atmet den Weihrauch ein, er steigt ihr in den Kopf, in die Sinne. Idiotisch, diese Pracht, dieser Pomp, ganz oberflächlich nur, redet sie sich ein, nichts als Theatralik. All das, was man immer am Katholizismus gerügt hatte. Aber sie liebt das Theater, noch dazu die Musik. Die Musik trägt ihn herein, den Kardinal, er kommt wie auf Wogen von Klängen getragen, und Esther fragt sich, was er in diesem Augenblick empfindet, ganz im Mittelpunkt des Geschehens, als die Blicke aller auf ihn gerichtet sind. Er ist nicht groß und imposant, eher mager, kantig, hat ein kluges, verständiges Gesicht, und wieder fragt sie sich, wie er sich fühle, einer der erwählten Vertreter Gottes auf Erden, wenn er auf Wogen von Musik, Weihrauch und Feierlichkeit hereingetragen wird, und er jedes Mal wie auf einer Bühne mitspielen muß, seine Christenbotschaft, seine Gottesbotschaft verkünden, und heute eine ganz besondere. Schwer bei sich zu bleiben, in sich einzukehren, nicht vom Theatralischen verführt zu werden. Alles nur Theater, wiederholt sich Esther, sie will sich wehren, es gelingt ihr nicht, sie liebt dieses Sinnliche, etwas ganz anderes als im Judentum. Kein Wunder, so viele hatten sich bekehrt, besonders im Mittelalter, als der Druck gewaltsam wurde. Hätte sie, die Tochter von Joschua Blu, Enkelin von Isaak Blaublat, das damals auch getan, und wäre in eines der Häuser eingezogen, in die Straße, die zwischen den Juden- und Christenstraßen den *przechrzcy*, den Konvertiten, Getauften überlassen wurde? Die Frage

scheint heute sinnlos, wie es auch jetzt in diesem Augenblick keinen Sinn hatte, den Geist ihres Großvaters Blaublat anzurufen, in der Hoffnung, er würde Schlimmeres von ihr abwenden.

Wieder Trompetenschall. Hinter ihr stehen die Soldaten, feierlich in ihrer blaugrauen Uniform, bolzengerade mit ihren Bajonetten. Und jetzt die Hymne, Esther kennt die Worte nicht, aber sie will singen, sie muß singen, sie bildet mit ihren Lippen, ihrem Mund die Worte nach, auch die Worte des Gebets, das nun gesprochen wird. Der Kardinal steigt auf die Kanzel, schaut hinunter auf die Menschen – diese Stunde, dieser Tag, nach einem hundertdreißigjährigen Kampf um die Freiheit, der ruhige Gesichtsausdruck des Kardinals, Esther kommen die Tränen. Absurd, diese Tränen, sie sucht nicht einmal nach einem Taschentuch, sie gehört nicht dazu, doch, sie will dazu gehören, weil sie weiß, daß all die Versammelten sich jahrelang nach Freiheit sehnten. Wie sehr haben sie sich danach gesehnt! Die Geschichte ist nicht ihre Geschichte, doch jetzt, in diesem Augenblick nimmt sie daran teil, deshalb steht sie hier, mitsingend, obwohl sie die Worte nicht kennt, ihre Lippen bewegen sich. Sie singt nicht nur mit ihrem Mund, sie singt mit ihrer ganzen Seele. Schämt sich nicht. Von Sehnsucht erfüllt, hierher zu gehören. Schließt die Augen, gibt sich dem Gesang hin. Um sie herum stehen fremde Menschen, drei Kinder, Jungen, die sie skeptisch beäugen, als ob sie wüßten, Esther gehöre nicht dazu. Vielleicht erweckt sie bei ihnen sogar Abneigung, vielleicht verspüren sie Angst vor ihrer andächtigen Haltung. Der eine Junge interessiert sich offenbar nicht für die Messe, er tritt von einem Fuß auf den andern, während Esther sich ihrem Rausch hingibt.
Maria sei das erste Wort in der polnischen Sprache, sagt der gescheite Kardinal, wenn Esther ihn richtig versteht. Maria. Eigentlich Maryja, doch solche sprachlichen Spitzfindigkeiten weiß sie noch nicht zu unterscheiden. Maryja ist Maria. Aus seiner Predigt heraus, vom steigenden, fallenden Klang seiner Stimme, manchmal leidenschaftlich, dann schwankend, erfährt sie wieder die Ungewißheit, die Erschütterungen, den Kampf um die Ehre, um die guten Werte, ein Kampf, der nie zu Ende gehen werde, weil er noch lange nicht gewonnen sei. Nach der Unterdrückung der Vergangenheit seien sie endlich auf dem Weg – erst auf dem Weg. Mehr nicht.
Esther lauscht.
Sieht zugleich die Menschen um sich. Alle dicht nebeneinander, die frisch gereinigten, geplätteten Sonntagsanzüge der Männer, die Jacken

und Sommerkleider der Frauen. Wenn sie hinknien, die neuen, pastellfarbenen Sandalen, sorgfältig geputzten Stadtschuhe, die mit Schuhcreme geglätteten Ritze. Neben ihr, bevor er sich bückt, legt der Mann einen Zettel auf die Steinplatten, andere knien zögerlich hin, überlegen sich, ob das rechte oder das linke Knie das zuverlässigere sei. Auch Esther ist nicht sicher, ob sie nicht hinfallen wird, zur Strafe, weil sie hierher gekommen ist, außerdem vor Aufregung kaum gefrühstückt hat. Sie kniet hin, steht auf, einmal, zweimal, wieder schwebt ihre Hand vor der Brust, sinkt hin. Sie schielt seitwärts auf die zwei Jungen, der eine bekreuzigt sich jetzt inbrünstig. Auf einmal drehen sich alle um, geben sich die Hand, ein dunkelhaariger junger Mann, der hinter ihr steht, drückt ihre Hand ganz fest, sie lächeln sich zu, etwas löst sich in Esther, und sie gibt dem anderen Mann, der links neben ihr steht, auch die Hand, als ob sie mit diesen Menschen verbunden wäre. Sie fühlt sich mit ihnen verbunden. Die Assoziationen, die Melodien, ein fast bekannter Refrain. Was haben sie uns alles weggenommen! Was wir nicht mehr tun, weil sie es tun, sie, die Christen, oder wir tun es doch noch, aber wir tun es eben anders. Ob das einen Ausgleich schafft für den Raub an der Sprache?

Auf einmal drängen sich die Menschen um sie nach vorne, einige sind inzwischen gegangen, aber Esther hat sie kaum beachtet, erst jetzt versteht sie, warum sie weggegangen sind: Es ist Kommunion, und sie selbst steht mitten unter denen, die das Sakrament erhalten werden. Sie lacht nervös. Sie dreht sich um, aber es ist zu spät, er steht schon vor ihr, einer der Bischöfe, in diesen wunderbaren purpurnen, rotgoldenen Gewändern. Die Farbe blendet sie; später, wenn sie sich überlegt, wie es dazu kam, muß es wohl daran gelegen haben, an diesem Glitzern. Hilflos steht Esther vor ihm, er hält ihr die Schale entgegen, die Schale ist aus Gold und schimmert. Sie will sagen: Ich habe kein Recht, ich will nicht. Aber es ist zu spät, ihre Lippen öffnen sich, aber die Worte bilden sich nicht. Ich bin – er legt ihr die Hostie zärtlich in den Mund, klein und rund, ein wenig silbrig wie Manna, denkt sie, rot vor Scham, schluckt das Ding hinunter, verwundert, daß sie sich nicht verschluckt. Kann ihm nicht in die Augen schauen, sieht ihn dann doch noch an, und er sie, ein gütiges Gesicht, er murmelt einen Segen, das Kreuz schwebt über ihr. Geht gleich weiter zu den Nächsten, er hat einen unerschöpflichen Vorrat an Oblaten, Esther bleibt stehen, fühlt den ungewohnten Geschmack im Mund.

Mittagshitze. Jetzt ist sie draußen. Wie soll sie damit leben? Menschen stehen erleichtert und lachend herum, es ist Feiertag, und sie soll sich freuen. An den Fenstern hängen rotweiße Fahnen. Wollte mitgehen, zum Grab des Unbekannten Soldaten, aber das alles ist ihr zu viel. Doch sie freut sich, sie läuft wie betäubt durch die Gassen. Es ist Mittag und glühend heiß. Esther weiß nicht, wohin mit sich und ihrem Geheimnis.

„Ich wäre so gern Sängerin geworden." Sagte einmal Maria.
Weshalb sie nicht Sängerin wurde, daran konnte Esther sich nicht erinnern. Vielleicht spielte es in Marias Geschichte nunmehr keine so wesentliche Rolle. Obwohl Maria etwas Unerschütterliches an sich hatte, das mit ihrer Stimme anfing – die entschlossene Tiefe –, die nur selten schwankte, nur wenn sie ihre Ängste und Verzweiflung nicht mehr verbergen konnte. Maria wurde Lehrerin, das war vernünftig, es gab ihr mehr Sicherheit, wenn überhaupt in dieser Gesellschaft von Sicherheit die Rede sein konnte... Und falls sie Sicherheit anstrebte. Sie wurde Klavierlehrerin, hatte nie den Ehrgeiz, als Konzertpianistin aufzutreten. Nebenbei übersetzte sie aus dem Italienischen, gab Nachhilfeunterricht in Mathematik. Das alles ließ sich miteinander verbinden, irgendwie. Mathematik mache sie mühelos, erzählte sie Esther, das sei für sie nie ein Problem gewesen. Auch spielt sie gern Schach, spielte, als er noch lebte, stundenlang mit dem Vater – und gewann. „Jetzt eine Runde, Marysiu", bat Cezary abends, wenn ihm alles zu viel wurde. „Dann werde ich wieder wach." Damals war sie schon längst erwachsen.

Der Vorspielabend findet ein- bis zweimal im Jahr statt. In der Musikakademie präsentiert Maria den stolzen Eltern ihre Schüler und Schülerinnen. „Wir bereiten uns immer gut vor", erklärt sie. Die Aufführung bildet den Höhepunkt ihres Musikunterrichts, monatelang wird darauf hingearbeitet, in den Wochen und Tagen unmittelbar davor wird Maria beinahe so nervös wie ihre Schüler, sie kann sich nur besser verstellen. Als er noch lebte, kam Cezary oft dazu, um Lob zu spenden oder Kritik zu üben, auf jeden Fall um Maria beizustehen, selbst wenn nur durch seine Anwesenheit, oder Jolanta, oder Elwira; wenn sie da ist, auch Esther, oder sonst eine Freundin.

Maria verbeugt sich. Heute trägt sie ein schlichtes, marineblaues Kostüm mit langem Rock und einem geometrisch streng geschnittenen Jackett, darunter eine weiße Bluse. Damenkostüm, so Esther, und dazu die neuen hohen schwarzen Lackstiefel. Sie verteilt das Programm, dankt allen, die gekommen sind, um die Fortschritte ihrer Sprößlinge zu erleben, verspricht ihnen einen heiteren, anregenden Abend, stellt den ersten Schüler vor. Der zehnjährige Darek sei sehr nervös, er werde es aber gut schaffen, erklärt sie ermutigend. Allmählich löst sich die Spannung.
Justyna habe schon sehr lange und fleißig an ihrem Stück geübt, verkündet sie später: „Ich weiß, wie sehr Mozart ihr am Herzen liegt –"

Und jetzt, wie könnte es anders sein, unser geliebter Chopin –
Zum Schluß ihre Starschüler und -schülerin, ein Duo für zwei Klaviere, danach jeder ein eigenes Solo.
Immer eine freundliche Bemerkung, zwischendurch einen kurzen Witz, um die Anspannung, das Lampenfieber zu lösen –
„Und – was meinst du?" fragt sie Esther, als es endlich vorbei ist. „Wie viele von ihnen Musik weiter betreiben werden, weiß ich nicht, hoffe aber, daß Joanna und Maciej die Aufnahmeprüfung ins Konservatorium gelingen wird, später wollen sie zum Studium ins Ausland –"

Maria Jaworzyńska habe einen ganz eigenen Stil, heißt es in der Stadt K., wunderbar, wie sie die Kinder und jungen Leute an die Musik heranführe. Schade, daß sie selbst...
Schade, daß sie ihre eigene Begabung nicht entfaltet, daß sie selbst weder auftritt noch komponiert. Maria Jaworzyńska wäre eine außergewöhnliche Komponistin geworden.
„Ich will nicht komponieren", beteuert Maria, „nur unterrichten."
Maria aufrecht, freudestrahlend, jetzt vor Erleichterung, daß alles gut gegangen ist, stolz vor allem auf ihre Schüler und Schülerinnen. Von den Eltern werden Blumen und kleine Geschenke überreicht. Für jeden habe sie Zeit, bemerkt einer der Väter, als Maria, von der Schar umgeben, sich scherzend wieder befreit, Lob und Kritik dankend entgegennimmt, auf die ängstlichen Fragen einzugehen versucht, wie es mit diesem und jenem Schüler in Zukunft wohl weitergehen werde...

Esther steht wieder vor der Haustür, drückt auf die Klingel, lauscht deren ausgedehntem Ton, sie schiebt die Tür auf und tritt ins Haus. Die Klingelanlage gibt es erst seit ein paar Jahren, und Esther ist damit nicht einverstanden. Das wird sie aber nie sagen, weil sie ihre Nützlichkeit und Notwendigkeit einsieht. Allein der Gedanke, daß die alte, zerkratzte Haustür nicht mehr offen steht, und sie nicht einfach den Türgriff anfassen kann, um mit einem leichten Druck die Tür aufzustoßen und einzutreten, schmerzt. Sie steigt die Treppe hinauf, zu Marias Wohnung. Sie wird nicht mehr unbehelligt ihren Koffer hinauftragen können bis zum zweiten Stock, der ihr vielmehr wie ein mythisches viertes Stockwerk vorkommt, das es im Haus gar nicht gibt, immer noch, nur weil es in ihrer Phantasie an den Himmel grenzt. Selbst im Schlaf hört sie die eigenen Schritte, wie sie den kalten Beton betritt, das Treppenhaus abtastet und an verschlossenen Türen vorbeistreift.

Wenn sie ins Haus tritt und die Steintreppe hinaufsteigt, erwartet sie noch immer, Cezary zu sehen. Wenn sie an der Tür von Jolantas Wohnung vorbeigeht, und auch an Elwiras, hofft sie, daß die eine oder andere Tür sich öffnen und Cezary erscheinen wird, um sie zu grüßen, weil er sie zufällig im Treppenhaus gehört hat. Sie erinnert sich, wie sie ihn ein paarmal aus dem Ausland angerufen hat, frühmorgens, lange her, als es sehr dringend war und jemand eine Auskunft brauchte. Damals, noch vor dem großen Umbruch, wußte alle Welt, daß man bereits um fünf oder sechs Uhr morgens anrufen mußte, wenn nicht schon in der Nacht, um jemanden zu erreichen, man käme sonst nicht durch. Cezary war Frühaufsteher, mag sein, das Telefon stand wohl neben seinem Bett, genau wußte sie es nicht, oder er stand schnell auf und ging auf den Flur, er war solche Anrufe gewohnt. Unfaßbar, daß Cezary nicht mehr da ist. Jetzt sprechen alle weniger von ihm. Maria und Jolanta sortieren noch seine Papiere, seine Bilder, seine Bücher. Maria trägt noch den Schmerz mit sich. Vielleicht träumt sie von ihm, sieht ihn noch. Irgendwo.

Elwira ist inzwischen älter geworden, weißhaarig und halb blind. Wenn Esther vorbeikommt, flüstert ihr Maria zu: „Das ist Esther“, und sie grüßt sie. Doch Esther hat auch erlebt, wie Elwira sie von sich aus grüßt und sie sehr wohl wahrnimmt, auch wenn Maria sich nicht in ihrer Nähe aufhält.

Zu Elwira hatte sie nie das Verhältnis, das sie zu Cezary hatte. Als Esther den Versuch machte, Cezary zu duzen, bat sie Elwira auch darum. Aus ihrem Sinn für Gerechtigkeit heraus. Esther wollte Elwira nicht ausschließen, auf keinen Fall das Gefühl bei ihr wecken, sie wolle mit Cezary ein Geheimbündnis eingehen, oder daß sie, weil sie viel jünger war, als Frau gefährlich sei. Elwira gab ihr damals zu verstehen, daß es ihr einfach nicht leicht falle, „du“ zu sagen. Esther war erleichtert.

Cezary und Elwira, nach außen hin ein harmonisches Ehepaar. Nicht nur eine Fassade. Obwohl es in der Stadt K. übles Gerede gab. Kein so einfacher Ehemann, und sie keine einfache Frau. Seitensprünge? Von ihm? Von ihr? Er war ein attraktiver Mann. Elwira blieb immer zu Hause, keifend unzufrieden. Maria erinnerte sich, wie in ihrer Kindheit die Mutter oft klagte, daß sie wegen Jolanta und Maria vieles verpaßt habe. Wie – ein anderes Leben.

Vielleicht wäre Elwira lieber im Kloster geblieben. Die drei Jahre, die sie in einem Warschauer Kloster verbrachte, hatten sich damals nur zufällig ergeben, wegen des Krieges. Damals war sie eine junge Frau, sie wollte studieren, wollte leben, sich verlieben, kam deswegen nach dem Krieg in die Stadt K., lernte Cezary kennen. Aber wie? Beim Tanz, beim Tee? Esther hatte sie nie gefragt, solche Fragen stellt man nicht. Eine leidenschaftliche Liebesbeziehung zwischen Marias Vater und Mutter in diesem Land, wo die Leidenschaft zählt, auch bei älteren Paaren? Das konnte sie die beiden nicht fragen, damals, ein gediegenes Ehepaar in fortgeschrittenem Alter, wenn sie abends wegfuhren und in der Klapperkiste, die bessere Zeiten wohl nie gesehen hatte, Esther mitnahmen; sie konnte die beiden nicht fragen, ob sie sich geliebt hätten, damals, in den Nachkriegsjahren, und ihre Beziehung leidenschaftlich gewesen sei, noch immer leidenschaftlich sei? Ob Esther sie bitten sollte, es ihr zu erzählen, nicht nur phantasieren, fabulieren, Welten aufbauen, die es gar nicht gegeben hatte? Jetzt war es zu spät. Cezary und Elwira hatten sich eben irgendwie kennengelernt.

Eine Fotografie von Elwira hatte Esther auch noch nie gesehen, sie wußte nicht, wie sie damals als junges Mädchen ausgesehen hatte. Fotografien und Portraits von Cezary hingen dagegen überall – eines bei Jolanta, bei Maria war er ohnehin immer anwesend, auch in der Stadt geisterte die eine oder die andere Aufnahme von ihm herum, er war eine Persönlichkeit. Von Elwira hing selbst in der eigenen Wohnung kein Bild, als ob, so dachte Esther manchmal, sie sich selbst vergessen möchte. Sie könnte Maria bitten, ihr Fotos von Elwira zu zeigen, als diese jung war. Irgendwo müßte es sie geben, jedenfalls Fotos aus der Nachkriegszeit, selbst wenn die Vorkriegsbilder alle verloren gegangen wären. Vielleicht ein Foto von ihr mit Cezary zusammen, ein Hochzeitsbild. Esther war nicht sicher, ob sie wirklich ein Hochzeitsbild von Cezary und Elwira sehen wollte – die Hoffnung in den jungen Gesichtern. Oder die Zweifel.
Maria und Jolanta, die Familie, die Enkel, hielten Elwira am Leben, sie stützten sie, reichten sie sozusagen von Hand zu Hand weiter. Wenn der eine sich um sie nicht kümmern konnte, kümmerte sich ein anderer.

Nur das eine Mal plagte Esther Elwira mit ihren Fragen. Elwira erzählte, klar und unmißverständlich, wie das alles damals gewesen war. Erzählte von ihrer Jugend und den jüdischen Kameradinnen, erzählte, wie die Mädchen verschwanden, eines nach dem andern. Lange noch habe Elwira an sie gedacht. Hatte ihre Namen nie vergessen.

Sie zählte sie jetzt für Esther auf. Wie die eine, die eine sehr begabte Polonistin war, hätte sie weiter gelebt, wäre sie sicher Dichterin geworden. Ein Junge, den sie damals auch flüchtig kannte, habe überlebt. Vielleicht war es ihm gelungen, im letzten Moment auszureisen, da war Elwira nicht mehr sicher. Später brachte er es als Pianist sehr weit. Noch heute sei er weltbekannt, seinen Namen kenne jeder.
Die Namen der toten Mädchen, der toten Freundinnen intoniert Elwira einen nach dem andern: Marta Blumenstein, Lidia Goldfad, Lea Fiedelman. Mit Lea war sie besonders verbunden. Wenn sie die Namen ausspricht, leben die Mädchen wieder. Einen kurzen Augenblick lang, indem Elwira sich an sie erinnert.
Hätte sich auch so an sie erinnert, ohne Esthers Hilfe, ohne das Gespräch, ohne ihre Fragen. Elwira trägt sie mit sich herum, die Namen. Hält auf diese Weise die Mädchen am Leben.

Das Portrait des Mannes, das in Elwiras Zimmer über dem Klavier hängt, kennt Esther schon lange. Immer, wenn sie in der Wohnung steht, schaut sie hin. Ein distinguiertes Profil, ein wenig hochnäsig sieht er an ihr vorbei. Ein entfernter Cousin, ein Familienfreund, sie meint sogar, sie hätte einmal nach ihm gefragt. Das Zimmer, in dem Elwira sich jetzt die meiste Zeit aufhält, war früher Cezarys Zimmer gewesen.
„Ist das der Onkel Jan?“
Maria saß am Klavier, hatte gerade eine Sonate gespielt. Esther machte es sich mit angewinkelten Beinen im Sessel neben ihr gemütlich.
„Nein, das ist unser Großvater, Zenon Jaworzyński“, antwortete Maria. Seitdem sie weiß, daß er Cezarys Vater war, sucht Esther in seinem Gesicht nach Spuren von Cezary. Die lange Nase, das asketische Profil, ist strenger bei Zenon als bei Cezary. Als würde er bei sich keine Fehler dulden, meint Esther.
Auf dem Foto, in Marias Zimmer wiederum, lächelt er. Er schaut nicht hinunter auf die beiden Kinder, sondern in die Ferne – seltsam, daß auch Cezary einmal ein Kind war, denkt sie, wenn sie das Bild der beiden Knaben mit ihrem Vater ansieht. Zenons Gesicht liegt im Halbschatten; vergnügt, frohgestimmt, beinahe lacht er, und Cezary lehnt sich an ihn, ein vertrauter Augenblick, keine Angst vorm Vater, damals im Garten. Nicht hier im Garten, sondern auf dem Land, vor dem Schloß.
Die Erinnerung an die Großeltern halten Maria und Jolanta wach. Beinahe ein Gefühl von Heiligkeit, wenn die eine oder die andere Großmutter erwähnt wird, die Großväter.

„Wie war der Vater deines Vaters?" fragte Esther wieder.
„Er schrieb Bücher", antwortete Maria, als hörte sie die Frage zum ersten Mal. „Vor allem Romane. Er war Dichter und Schriftsteller."
„Hast du seine Bücher?"
Maria betrachtete sie nachdenklich.
Esther errötete. Versuchte ihre Neugier herunterzuspielen.
„Ich hatte welche", antwortete Maria, „Jolanta hat sie jetzt. Leider sind sie nie übersetzt worden. Sie sind zu schwer für dich."
„Gewiß", stimmte Esther zu. Sie konnte ja nur mit Mühe Zeitung lesen.

Die Arbeiten am Schloß waren noch im Gang, als Jolanta anfing, ihr Programm zu entwerfen. „Ein polnisches Kulturprogramm", erklärte sie. „Zur Eröffnung eine große Feier. Du bist eingeladen", sagte sie strahlend zu Esther. Ihre blauen Augen leuchteten.
Auch Esther freute sich.
„Wann wird das sein?"
„Ungefähr in einem Dreivierteljahr. Ich möchte, daß wir im Frühling, spätestens im Frühsommer anfangen können. Dann haben wir die ganze Saison noch vor uns. Wie die Arbeiten nun vorankommen, denkt der Klaus, daß das durchaus möglich sein wird. Wir wollen Werbung machen, um die Touristen, die Sommergäste anzulocken. Einige Zimmer für Gäste werden wir bereits einrichten."
„Wie wirst du das alles finanzieren, dein Kulturprogramm, die Künstler?" fragte Esther.
„Pan Klaus wird uns einen Vorschuß geben, auch der Tadi hilft mit. Obwohl seine Mittel fast erschöpft sind." Jolanta zögerte, nachdenklich, ein wenig unruhig. „Deswegen verzichten wir fürs Erste auf einige Bauten und den Park. Der Park wird schön sein, so wie er ist", fügte sie hastig hinzu, „die Gärten können wir noch nicht gestalten. Aber dann", in ihrem Gesicht wieder das Leuchten, „dann werden wir große Erfolge feiern, und ich hoffe, daß nach einiger Zeit das *zamek* sich selbst finanzieren wird. Es wird sich herumsprechen, die Leute werden kommen."
„Du könntest Führungen machen", schlug Maria vor, „den Gästen aus dem Ausland die Geschichte des Ortes erzählen. Besonders den Deutschen – und den Russen", fügte sie maliziös hinzu. Obwohl kaum Russen kommen würden.
„Denkst du nicht auch", fuhr sie dann fort, „daß es besser wäre, von Anfang an das Haus als Hotel einzurichten? Die Kultur wird dich viel Geld kosten, fürchte ich", seufzte sie, „obwohl ich weiß, wie wichtig

dir das ist. Die Eröffnungsfeier, die traditionellen Tänze, die Musik darfst du trotzdem machen" – Maria lächelte – „die werden wir dir schon gönnen."

Jolanta räusperte sich, gekränkt.

„Ich möchte es trotzdem versuchen", erklärte sie beharrlich. „Wir können uns später immer noch überlegen, wenn es sich als Kulturort wirklich nicht durchsetzen sollte, was ich persönlich nicht glaube, das ganze Anwesen in ein Hotel umzuwandeln –"

„Bei einer solchen Umwandlung kommen Unsummen zusammen. Denk an eure Kinder –" Maria bügelte Jans Hemd fertig. „Das macht er normalerweise selber", bemerkte sie, als Antwort auf Esthers kritisch fragenden Blick.

„Ich denke an unsere Kinder", entgegnete Jolanta heftig. „Das wird ihr Erbe –"

„Hoffentlich nicht ein Schuldenberg!" Maria auflachend.

„Du kannst ja beides machen –" Esthers vermittelnde Stimme mischte sich ein, „Hotel *und* Kultur."

„Das tue ich auch!" Jolantas Stimme klirrend hell. „Das sage ich euch doch schon die ganze Zeit. Einige Zimmer werden für Gäste zur Verfügung stehen –"

„Aber nicht unentgeltlich, hoffe ich –" Maria, sarkastisch.

„Ich gehe jetzt. Ich habe viel zu tun." Mit einem Mal lachte auch Jolanta hell auf, entweder ein Höflichkeitslachen, für Esther gedacht, oder ein Anzeichen von Hysterie. Sie trat auf Esther zu, küßte sie dreimal, wie üblich, auf beide Wangen, rechts, links und wieder die rechte. „Du bleibst noch eine Weile hier? Oder willst du nachher zu mir, zu uns, herunterkommen? Wir sehen uns noch, auf jeden Fall", fügte sie schnell hinzu, bevor Esther ihr antworten konnte, als wollte sie in diesem Augenblick ihre Ablehnung nicht hören.

Esther würde oben bei Maria bleiben. Immer blieb sie oben bei Maria.

„Wenn du Lust hast, fahre ich dich einmal hin und zeige dir alles – das Haus, den Park –"

„Gern, sehr gern. Ja, bitte." Esther hatte nur auf diese Einladung gewartet.

„Jolanta ist noch ein Kind", bemerkte Maria, als die Wohnungstür sich hinter ihr schloß und die Schritte auf der Steintreppe verhallten.

Gerade als Esther zweifelte, ob sie überhaupt von ihm wieder hören oder etwas erfahren würde, rief Abraham an.
„Wenn du heute Nachmittag Zeit hast, kannst du gern vorbeikommen. Ich gehe um zwei dort 'rein."
Seine Stimme klang träge, als hätte er sich nur gemeldet, weil er das Einhalten von Versprechen als göttliche Pflicht verstand.
„Gut", antwortete sie, „dann komme ich."
„Gut. Bis dann. Falls ich schon drinnen bin, wenn du kommst, ich hole den Schlüssel kurz vor zwei, mußt du klopfen und meinen Namen rufen. Aber nicht zu laut."
Hätte damit eine schöne Ausrede, sie nicht zu hören, das Tor nicht zu öffnen, murrte Esther.

Doch als sie dort ankam, zehn Minuten vor zwei, war Abraham noch nicht da. Bald erschien er, hatte nur noch den Schlüssel geholt. Mit ihm zusammen kam ein Handwerker, der helfen sollte, die vernagelten Bretter zu entfernen, damit man das Tor ungehindert aufschließen könnte. Das dauerte noch eine Weile, Abraham stellte ihm indessen Fragen auf englisch, er konnte nur ganz wenige Sätze der Landessprache, sah noch immer nicht ein, wieso er sich bemühen sollte, sie zu lernen.
„Viele sprechen englisch", sagte er. „Und die Juden sollen jiddisch sprechen, oder hebräisch – ihre eigene Sprache. *Unsere* Sprache."
„Das finde ich schon ein wenig eng", bemerkte Esther.
„Das sehe ich nicht so – Esther. Man soll die Ziele hoch setzen, keine Kompromisse eingehen. Ah, er ist schon fertig."
Er ging zu dem Mann hinüber, half ihm, die Bretter beiseite zu schieben.
„Wenn wir nachher weggehen, müssen wir den Eingang wieder verdecken, aber nicht mehr zunageln."
Der Handwerker nahm den Schlüssel und wollte das Tor öffnen. Das Schloß klemmte, es fehlte Öl, der Mann mußte den Schlüssel zwei-, dreimal hin und her bewegen, bevor es ihm gelang, ihn vollends umzudrehen und das Tor aufzuschließen. Es öffnete sich knarrend, unwillig. Abraham bedankte sich und schickte den Mann weg, versprach, ihm den Schlüssel wiederzubringen. Wollte offenbar nicht mit ihm zusammen das Gebäude betreten.
„Es war einst ein heiliger Ort", erklärte er Esther. „Zumindest gehe ich davon aus. Und ich weiß überhaupt nicht, ob dieser Mann Jude ist, ich will zunächst nur allein oder mit anderen Juden hierher kommen."
„Müssen die Handwerker auch alle Juden sein? Halachisch jüdisch?"

Esthers Stimme wurde spitz.
Abraham schnaubte. „Das wird wohl nicht möglich sein", räumte er ein, „mal sehen."
Er trat über die Schwelle, Esther folgte ihm.
Ein sonderbares Gefühl stieg in ihr auf, einen Augenblick lang wurde ihr schwindelig. Sie stolperte.
„Paß auf, Esther, hier sind lauter Steinbrocken. Paß auf, wo du den Fuß hinsetzt –"
Abraham ging vor, noch waren sie im Hinterhof, mußten den Weg ins Gebäude vorsichtig suchen.
„Brauchen wir noch einen Schlüssel?" fragte sie.
„Nein. Dieser Schlüssel öffnet hier alle Türen. Warte mal. Ich schließe hinter dir ab. Wir wollen nicht, daß jemand merkt, daß wir hier sind. Sonst kommt noch weiß Gott wer auf die Idee, hier 'reinzukommen."
Endlich standen sie im unteren Raum, der bis zur anderen Straßenseite durchging, lang und schmal. Im ersten Stockwerk war noch ein Zimmer, ein größeres, und im zweiten Stockwerk, ganz oben, noch zwei kleinere.
„Heute gehen wir nicht hinauf", entschied Abraham. „Ich weiß nicht, ob die Treppe sicher ist."

Der Raum unten war voller Schutt, und es roch. Nach Verwesung, nach Leere.
Abraham kletterte herum, manchmal blieb er stehen, seine Lippen bewegten sich. Er betete.
„Ich will die bösen Geister vertreiben", erklärte er.
Sein Gesicht war noch immer käsig weiß, seine Augen funkelten.
„Ich muß versuchen, den Ort zu reinigen, bevor wir mit den Arbeiten anfangen. Sonst werden sie hier wieder einkehren."
„Warum denkst du, es gebe hier böse Geister?" fragte Esther.
Er blieb stehen, musterte sie.
Auch sie betrachtete ihn. Er gefiel ihr genauso wenig wie zuvor.
„Weil das alles so furchtbar war, Esther. Verstehst du das nicht? Es ging durch Gewalt zu Ende, und wir müssen sie verbannen, die Geister, für immer."
„Natürlich verstehe ich das. Aber was mußt du tun?"
Abraham überlegte.
„Beten, vor allem beten", antwortete er. „Vielleicht brauche ich noch andere Mittel. Ich muß nachschlagen. Mein Vater weiß es wahrscheinlich auch. Gründlich beten, bevor wir mit den Arbeiten anfangen,

in jeder Ecke, das kann nicht schaden. Und dann wieder, wenn wir fertig sind. Vielleicht brauchen wir Feuer und Rauch, ich bin nicht sicher. Eventuell müssen alle Vier Elemente ins Spiel gebracht werden –"

„Willst du hier schlafen oder nur arbeiten?" unterbrach sie ihn.

Er schaute sie ekstatisch an. Zwei blassrote Punkte zeigten sich auf seinen Backenknochen.

„Ich will alles, Esther. Ich will hier wohnen, sobald ich mit der Jeschiwa in New York fertig bin, *back home* – wahrscheinlich oben, dort bin ich ungestört – und unten wird die Schule sein, das *Bet Midrasch*. Ich will so viele Leute hier haben wie möglich, aber sie müssen gut sein, Esther. Sie müssen viel auf dem Kasten haben und spirituell in Ordnung sein. Ich will, daß dieser Ort wieder zu einem renommierten Ort wird, so wie früher. Ich will, daß man darüber spricht, davon weiß, und daß man hierher reist. Sie dürfen hier beten, studieren, diskutieren, lernen – lernen – lernen –"

„Der Raum ist klein –"

„Oben werde ich nur mein Bett brauchen, meine Pritsche, einen kleinen Tisch, da dürfen sie auch sein, meine Schüler, mit mir zusammen. Wir werden die Nächte durch meditieren und studieren. Wie früher. So wie es war. So wie ich glaube, daß es früher war."

Esther schluckte. „Ist es möglich, die Vergangenheit so – zu – beleben?"

„Es ist die Zukunft, Esther. Wir wollen die Schoa, den Holocaust, überwinden. Wollen wir das nicht, wir alle? Ich sehe keinen anderen Weg. Zumindest nicht für mich", fügte er hinzu. „Ich weiß, daß es in Israel solche Einrichtungen gibt, in Hülle und Fülle, die gibt es auch bei uns in den Staaten, aber die Schoa hat in diesem Land stattgefunden. *Dieser* Ort wurde geschändet, hier muß die Schändung wieder gutgemacht werden, nicht dort. Sie haben alles erfüllt, in Safed, in Jerusalem, den Tempel haben sie zwar nicht wieder errichtet, das wird vielleicht noch kommen, was weiß ich, aber wir sind zurückgekehrt, nach Zion. Doch auch hier muß gereinigt werden."

„Und dieser – Zaddik – Chassid – wie hieß er?"

„Natan Nata Spira. Sein Nachfolger, sein Sohn, war Berachja Bejrach Spira, und er wiederum –" Abraham zögerte, sagte: „Er wiederum war ein Anhänger von Sabbatai Zewi –"

„Ich weiß, der falsche Messias, das kann nicht gut gewesen sein."

„Doch so schlimm auch wieder nicht, Esther. Wir suchen einen Anknüpfungspunkt. Es gab Sabbatianer hier, sogar viele, aber ich will es anders machen. Ich will die alte Geistigkeit wiederbeleben, da, wo sie aufhörte, bevor sie korrumpiert wurde. Ich will sie erneuern, vertiefen.

Später kam der Baal Schem Tow, der Meister mit dem Guten Namen, und wirkte hier, in dieser Gegend. Ich weiß, daß Berachja Bejrach mit seinen Praktiken zu weit ging, und Sabbatai Zewi sogar bis nach Smyrna –" witzelte er – „Wir wollen heute keine Sabbatianer mehr werden. Keinen falschen Messias –"

Oder er, Abraham, würde zum neuen Messias. Esther beäugte ihn flüchtig, wie er da stand; er hatte immer noch den schwarzen Hut auf, trug heute zum Herumklettern eine Jeanshose. Er schaute an Esther vorbei, sein Gesicht noch leicht gerötet, exaltiert.

„Ich will, daß gute Geister hier einkehren, Esther. Ich will einen Guten Ort schaffen. Einen Raum der Schechina würdig. Nach der Kabbala: Gottes Geist."

Mit einem Mal stieg er von den spirituellen Höhen herunter, wurde überraschend praktisch. „Ich muß wieder hierher kommen und genau aufschreiben, was ich hier alles brauche. Ich ahnte nicht", gab er zu, „daß das Haus in einem solch heruntergekommenen Zustand sein würde."

„Dreihundertfünfzig Jahre sind eine lange Zeit –".

„Das hast du schon einmal gesagt." Abraham musterte sie verstimmt. „Vielleicht hilfst du mir jetzt, Esther, einiges zu notieren. Ich sag dir etwas, und du schreibst es auf, das heißt, wenn du Zeit hast –"

Sie blieben eine gute Stunde zusammen, stiegen über den Schutt, zuletzt kletterten sie doch noch nach oben. Die Zimmer waren niedriger, als sich von unten vermuten ließ.

„Paß auf, wahrscheinlich sind die Dielen morsch", mahnte sie ihn.

„Oder sie sind vielleicht schon vermodert und brechen durch –", lachte er.

Er konnte also lachen. Wie ein Weberknecht kam er ihr vor mit seinen langen Armen und Beinen, als er vorsichtig vorantappte, jede Diele abtastete, ehe er mit seinem vollen Gewicht darauftrat. Bald stiegen sie wieder hinunter ins Erdgeschoß, schlossen die erste Tür ab, gingen durch den Hof, sie hatten dort einen Weg gebahnt, traten endlich wieder auf die Straße, schlossen das Eingangstor ab und schoben die Bretter wieder davor.

„Vier Türen sollten es sein", murmelte Abraham, „aber drinnen ist auch eine. Drei. Wenn ich fertig bin, will ich dafür sorgen, daß es vier sind."

„Vielen Dank", sagte er, als Esther ihm ihren Zettel mit den Notizen überreichte. „Ich lade dich ins Café ein, wir können uns dort ein wenig erholen."

Sie setzten sich an den gleichen Tisch wie das letzte Mal, seinen Lieblingstisch, die Kellnerin brachte Kaffee und Brötchen. Abraham betete; er betete und segnete, so oft er nur konnte. Esther wartete, bis er sein letztes Amen hervorgebracht hatte und seine Lippen sich nicht mehr bewegten. Auf einmal schaute er nicht mehr abwesend in eine weite Ferne, sondern blickte Esther unverwandt an.

„Sagst du kein *Bracha*?“ fragte er. „Kein Tischgebet? Keinen Segen?“

„Nein.“

„Nie?“

Beinahe nie. Ab und zu, wenn es ihr einfiel, und das selten genug, und nur zu Schabbat segnete sie das Brot.

Sie musterten einander, Esther unerschrocken, Abraham mißbilligend.

„Bist du überhaupt Jüdin?“ fragte er.

Esther stockte. „Nicht eine, wie du es verstehst“, antwortete sie.

„Wie denn?“

Esther schürzte die Lippen, gequältes Lächeln. „Ich – ich habe meine eigene Sicht der Dinge“, antwortete sie mit erzwungener Gelassenheit, „meinen eigenen Glauben.“

„Dein eigenes Judentum?“

Sie nickte.

„Ist es immer noch das Judentum?“

„Ich will das jetzt nicht besprechen.“ Sie schluckte, rührte wieder in der Tasse. „Jeder Mensch hat das Recht auf einen eigenen Glauben –“

„Schon, aber du mußt ihn nicht das Judentum nennen.“

Schweigend saßen sie einander gegenüber. Vom Vorfall in der Kathedrale konnte sie ihm nun nicht erzählen.

„Findest du’s nicht wunderbar, was wir hier alle machen?“ fragte er, um die Stimmung zu lockern.

„Ich finde es besser, daß der Ort lebt, als daß er stirbt. Allerdings –“

„Allerdings?“

„Das normale Leben hier“, erklärte sie, „die Geschäfte, der Markt, die Kinder, die umherradeln, über den Marktplatz – der Alltag gefällt mir besser als der Tourismus – diese ewigen Cafés und Hotels.“

„Es sind keine jüdischen Kinder, Esther –“

„Kinder sind am wichtigsten, egal welche –“, entgegnete sie. „Am schlimmsten finde ich diese neuen Hotels an jeder Ecke, die hier überhaupt nicht hineinpassen, alles für die amerikanischen Juden, die ‘rüberfliegen –“

Abraham zögerte. „Ich glaube wirklich, Esther, du bist –“

„Was?“

„Eine jüdische Antisemitin."
„Eine was?" Ein seltsames Kitzeln in der Kehle. Ihr Gesicht verzerrte sich.
„Das ist nicht zum Lachen, Esther."

Esther hob die Hand zum Mund. Ein nervöses, prustendes Gelächter stieß aus ihr heraus.

„Aber weißt du was?" fragte Abraham.
„Was?" Sie würgte.
„Ha'Schem wird dir vergeben. Ha'Schem, der Name", sagte Abraham verheißungsvoll. „Ha'Schem wird dir alles vergeben. Selbst das."

Esther schob den Stuhl zurück, stand auf. Sie öffnete ihre Handtasche, zog ihr Portemonnaie heraus, legte ein paar Münzen vor ihn auf den Tisch.

Er winkte ab.

Ein schmales, nichtssagendes Lächeln. Sie schob ihm das Geld nochmals zu und ging. Abraham, das Gesicht fahl, verspannt, sah ihr nach.

Wenn Esther bei Maria ganz oben ankam und auf die zweite Klingel drückte, wartete sie, lauschte. Hörte nur Stille. Sie erinnerte sich, wie einmal, als alle noch schliefen, sie Maria aus dem Schlaf holte, weil der Nachtzug noch früher als sonst angekommen war. Sie frühstückten zusammen in der Küche, bevor das Kind aufstand, damals war Jan noch klein, und erzählten, erzählten, stundenlang. Die Monate, wie viele, die Jahre, zwei, drei Jahre, wie lang war das schon her, das letzte Wiedersehen? Eine längere Pause dieses Mal, ungewöhnlich lang. Gut, zwischendurch hatte es immerhin das Treffen in Warschau gegeben, wenn auch nur kurz, zwischen den Zügen.
Maria erzählte wieder von ihrer Ehe und der Scheidung, zu der sie sich entschlossen hatte, nachdem Krzysztof in den Westen gefahren und nicht zurückgekommen war.
„Von mir aus kann er dort bleiben", erklärte sie damals. Allein käme sie mit Jan besser zurecht. Sie fürchte sich vor Krzysztofs Depressionen, seinen Vorwürfen, den Szenen; er interessiere sich für seinen Sohn sowieso nur wenig, und die Familie helfe ihr ja.
Auch Esther erzählte, Maria hörte ihr amüsiert, gierig zu. Mit ihren mißlungenen Romanzen und ihren Träumereien lebte Esther auf einem anderen Planeten; sie konnte sich das alles leisten, ihre Flucht aus der Einsamkeit, auch ihre verschiedenen Versuche, eine Liebe zu finden. Maria kopfnickend, mit aufgesetzter Altfrauenweisheit, erteilte vergeblich Ratschläge: „Ja, bleib bei dir. Wenn er so ist, dann lieber ohne ihn. Und was mich betrifft", murmelte sie wie nebenbei, „will ich niemanden mehr. Ab und zu versucht es einer", ihre Augen funkelten belustigt, „aber ich mache keinem Mann Hoffnungen. Selbst wenn er sich sehr bemüht."

Esther ist die Treppe wieder hinaufgestiegen und oben angekommen, sie klingelt, und Maria öffnet die Tür. Die Wohnung riecht und duftet, wie sie schon immer riecht und duftet, ein verführerisches Gemisch aus Holz, Öl, Küche. Maria umarmt sie, zieht sie hinein. Esther muß ihr nichts erzählen. Keiner zwingt sie dazu. Niemand.
Sie setzen sich in die Küche, auf die Bänke, einander gegenüber, Maria wie immer, hinter ihr das Küchenbüfett, auf dem das Telefon steht, damit sie den Hörer sofort abnehmen kann, sobald es klingelt. Die Wände sind maisgelb gestrichen, der Küchenschrank ist schwarz und abgenutzt. Kissen, Tassen und Teller stechen blau in den Raum. Das Zimmer ist Esther vertraut, sogar der Ausblick aus dem Fenster auf die Straße, die braundächigen Bürgerhäuser wie kleine Villen, immer

noch heruntergekommen; einige werden allmählich instand gesetzt. Maria serviert den Tee. Sie erzählen einander dies und jenes, doch nicht das. Esther rafft sich auf. Sie versucht, Sätze, Worte zu bilden. Marias Gesicht – trotz des schweren Lebens wirkt es jünger als es ist. Etwas Reines, denkt Esther, Maria und Reinheit, eine klare Aussage; die Lachfalten um den Mund, ihre braunen Augen fast so dunkel wie Esthers, Haare in der Farbe von Tannenhonig, das trotzige Kinn. Esther schaut ihr ins Gesicht, und kann nicht sprechen.
Ich habe Blödsinn gemacht – Ich war in der Kathedrale. Am Tag der Verfassung. Das habe ich dir bereits erzählt.
Satzansätze. Das wäre ein guter Anfang. Aber wie geht es weiter?
Ich habe versehentlich das Sakrament erhalten. Wie könnte man so etwas aus Versehen tun, wird Maria fragen, und die Antwort weiß Esther nicht. Einfach aus Versehen die Eucharistie empfangen. Unsinn. Maria wird ihr sagen, daß es Unsinn sei.
Maria schaut ihr ins Gesicht, als ob sie Esther fragen möchte, was mit ihr los sei – und Esther beißt sich auf die Lippen, rafft sich auf – doch Maria schweigt und fragt nicht; statt dessen fängt sie mit einer eigenen Geschichte an, einer neuen, Esther muß hinhören, sich konzentrieren, um zu wissen, um was es sich genau handelt.
Maria erzählt und Esther lauscht, legt ihr Gesicht in interessierte Falten; macht immer wieder eine Bemerkung, stellt eine Frage, so daß Maria weiß, daß sie zuhört und es auch wichtig findet. Maria schreibt seit einiger Zeit Lyrik, ja, das weiß Esther, das hat Maria ihr schon erzählt. Also jetzt hat sie vor, einem Herrn, den sie erst seit kurzem kennt, aber der Maria sehr achtet – Maria schätzt die Achtung von bestimmten Männern –, ihre Gedichte zu zeigen. Sie ist unsicher, weiß noch nicht, ob sie mit ihren Texten schon nach außen gehen soll; sie will dazu Esthers Meinung hören. Da Esther weder Marias Lyrik noch den Herrn kennt, versucht sie sich in ihre Lage zu versetzen. Die Gedichte hat sie noch nicht gelesen, selbst mit Hilfe eines Wörterbuchs würde sie den Sinn, die Vielschichtigkeit, die sprachlichen Bilder, die Nuancen nicht begreifen. Für Maria ist es wichtig, viel wichtiger als Esthers falsche Kommunion, denkt Esther, indem sie Maria sagt, daß sie ihm die Texte zeigen solle, wenn sie wirklich Vertrauen zu ihm habe. Aber wirklich nur dann. Ja, Vertrauen sei das Wichtigste, mahnt Esther, vor allem soll sich Maria nicht von ihm entmutigen lassen, wenn ihre Gedichte ihm nicht gefallen. Fruchtbare Kritik, wiederholt Esther, und noch ein paar Klischees dazu, hilfreiche Klischees, wie sie hofft, weil ihr nichts Besseres einfällt; sie fühlt sich von Marias Frage

geschmeichelt und überfordert zugleich. Sie kennt den Herrn nicht, sie wird ihn höchstwahrscheinlich auch nicht kennenlernen, da er nicht in der Stadt K. lebt, sondern in Rom. Zufällig war der Signore X. hier zu Besuch gewesen, ein älterer Herr bereits, und wie Maria ihn beschreibt, muß er Cezary ein wenig ähnlich sein. Jemand, der ihr Halt gibt. Auch Maria braucht Halt. Morgens und abends nimmt sie seit neuestem Herztabletten, erzählt sie nebenbei.
Esther schaut ihr ins Gesicht und schweigt.
Zwischen ihnen vergeht die Zeit.

Immer wieder, auf ihren Streifzügen durch die Stadt, bleibt Esther vor dem Schaufenster eines Antiquariats stehen, betrachtet neugierig die Bücher, die alten Drucke. Oft öffnet sie die Tür, tritt ein in die verlockende Dämmerung der Innenräume. Steht vor den Bücherschränken, die vom Fußboden bis zur Decke reichen, die Bände feierlich in Reihen geordnet, nimmt ein Buch nach dem anderen heraus, blättert es durch, stellt es wieder ins Regal. Ab und zu kauft sie eines, sucht im Wörterbuch nach den fremden Wörtern, bis sie müde wird und es wieder weglegt. Bis später, verspricht sie sich.

Auch heute zieht sie los, sie hat, wie sie meint, die Richtung schon festgelegt, den Nachmittag geplant, da steht sie plötzlich in einer ganz anderen Straße, vor einem Antiquariat, in dem sie länger nicht mehr gewesen ist. Völlig geistesabwesend dahergewandert und hat nicht vor, in den Laden einzutreten, wieso soll sie auch, aber wenn sie schon davor steht – sie berührt mit den Fingerspitzen die Klinke, ohne ihr Zutun geht die Tür auf, etwas treibt sie hinein, treibt sie durch den Raum zu einem Bücherschrank, vor dem sie stehenbleibt, ja, vor der Belletristik. Sie fängt an, die Regale abzusuchen, ein Regal nach dem andern, sucht, ohne zu wissen, was sie sucht. Der Titel fällt ihr ins Auge: *Ahasver*. Roman. Von Zenon Jaworzyński.
Sie nimmt das Buch aus dem Regal, schlägt es auf.
Über vierhundert, fast fünfhundert Seiten. Der Jude Ahasver, der verflucht wurde, weil er Christus verachtete. Sie schaut aufs Datum. Die erste Auflage wurde Anfang der zwanziger Jahre veröffentlicht; der Band, den sie in der Hand hält, ist die dritte Auflage, zehn Jahre später. Sie stellt das Buch zurück ins Regal. Geht einmal durch den Laden, zieht einen Kreis. Die Buchhändlerinnen warten, tuscheln zusammen, halten sich zurück, schweigen. Schauen immer wieder zu Esther hinüber, ihre einzige Kundin.

Esther tritt noch einmal ans Regal. Zieht *Ahasver* wieder heraus, schaut hinten auf den Preis. Nicht billig. Keine anderen Bücher von Zenon sind vorhanden, nur eben dieses, wahrscheinlich sind die anderen vergriffen. Sie hat bisher nie im Antiquariat ein Buch von ihm gesehen. Sie stellt den Band erneut ins Regal und verläßt den Laden.

Steht auf der Straße, nach Luft ringend. Der Nachmittag ist kalt, das Licht, die Stadt, schrumpfen.
Dann stößt sie die Ladentür wieder auf, tritt ein, zieht das Buch aus dem Regal und geht damit zur Kasse.
Die eine Buchhändlerin – die zweite ist inzwischen verschwunden – nimmt das Geld entgegen, legt den Band sorgfältig in die dünne Plastiktüte, druckt den Kassenbon aus, legt ihn dazu, überreicht alles höflich lächelnd.
Esther bedankt sich, tritt wieder hinaus. Die Straße, die Gebäude, der Himmel sind in Grau getaucht, das besondere Grau, das der Stadt K. zu allen Jahreszeiten eigen ist, als hätte sie Anfang September 1939, beim Einmarsch der deutschen Truppen, diese Grautöne angenommen und nie wieder abgelegt. Esthers langer Regenmantel flattert ihr um die Beine.

„Mein Vater schickt mir das Geld, und die Arbeiten können beginnen", sagte Abraham einige Tage später, als Esther sich bei ihm wieder meldete. „Man hat mir einige Handwerker empfohlen."
Als sie bis zum zweiten Stockwerk hinaufgeklettert waren und Abraham beschlossen hatte, lieber dort zu beten und zu schlafen als auf der ersten Etage – er wäre hier dem Himmel näher –, erzählte ihm Esther vom Vorfall in der Kathedrale.
Stockend fing sie an zu reden. Sie wußte nicht, wie sie es nennen sollte, einen Vorfall oder ein Ereignis. Lieber etwas Zufälliges, also einen Vorfall. Ein unbeabsichtigter Flirt mit dem Christentum, keine Erschütterung. Ein Ereignis verändert das Leben. Für das Christentum wolle sie keine besonderen Gefühle entwickeln, sagte sie sich. Eher eine Unbequemlichkeit, das Ganze.
Es hatte ihr Leben verändert.
„Du bist in die Kirche gegangen?" Abraham stutzte. „Du hast dich entschieden, hinzugehen?"
„Ich war neugierig und bin hingegangen", erklärte Esther, „ich bin oft in Kirchen gewesen, und auch nicht zum ersten Mal in der Messe –"
„Unfaßbar, Esther!" Seine Augen funkelten.
Sie standen auf der Spitze des Baus, die höchste Stelle außer dem Dach. Vielleicht sollten wir lieber aufs Dach klettern. Vielleicht wäre das Dach für uns beide der beste Ort, Verrückte, Geistesgestörte, wie auf dem Trapez, ich sollte es ihm vorschlagen, wir klettern aus dem Fenster und steigen aufs Dach, halten uns dort fest, irgendwie. Oder tanzen. Er würde es wahrscheinlich tun, wenn ich es ihm vorschlüge.
„Ich wußte nicht, daß du so weit gehen würdest –" Abraham redete, Esther zwang sich, ihm zuzuhören. „Tatsächlich in die Kirche gehen, noch dazu die Kathedrale – so nahe ran – ans Christentum?"
„Ich wollte sehen und hören", erklärte sie. „Nicht nur lauschen – von weitem."
„Also, das hätte ich dir nicht zugetraut, Esther. Du bist einen guten Schritt weiter gegangen, als ich's mir gedacht hätte."
Taufen habe ich mich nicht lassen, wollte sie sagen. Sie schwieg.
„Und du hast das Ding wirklich gegessen?" fragte er verwundert, als sie mit der Schilderung fertig war. „Tatsächlich gegessen?"
Hinuntergeschluckt, ja. Wie alle anderen auch. Wußte nicht mehr, wie sie sich verhalten hatte, als der Priester, der Bischof, der Kardinal – der Kardinal war es nicht – sich ihr näherte. Ob sie treuherzig, wie die Frauen sonst, den Kopf hingehalten, um das Sakrament zu empfangen, wie ein Kind das Maul aufgerissen hatte? Wie ein Säugling,

dem die Mutter die Brust hinhält, die Warze in den Mund drückt? Wie damals Jolanta. Jolanta hatte Routine. Nein, wie Jolanta hatte sie sich nicht verhalten, nie so kindlich vertrauensvoll.
„Doch nicht verdaut", fügte sie schnippisch hinzu. Eine Aufwallung von Trotz. Sie sah Abraham an, er war bleich.
„Ich wollte dich nicht damit belasten", stammelte sie. „Ich wußte einfach nicht, wem ich das erzählen soll."
„Und ob mich das belastet! Was bildest du dir denn ein?" Seine Stimme wurde um eine Terz höher. Dann hustete er, räusperte sich, als ob er sich verschluckt hätte, mein Gott, wenn er vor lauter Empörung würgte, was soll sie denn –
„Trotzdem will ich dir helfen, Esther." Abraham keuchte noch ein paar Mal, beruhigte sich. „Ich bin froh, daß du dich an mich gewandt hast." Er sprach die Worte aus, sanft, bedächtig wie ein Priester, der einem verirrten Kind Gnade spendet.

Sie gingen dieses Mal nicht zusammen ins Café. Abraham verabschiedete sich einsilbig, gab ihr nicht die Hand.
Esther Blu lief die Straße hinab, bog ab, ging weiter zum Quai, stieg die Treppe hinunter zur Weichsel, setzte sich dort auf eine Bank. Doch zum Sitzen war sie zu unruhig. Sie stand auf und lief weiter. Die Sache mit dem Sakrament brachte alles durcheinander, ihre übrigen Recherchen. Gefühle kann man nur wahrnehmen, beschreiben. Registrieren, sagen Wissenschaftler. Welche Farben soll sie ihren Gefühlen dieses Mal geben? Die Farbe der Verwirrung. Abraham hatte recht. Sie mußte nicht hingehen in die Kathedrale, an der Messe teilnehmen. Selbst nicht als Außenseiterin. Etwas hatte sie dort doch gesucht. Ihre Zugehörigkeit? Ein Gefühl davon? Sie suchte jetzt noch, suchte nach dem Gefühl, um ihm einen Namen zu geben. Aber wenn es keinen Namen gäbe, kein passendes Wort? Keinen Begriff? Und demnach keine Farbe? Ob selbst die Suche einen bis in den Wahnsinn treibt?

„Du bist jetzt eingeladen", sagte Maria am Telefon. Ihre Stimme war aufgeregt, wie nach einem Lachkrampf, was es wohl zum Lachen gebe, wunderte sich Esther. „Wir sind alle eingeladen", fuhr sie fort. „Das Schloß wird eröffnet, und zwar am Samstag, heute in zehn Tagen. Du bist dann noch hier? Ich wundere mich, daß sie es so schnell geschafft haben. Aber es liegt bestimmt an der Finanzierung. So viel ausgegeben", seufzte sie, „jetzt müssen sie etwas verdienen."
„Das ist ja wunderbar", sagte Esther, „ich freue mich sehr darauf." Sie versuchte den Klang ihrer Stimme ihren Worten anzupassen. Und werde, bis es vorbei ist, an nichts anderes denken, versprach sie sich, als sie den Hörer wieder auflegte. Nur noch an das Schloß und an Jolantas Freude.

Sie solle mit Paweł und den Kindern, Mateusz und Anna, nun fast schon erwachsen, hinfahren. Allein würde Esther den Weg dorthin nicht finden, meinte Maria.
Als Esther und Paweł ankamen – Maria sollte später nachkommen, sie hatte zu Hause noch viel zu erledigen –, waren die Vorbereitungen schon lange im Gang. Jolanta war am Tag zuvor bereits hingefahren und hatte im Schloß übernachtet.
„Ich hoffe nur, es wird nicht regnen." Sie betrachtete ängstlich die heraufziehenden Wolken. Die Luft war dicht, schwül, doch immer wieder von einer Brise unterbrochen. „Es wird schön", wiederholte sie, „es wird nicht regnen." Als könnten ihre Worte allein das Gewitter aufhalten. Paweł holte die Kisten mit den Getränken aus dem Auto, Esther stellte die Stühle in einen Halbkreis. Auf dem Weg zum Schloß waren ihr die Plakate mit der Ankündigung der Eröffnung aufgefallen, an Bäumen befestigt oder an Mauern geklebt.
„Ich habe hunderte von Einladungen verschickt, und es steht in der Zeitung", verkündete Jolanta, „im lokalen Teil wie auch in der Stadtzeitung."
Sie war übermüdet, in den Augen ein fieberhafter Glanz, ihre Wangen waren gerötet. „Später gehen wir alle durchs Haus, ich zeige euch alles. Um fünf beginnt die Aufführung, sie proben schon hinten. Sie werden auf der Terrasse anfangen und nachher in den Garten herunterkommen."

Das Schloß sah nun beinahe aus wie auf den alten Bildern. Selbst der Rasen, der bisher rauh und struppig war, wenn man nicht zu genau hinsah, erschien glatt und gepflegt. „Der wurde gestern noch gemäht", erklärte Jolanta stolz.

Vor dem Haupteingang war die ganze Fassade restauriert worden. Die Säulen standen wieder da, wo sie früher gestanden hatten. Auch war der Säulengang im Hinterhof instand gesetzt worden, die alten Fresken sogar freigelegt.

„Zunächst wollte ich alles hier veranstalten, aber dafür ist der Hof leider doch zu klein, selbst wenn man es sich oben in der Galerie bequem macht. Und ich liebe den Rasen! Die Räume oben und unten im vorderen Teil des Schlosses sind fertig“, erzählte Jolanta weiter, als sich herausstellte, daß die Zeit für eine ausführliche Besichtigung nicht mehr reichte, bevor die Gäste kamen. „Und auch der Westflügel. Wir müssen nur noch den zweiten, den Ostflügel restaurieren, das wird länger dauern.“ Nervöses Lachen. „Wir haben kein Geld dafür übrig, und ich würde mich lieber dem Garten widmen. Das könnte ich mit ein wenig Hilfe selber schaffen, nach und nach.“

Hinter dem Rasen sah Esther Blumenbeete, weiter weg einen Kräuter- und Gemüsegarten, Obstbäume. „Im Frühjahr blühen sie wunderschön“, seufzte Jolanta.

Auf der anderen Seite des Parks stand noch ein kleineres, einstöckiges Haus. „Das Häuschen haben wir als Gästequartier eingerichtet“, sagte sie. „Die jungen Leute haben dort heute ihren Umkleideraum.“

Das übrige Gelände war noch Acker, Schutt und Beton. Doch weiter hinten wuchsen Bäume, stattliche, hohe Birken und Platanen; dahinter der Wald.

„Schau mal, sie üben schon.“ Jolanta wies auf die Personen, die auf einmal in der Landschaft auftraten. Frauen in langen Samtkleidern, Männer in Pluderhosen. Die Hofdamen und ihre Knappen. Jolanta drehte sich zu Esther um.

„So war es früher“, flüsterte sie. „Esther, kannst du dir vorstellen, so muß es früher hier gewesen sein. Wie – wie auf dem Gemälde.“

Jolanta war dem Weinen nahe, kopfschüttelnd vor Scham über ihre Tränen schneuzte sie sich, lachte auf.

Esther umarmte sie, drückte sie an sich. „Ich freue mich so für dich – ich freue mich!“ Wollte so sehr Jolanta von ihrer Begeisterung überzeugen.

Sie eilten zurück ins Haus. „Komm jetzt, Esther, ich habe noch viel zu tun, du mußt mir helfen. Maria wird gleich kommen, mit der Mama.“

Als die ersten Gäste eintrafen, zeigte sich die Sonne. Freunde, Verwandte, auch Menschen aus der Umgebung, angezogen durch Jolantas Plakate, Neugierige waren gekommen. War es ihnen überhaupt wichtig, daß das Schloß, das *zamek*, restauriert war? Würde ihr Leben dadurch anders, durch die Kultur, die Jolanta ihnen vermitteln wollte? Jetzt saßen sie da, unterhielten sich, staunten. Die einfacheren Leute aus den umliegenden Dörfern hatten sich an die halbe Schloßruine schon längst gewöhnt. Als Kinder hatten sie dort gespielt, erzählte lachend einer. Lediglich ihre Großeltern, ihre Eltern hatten diese Bauten vor dem Krieg gekannt. Hatte es für sie überhaupt eine Bedeutung, fragte sich Esther, außer daß ihre Kinder, ihre Enkel für den Nachmittag dort eingeladen wurden, um mit den anderen, nun Halbwüchsigen aus der Stadt, der Musikakademie, zusammen zu tanzen, Musik zu machen? Eine andere Musik als die, welche die meisten vermutlich sonst kannten.

Esther und Maria, die mit Elwira gerade angekommen war, tauschten Blicke.

„Phantastisch." Maria schwärmte. „Phantastisch! Eine Wahnsinnsarbeit, aber sie ist dir wunderbar gelungen. Eine verrückte Arbeit, genial. Findest du nicht?" Sie drehte sich um, zu Esther.

„Wunderbar!"

„Ja, ein Wunder!" lachte Jolanta. „Wahrhaftig, ein Wunder!"

Elwira hatte ihre neue Brille aufgesetzt, blinzelte mühsam. Auch sie strahlte.

„Der Held des Tages wird wohl dabei sein?" Marias Stimme kippte ab ins Ironische.

„Pan Klaus? Ja, er ist hier. Er zieht sich gerade um, in einem der Gästezimmer. Der Tadi ist auch da. Aber ich werde nun keine Führung durch die Räume veranstalten", flüsterte Jolanta nervös, „es sind zu viele Leute, außerdem ist es schon zu spät, wir müssen anfangen. Vielleicht nachher. Setzt euch, setzt euch!"

Sie führte Elwira zu einem Platz in der Mitte der ersten Reihe, Maria setzte sich zwischen Paweł und Esther. Bei ihnen saß Tadeusz, der Cousin aus Amerika, mit Herrn Müller-Weidt zusammen.

Jolanta trat nach vorn. Trompetentusch – allmähliches Schweigen.

„*Państwo* – meine Herrschaften – meine liebe Familie, Freunde, Gäste ..." Jolanta hatte eine kurze Ansprache vorbereitet. „Heute sind wir alle sehr glücklich – nach beinahe zwei Jahren und viel Arbeit ist es uns gelungen, das Schloß wieder als Schloß zu eröffnen – nicht nur für unsere Familie, sondern auch für Sie, liebe Gäste und Besucher aus der Umgebung. An diesem Ort wurden mein Urgroßvater, mein Großvater und mein Vater geboren, vielleicht sogar mein Ururgroßvater, es ist ein Ort des Erinnerns, ein Ort der Geschichte. Unsere Familie hat über ein Jahrhundert lang hier gelebt. Im Zweiten Weltkrieg wurde

das Schloß schwer umkämpft und zerstört. Meine Großmutter kam nur knapp mit dem Leben davon. Durch die Nachkriegspolitik, die Jahrzehnte des Kommunismus, war es bis jetzt nicht möglich, die Gebäude, den Park zu restaurieren. Durch großzügige Hilfe aus dem Ausland – von unserem Cousin Tadeusz aus den Vereinigten Staaten, und von Herrn Klaus Müller-Weidt aus Deutschland – haben wir es jetzt in den Zustand gebracht, in dem Sie es heute bewundern können."
Klatschender Beifall, jemand stand auf, jubelte, setzte sich wieder.
„Aber wir wollen dieses Anwesen nicht nur für uns, für die Familie behalten", redete sie weiter, „wir öffnen heute Tore und Türen für alle, und sie werden offen bleiben. In diesen Räumen, auf diesem Gelände wollen wir unsere Kultur – die polnische Kultur, die polnischen Traditionen – feiern; Konzerte, Ausstellungen, verschiedene Darbietungen. Später – wenn wir Fuß gefaßt haben", lachte sie, „wollen wir auch Künstler aus dem Ausland vorstellen. Wir laden Sie nicht nur heute, sondern auch in Zukunft herzlich ein. Ich erkläre jetzt die Veranstaltung, das Fest, für eröffnet!"

Wieder Applaus. Musik. Wieder Trompetentusch; Flöten, Pfeifen tönten, eine Laute erklang, eine Geige spielte. Jolanta hatte sich für die Musik des Mittelalters und des Barock entschieden, bis zum achtzehnten Jahrhundert: die Jahre vor der Ersten Teilung Polens.
Die Tänzer traten auf, Mädchen und Jungen. Kostüme aus Samt und Seide, rostrotbraun, rosa, gelb, grüngelb, ab und zu ein tiefblauer saphirner Stich. Alle, zuerst verschüchtert, bewegten sich anmutig elegant über die Terrasse, kamen herunter auf den Rasen. Zunächst in Reigen, dann teilten sie sich in Paare auf, bildeten wieder einen Kreis, traten dann wieder paarweise hervor.
„Könnte von Unschuld noch die Rede sein", bemerkte Maria zu Jolanta, die entzückt vor sich hin schaute, den Blick auf Tänzerinnen und Tänzer gerichtet. „Du hast etwas wieder auferstehen lassen."
„Wirklich wie aus der Vergangenheit", murmelte Elwira.
Mädchen und Jungen faßten sich an den Händen, ihre prunkvollen Kostüme schimmerten im Nachmittagslicht.
„Hast du's fotografiert?" fragte Jolanta Paweł.
„Klar", bestätigte er, „alles unter Dach und Fach. Der Tadi dreht einen Film, wie wir's mit ihm besprochen haben. Erinnerst du dich nicht?"
Vor lauter Aufregung hatte Jolanta das vergessen.
„Wir können den Film an den langen Winterabenden genießen", lächelte er.

„Oder den Besuchern vorführen", meinte Maria.
„Ssch, jetzt kommt das Stück –"
„Das Stück?"
„Das Stück. Das haben wir zusammen geprobt, und vielleicht sollte ich hingehen, um zu sehen, ob sie zurechtkommen –" Jolanta stand auf, hastete über den Rasen zu den Tänzern.
Sie sollten die Geschichte des Schlosses aufführen, wie es in der Zeit der Renaissance entstanden war. Der Architekt hatte das Schloß für sich und seine Familie entworfen. Ob die ursprüngliche Familie wegen Verschuldung, Krankheit oder der Kriege es nicht behalten konnte, wußte keiner mehr genau. Im achtzehnten Jahrhundert, nachdem die Schweden im Lande gewütet hatten, kaufte es ein Vorfahr der Familie Jaworzyński, allerdings ein anderer Zweig, von dem nach einigen Generationen keine Erbberechtigten mehr am Leben waren. Seit dem neunzehnten Jahrhundert gehörte das *zamek* der ganzen Familie Jaworzyński, und zwar allen, nicht nur Jolanta, wie Maria oft betonte, wenn es zwischen ihnen Unstimmigkeiten gab. Jolanta hatte wieder in den Papieren des Vaters und Großvaters gewühlt und Briefe und Dokumente gefunden. Aus diesen wurde jetzt gelesen, während die Tänzer die Texte mit passenden Gebärden und Mimik begleiteten. Sie erzählten vom damaligen Besuch des Fürsten und Königs Stanisław.

Besonders ein Tänzer fiel Esther auf. Fünfzehn oder sechzehn mußte er sein, auf der Oberlippe ein erster heller Flaum. Seine Gesten und Gebärden hatte er offenbar genau geübt, um nicht aus der Rolle zu fallen, wußte aber noch nicht so recht, wohin mit sich und seinem Körper. Die moosgrünen Kniebundhosen ließen ein Stück der Waden frei, zeigten die nackte, unbehaarte Haut. Seine Waden waren ungewöhnlich schmal, der Junge war sonst rundgesichtig und kräftig gebaut, hatte noch pubertäres Fett. Vorsichtig, ungelenk führte er anfangs seine grazile dunkelhaarige Partnerin in den Reigen; nach ihr das hübsche, selbstsichere blonde Mädchen. Unter der Kniebundhose verwundbare Haut, auch sein Gesicht schien verwundbar, verletzlich, nicht bloß empfindsam, trotz dessen Fülle und des Bartflaums, ein breitlippiger, bebender Mund.
Trompetenschall, Flötenpfeifen, der königliche Abschied. Ein Gebet für sein Wohlergehen. Das Stück war zu Ende. Wieder wurde geklatscht. Tänzer und Schauspieler, Jungen und Mädchen verneigten sich, Jolanta wurde in die Mitte gezerrt. Blumensträuße. Rosen, auch

für den jungen Tänzer und seine beiden Partnerinnen. Er zog erleichtert die Samtmütze ab, mit der Spur eines Lächelns verbeugte er sich. Tadeusz filmte weiter.

Vielleicht weil der Beifall ihn ermutigt hatte – auch die Rose, vielleicht winkte ihm jemand aus dem Kreis seiner Familie ermunternd zu – fühlte sich der junge Tänzer offenbar aufgerufen, ein Lied zu singen, das nicht zur Feierlichkeit paßte. Seine Kameraden und Kameradinnen lachten; sie stimmten mit den Instrumenten ein, begleiteten ihn:

Nie chodź Marysiu do lasa...
Nie chodź Marysiu do lasa, do lasa...
Bo tam leśniczy woła i krzyczy –
Nie chodź Marysiu do lasa, do lasa...
Geh nicht in den Wald, Marie...
Geh nicht in den Wald, Mariechen
Wehe, du gehst in den Wald meine hübsche Marie
Der Weidmann kreischt und ruft...
Geh nicht in den Wald, Mariechen!

„Nicht sehr passend“, murmelte Jolanta unzufrieden.

Maria lächelte. „Ich gehe nicht in den Wald“, versprach sie allen, die neben ihr saßen.

„Es ist ein traditionelles Lied“, ermahnte Paweł, „der Tanz ist zwar ein Volkstanz, aber wir brauchen uns nicht aufzuregen, auch wenn es nicht zu den anderen Stücken paßt –“

„Der Jacek und seine Ideen –“, murmelte eines der Mädchen im Vorbeigehen. Esther hörte ein leises Kichern, sah, wie der Junge nun etwas verunsichert zu Jolanta hinaufsah, die ihm achselzuckend zur Beruhigung zulächelte. Sah, wie er errötete.

Die Zuschauer standen langsam auf, gingen auseinander, die meisten fielen über das üppige Büfett her, das gerade auf der Terrasse und im Saal eröffnet worden war.

Jolanta hatte auf den Kostümball verzichtet. Die Besucher setzten sich oder standen herum, aßen, tranken, plauderten. Besichtigten die restaurierten Räume. Allmählich dunkelte es. Die ersten Gäste waren bereits gegangen, als Jolanta sich im oberen Saal ans Klavier setzte. Sie hatte ein langes, schwarzes Abendkleid angezogen, das ihren kremigen Teint unterstrich.

„Ich wußte nicht, daß auch Jolanta Klavier spielt", sagte Esther zu Maria.
„Doch. Jolanta spielt. In ihrer Jugend spielte sie sogar leidenschaftlich gern. Anfangs war ihr das Üben lästig. Später hat sie es geliebt. – Und heute wollte sie unbedingt spielen –"
„Und du nicht?"
„Der heutige Tag gehört Jolanta", murmelte Maria und schüttelte den Kopf.
Jolanta spielt, im langen Kleid, in ihrem Gesicht das gleiche ekstatische Leuchten wie am Nachmittag.
Die Musik erklingt. Wald, Nebel, Wasser, lauschend steht Esther in einer Chopinschen Landschaft. Jolantas Finger eilen über die Tasten, schaffen wenige Augenblicke lang eine Welt, von der Chopin im Exil oft geträumt haben mag. Als wollte sie für den Abend, für die Nacht spielen; für Cezary und für Zenon, den nie gekannten Großvater. Für alle Geister dieses Ortes. Cezarys Welt der Kindheit, Esther sieht ihn wieder vor sich, den Knaben in seiner kurzen Hose auf dem Rasen, von der Familie umgeben. Jetzt wechselt der Rhythmus zum Tanz, in einer Skala von Klängen gleitet er wieder ab in die Melancholie, die sofort von sonoren Akkorden durchbrochen wird, sich zum Höhepunkt steigert, in einer Kaskade hinunterrinnt. Verstummt.
Schweigen im Raum.
Jolanta verneigt sich, ihr Gesicht verklärt.
Als erste tritt Maria auf sie zu, umarmt sie, drückt ihr einen Blumenstrauß in die Hand. Ein Kind kommt mit einer Lilie, noch jemand reicht ihr Blumen, Stühle knarren auf dem neuen Parkett, endlich wieder ein Stimmengemurmel, die Besucher stehen auf, plaudern, gehen langsam auseinander. Auf der Treppe, in der Galerie, unten im Saal, geht der Abend, geht die lang ersehnte Feier zu Ende.

Noch war Jolanta wie verwandelt.
„Trinken wir Champagner", rief sie, noch wie im Traum. „Du, ich, Mama, Esther, Paweł, der Klaus, Tadi – wir alle. Auf der Terrasse. Wir bleiben sowieso heute alle hier, es gibt ja Betten genug."
Sie setzten sich in einen Halbkreis, auch Elwira.
„Wir haben es endlich geschafft", erklärte Jolanta, „es ist zwar schon Hochsommer, aber wir haben es geschafft. Und es ist gelungen!"
Maria nickte, nachdenklich. „Und jetzt beginnt die Arbeit", sagte sie.
„Das Fest war wunderschön. Nun gibt's aber noch viel zu tun, meine Liebe!"
Jolanta wollte sich diese Stunde nicht nehmen lassen. Wieder ekstatisch, als hätte sie Maria nicht gehört, umarmte sie alle, einen nach dem

andern. „Ich danke dir, ich danke dir! Marysiu, ich weiß, du hast recht, immer hast du recht, aber laß uns heute noch genießen. Diesen wunderbaren Abend." Sie stießen wieder an. „Das ist der glücklichste Tag meines Lebens", schwärmte sie, „Vielleicht werde ich nie wieder so glücklich sein wie heute."

Eindringliche Stille, lautlose Schatten, das Brechen eines Zweiges. Eine Blüte, die sich schließt, sich nicht mehr öffnet. Die Nässe des beginnenden Taus. Ein Tier lauert auf ein anderes Tier, jagt es. Die Eule erspäht die Maus, greift sie mit ihren Krallen.

„Werden wir wirklich die Geister dieses Ortes befrieden?" fragt Maria plötzlich, „sie zur Ruhe bringen?"

„An wen denkst du?" will Elwira wissen.

„An alle, die früher hier gelebt und gelitten haben. An den Vater, den Großvater, an Onkel Jan, an Onkel Piotr – an die Großmutter –"

„Ja, sie liebten diesen Ort, vor dem Krieg. Das hat mir dein Vater immer erzählt –" Elwira beginnt mit ihren Anekdoten. Obwohl sie erst später zur Familie gekommen ist, hat sie jahrzehntelang zahlreiche Geschichten gesammelt.

In den Pausen zwischen den Sätzen spricht die Nacht. Zuletzt schwankt, flackert Elwiras Stimme, ihre letzten Worte fallen auseinander, sie stockt.

„Schade, daß du jetzt aufhörst", bedauert Jolanta, die ganz langsam, widerwillig in die Gegenwart zurückkehrt, „der Klaus hat diese eine Geschichte noch nicht gehört. Und wenn du sie mir jetzt nicht zu Ende erzählst, kann ich sie ihm nicht übersetzen –"

Elwira kichert. „Es ist zu spät geworden. Alles nicht mehr wichtig. *Pan* Tadeusz", witzelt sie und wendet sich an den amerikanischen Cousin, „würdest du mich bitte ins Haus geleiten? Zu meinem Zimmer? Ich kenne mich hier noch gar nicht aus, werde es allein nicht finden –" Unsicher, gebrechlich steht sie auf, Tadi eilt ihr zur Seite, Jolanta reicht ihr den Stock, Herr Müller-Weidt gibt ihr die Hand, wünscht ihr eine angenehme Ruhe. Als sie fort ist – das Echo ihrer Stimme hört man noch, als sie sich die Treppe hinaufquält –, setzen sie sich wieder, lassen sich von Paweł bewirten. Der Champagner ist heute unerschöpflich.

Die Nacht redet indessen weiter, erzählt ihre eigenen Geschichten.

Brechungen – an den Tagen, an denen die Hitze fieberhaft um sich greift in der Stadt K., am späten Nachmittag um fünf oder um sechs Uhr nach dem Kaffeekränzchen, da die große Wärme überraschend nachgelassen hat, leuchtet der Himmel kristallen blau, und die Luft tanzt. Wie ein alles durchdringender Glanz, der auch Esther Blu durchdringt.

In jenen Stunden erscheint ihr alles richtig und notwendig, selbst diese eigenwillige Sprache mit ihren Klüften und Sprüngen, Esther tanzt über die Biegungen. Die singende Hitze beschwörend, sich einen Ort zu suchen, einen Ort in der Stadt K. Selbst wenn es nur ein Zimmer sein sollte.

Sie sitzt bei Ela in deren weißgetünchter Wohnung, zwischen ihnen liegt die Zeitung, die Ausgabe mit den neuesten Angeboten, wieder nicht zahlreich.

„Am besten gibst du selbst eine Annonce auf", schlägt Ela vor.

Wohnung erwünscht, um anzukommen. An Kauf interessiert.

„Im Ghetto?" fragt Ela, „im ehemaligen. Könntest du auch da wohnen?"

Esther stockt. Sie weiß es nicht. „Es sind jetzt Straßen wie andere, ein Ort wie jeder andere."

Ein Ort. Kein Ort.

Dann kommen wieder die Tage, wo die Hitze sich gar nicht mehr hebt, ihren Deckel auf die Stadt drückt wie auf einen Kessel. Das Wasser rinnt Esther auf der Haut. Sie sieht den Großvater Blu, noch heißt er Blaublat, durch die rauchigen, vernarbten Gassen gehen, ein wenig verträumt sah sie ihn immer, sie dichtet ihm auch Ängstlichkeit an, ihre Ängstlichkeit. Der junge Mann, Isaak Blaublat in seinen, wer weiß, selbst geschneiderten Anzügen, er ist nicht nur Tischler, sondern auch Schneider – damals wie heutzutage hat man mindestens zwei Berufe gebraucht, um durchzukommen –, schreitet meist selbstsicher durch die Straßen, behält sein Ziel im Auge. Vielleicht hat er noch keinen schwarzen Schnurrbart, das Gesicht des jungen Mannes mit dem grauen Homburg ist glattrasiert; als er in die Seitengassen einbiegt, strömen ihm die Gerüche aus den Küchen entgegen, die auch Esther manchmal noch entgegenströmen; duftender Rotkohl und Pellkartoffeln, würzige Gemüsesuppe und Borscht. Das ist damals seine Welt gewesen, mit diesen Gerüchen ist er aufgewachsen. Der Fettgeruch, der Esther auch gefangennimmt, wenn sie in die Seitenstraßen einbiegt, vor der parfümierten Aggressivität der Drogerien flüchtet, die dampfende Hitze aus den Kochtöpfen ihrer frühen Kindheit, die Sonntagsausflüge damals, als sie den Großvater besuchte, kurz vor seinem Tod mußte es gewesen sein, und sie mit der Eisenbahn nach London gefahren waren. Esther war noch klein, so genau kann sie sich nicht erinnern, nur an die Gerüche, die aus der großelterlichen Küche wehten, die sie für nichts auf dieser Welt betreten wollte. Blieb mit dem Vater steif aufrecht im Wohnzimmer sitzen, Salon genannt, oder spielte allein im Garten, weil bei diesen Besuchen keine anderen Kinder in Sichtweite waren. Wußte nicht, daß der Großvater bald sterben sollte. Die Gerüche der dickbraunen Fleischsuppe, das klebrige Tätscheln und Tatschen der Großmutter, in ihrem dunkelblauen Hauskleid mit den Fettflecken, ein vorsichtiges Schielen durch die halboffene Küchentür, das altgeschwärzte Spülbecken mit dem gestapelten schmutzigen Geschirr und Essensresten, bald wäre Esther das ganze Mittagessen hochgekommen, hätte der Großvater ihr nicht rechtzeitig ein Bonbon gereicht.

Sie haben es mitgebracht, die Auswanderer, ihr Polen, ihren Ursprung; die Gerüche, den Schweiß, die beklemmende Umarmung, die erstickende Freundlichkeit, das an den Feiertagen siedende Fett, den pochenden Backherd, den Apfelkuchen, „*Pani Szarlotka*“, das alles ist mitgekommen und klebt an ihnen, von Generation zu Generation hineingewürgt, bis die letzten alles ausspeien, weil sie es nicht mehr ertragen.

Der Schweiß, der ihr vom Körper rinnt wie jetzt, als sie durch die Stadt K. geht, ihre eigenen Achselhöhlen säuerlich dunkelnaßriechend wie die der Bettlerinnen. Die aufgedunsenen Gesichter der städtischen Frauen noch im besten Alter, aufgequollen in ihren frisch gebügelten Sommerkleidern; die stolz gepuderten Physiognomien der Vierzig-Fünfzigjährigen, hochmütige Matronen, mit exotischen Frisuren, pompös aufgetürmte, mit Kamm verzierte Gebilde; die erloschenen Mienen alter, humpelnder Frauen, Esther sich hin und her bewegend wie im Reigen, ihren Weg suchend, an den fettdünstenden Leibern vorbei. Die Stadt K., eine Garküche der Erinnerungen und Phantasien.

„Mein Vater war kurz hier“, erzählte Abraham, als Esther wieder bei ihm vorbeikam: „Er hat sich alles angeschaut und ist damit einverstanden. Unser Jerusalem, sagte er zu mir. Unser eigenes Jerusalem.“ Er betrachtete Esther nachdenklich, bis sie sich vorkam wie im Käfig. Suppendunst. Die Gerüche des Restaurants zwei Häuser weiter störten Abraham nicht. Er dachte vermutlich an die Suppen seiner Mutter in New York.

„Ich habe über deine Angelegenheit nachgedacht“, verkündete er. Seine Stimme klang seltsam bedrückt.

„Meine Angelegenheit?“

„Das Sakrament", sagte er mit Nachdruck. „Du hast das Sakrament empfangen. Das christlich katholische Sakrament. Ich habe mir lange überlegt, was das genau bedeutet, zunächst für dich persönlich, dann aber auch im Hinblick auf das Judentum."

Wieder schluckendes Lachen, ein Kitzeln im Hals.

„Ich habe gebetet, Esther." Abraham drehte sich um, musterte sie. Seine Augen waren gar nicht braun, stellte sie nun fest, sondern blaugrau, eher hell, doch während er sprach, vertiefte sich die Farbe; nach der Intensität seiner Stimme verdunkelte sich besonders das rechte Auge, wurde schwarz.

„Ich habe für dich gebetet, Esther, ich habe Ha'Schem angefleht, mir den Weg zu zeigen, um dir zu helfen."

„Und –", fragte Esther auf einmal beklommen. „Was hat Ha'Schem dir mitgeteilt, Abraham?" Wunderte sich über die eigene Befangenheit.

„Es ist eine sehr ernste Sache, Esther. Es ist zwar keine Taufe, aber das Sakrament steht für ein Versprechen, es schafft einen Bund zwischen der Person, die es annimmt, und Gott."

„Das verstehe ich." Esther nickte.

„Nur ist er nicht der jüdische Gott. Ha'Schem ist er nicht. Er ist der Gott der Christen. Mit ihm und nicht mit Ha'Schem hast du ein Bündnis geschlossen."

„Es gibt nur den einen Gott", erklärte Esther, sich rasch auf den Monotheismus berufend, „wir nennen Ihn zwar anders als die anderen, und das Sakrament anzunehmen, das war für mich bestimmt der falsche Weg, um Ihn zu erreichen –"

„Nein, Esther", unterbrach sie Abraham, „du täuschst dich. Er ist nicht derselbe Gott. Es ist, als ob Er – wie soll ich es dir erklären? Es ist, als ob er Sein Gesicht verhüllt. Und das, was die anderen – die Christen – auf Ihn projizieren, das ist nicht Sein wahres Gesicht. Es ist – eine Maske.

Glaube mir, Esther, ich habe mir alle Mühe gegeben. Ich bin die ganze Nacht aufgeblieben und habe für dich gebetet."

„Und – hast du ein Zeichen erhalten?" Esthers Stimme bebte.

„Ja, Esther. Er hat mir Sein Gesicht –"

„Enthüllt?" rutschte es aus ihr heraus.

„Nein! Nicht einmal Moses hat Er sich jemals gezeigt – wirklich, Esther, deine Bibelkenntnisse lassen sehr zu wünschen übrig – aber ich habe Visionen gehabt, ich habe Seine Wahrheiten empfangen, und deshalb weiß ich, daß die Christen nur einen – einen verschleierten Gott anbeten –"

„Ich dachte, wir auch, wenn Er Sein Gesicht nicht zeigt –"

„Anders, Esther. Ich spreche nicht von Seinen heiligen Hüllen. Die Christen beten einen maskierten Gott an, einen Gott, dem sie eine Maske aufgesetzt haben, eine menschliche Maske, weil sie das Sichtbare brauchen, das Leibliche."

„Aber auch das Menschliche", unterstrich Esther, „ja, auch das Menschliche –"

Abraham beachtete nicht ihren Einwurf, redete weiter: „Mit diesem christlichen Gott hast du jetzt einen Bund geschlossen, und nicht mit Ha'Schem, dem jüdischen Gott. Verstehst du das nicht?"

Seine Stimme wurde tiefer, abgründig. „Du hast ihn eingeladen, in dich einzutreten. Du hast dich ihm geöffnet. Das Sakrament, wie ich es verstehe, ist stellvertretend für den Leib Gottes. Ha'Schem hat keinen menschlichen Leib, nur der christliche Gott hat einen, und das Sakrament, die Hostie, ist ein Symbol dafür."

„Ich habe ihn nicht eingeladen –" Esther wehrte sich. „Und sowieso, Gott hat uns Menschen nach Seinem Ebenbild geschaffen, das steht im Ersten Buch Moses –"

„Du hättest weggehen können." Abraham wechselte zu den höheren Oktaven: „Du hättest dem Priester ausweichen können!" kreischte er. „Warum hast du es nicht getan?"

„Es ging so schnell. Ehe ich mich versah –"

„Versehen ist der richtige Begriff", höhnte er. „Du hast dich in einen anderen Gott verguckt. In jenem Augenblick, als der Priester vor dir stand, dir die Hostie zwischen die Lippen schob, hättest du den Mund schließen sollen, seine Hand von dir wegstoßen und vor aller Welt rufen: Nein, ich bin Jüdin! *Mein* Gott verhüllt Sein Angesicht und gibt sich nicht preis! Das wäre was gewesen, Esther, da hättest du dich wirklich gewehrt!"

„Ich –", stammelte Esther, „ich hatte nicht den Mut, ich hatte keine Zeit, mir überhaupt etwas zu überlegen, es ging so schnell. Du kannst dir nicht vorstellen, wie das war. Hunderte von Menschen –"

„Eben. Du hast dich nicht getraut, Esther. Du hast dich nicht getraut, dich zu offenbaren, zu dem zu stehen, was du eigentlich bist. Oder sollte ich sagen", fügte er böse hinzu, „zu dem, was du geworden wärest."

„Was soll das heißen?" fragte Esther schroff.

„Ich glaube nicht, daß das Ganze zufällig war. Ich habe Ha'Schem die Frage gestellt und Seine Antwort erhalten. Du wolltest das Sakrament annehmen, Esther, es entspricht dir. Deine Haltung zum Judentum und zu den Juden – ich habe dich bereits eine jüdische Antisemitin genannt, das klang vielleicht wie ein Witz, doch war nahe an der Wahrheit dran. Warum bist du überhaupt in die Kirche gegangen, in die Messe? Als Jüdin hattest du dort nichts zu suchen."

Esther schwieg. „Du siehst das alles furchtbar eng, meinst du nicht?" sagte sie dann. „Du machst dir das Leben sehr einfach, du riskierst nichts, setzt dich nicht auseinander – nichts, was deinen Weg in Frage stellt –"

"Mein Weg ist kein leichter Weg. Deshalb will ich mich durch nichts ablenken lassen." Abraham blinzelte vor innerer Gerührtheit, himmelwärts schauend, als wollte er sich schwebend über Esther erheben ...

Sie hielt es keine Minute länger aus. „Ich muß jetzt gehen", sagte sie, „ich danke dir für die Mühe mit meiner Seele."

Vielleicht hatte er wirklich Nächte durch für sie gebetet.

„Ich weiß, was es ist, Esther –"

„Was ist es?"

„Du bist dem Sabbatianismus verfallen", verkündete er.

„Was?"

„Wir sind in einer Stadt zusammengekommen, wo, wie du selbst gesagt hast, Sabbatai Zewi einen starken Halt gefunden hatte. Er hatte hier damals viele Anhänger. Es ist also keineswegs verwunderlich, wenn –"

Er hielt inne.

„Wenn?" wiederholte Esther.

„Wenn sein Geist sozusagen noch in der Luft schwebt", und Abraham nickte feierlich.

„Was hat das mit mir zu tun?" fragte Esther.

„Du bist diesem Geist verfallen, dem Geist des Sabbatianismus. Deswegen zieht dich das Christentum so sehr an."

„Sabbatai Zewi konvertierte zum Islam, nicht zum Christentum", wandte Esther ein.

„Das ist nicht wichtig, Esther. Sein Geist lebt hier weiter, in dieser Stadt – und das zählt."

Abrahams Gesicht wurde wie aus Wachs. Wieder fixierte er Esther mit seinen ungleichen Augen. Das eine Auge, das linke, war jetzt heller und kühler als das rechte, grauschwarze.

„Wenn du dich von seinem Geist befreien willst", setzte er fort, „müssen wir uns wohl eine Form von Exorzismus überlegen."

Er hielt inne. Erwartete ihre Reaktion.

Sie musterte ihn, beunruhigt.

„Exorzismus? Das macht man doch nicht – heutzutage."

„Manchmal. Wenn's nötig ist", widersprach ihr Abraham.

Esther sann nach.
„Was wird aus mir, wenn du das tust?" fragte sie. „Was erhoffst du dir, bei einer solchen Handlung?"
Abraham schmunzelte. „Danach wirst du – vielleicht – eine gute Jüdin. Du wirst auf jeden Fall eine Jüdin bleiben. Ha'Schem wird dir vergeben."
„Ich dachte, Er vergibt mir sowieso", entgegnete sie.
Abraham lehnte sich nach vorne, umklammerte seine Knie.
„Du erschwerst Ihm die Aufgabe, Esther. Ha'Schem hat endlos Geduld, Er ist ewig, Esther, auch Seine Geduld ist ewig, selbst wenn Er alle paar hundert oder tausend Jahre ausrastet, wie damals mit Moses, aber es wäre schön, wenn du Ihm entgegenkommen würdest."
„Erzähl mir – wer bist du eigentlich? Du redest immer, als ob –"
„Als ob was, Esther?"
Sie suchte nach Worten. „Als ob du eine besondere Stellung bei Ihm innehättest –"
Eine Anmaßung, wollte sie sagen. Der Satz hing zwischen ihnen, unfertig.
„Ich bete jeden Tag, Esther, jeden Abend, jede Nacht, in der Frühe. Wenn ich kann, auch nachmittags. Und das schon seit der Kindheit. Ich bin vielleicht – nicht immer – nur in ganz bestimmten Fällen, ich bin ein Vermittler. Nur einer von ihnen", fügte er hastig bescheiden hinzu, „Ein Vermittler. Für Menschen wie dich."
„Eine Anmaßung! Das ist eine Anmaßung, so etwas zu behaupten!" fuhr es aus Esther heraus.
„Wieso?" Abrahams Gesicht verlor den geduldigen, mitleidigen Ausdruck, den er um Esthers willen öfter aufsetzte. Er wurde bleich vor Wut.
„Ein Zaddik ist ein Vermittler. Du hast kein Recht, von Anmaßung zu reden, du auf keinen Fall!"
Esther sah ihm in die Augen. Sah zum ersten Mal eine Tiefe, die sie beunruhigte.
„Ich will den Dybbuk aus dir heraustreiben, hörst du?" Seine Stimme wurde heiser. „Ich will den Dybbuk aus dir hinaustreiben, daß er nie wieder bei dir einkehrt!"
„Dybbuk? Ich habe keinen Dybbuk!" rief Esther entsetzt.
„Und ob! Du merkst ihn gar nicht. Er hält dich vollkommen gefangen – deine Seele."
Er neigte sich zu ihr hinüber.
„Ich will dir etwas sagen, Esther, du kannst es Anmaßung nennen, was oder wie du willst. Ich habe einen Auftrag erhalten, ja, von Ha'Schem. Hier zu sein und diesen Ort wieder aufzurichten. Ich werde

den Auftrag erfüllen. Und ich lasse mich von niemandem davon abbringen. Auf keinen Fall von einem Häretiker wie dir! Ich bin noch lange nicht mit dir fertig", erklärte Abraham. „Wir müssen weitermachen. Eben weil du Risiken eingehst, die ich weder eingehen kann noch will."

Von neuem spürte sie seinen Blick auf sich ruhen, dieses Mal vorwurfsvoll, doch der Vorwurf berührte sie nicht. Es war nicht der Blick eines Propheten. Nur ein wenig unbehaglich, der Ausdruck Abrahams ungleicher Augen.

„Gut. Aber ein anderes Mal. Ich muß jetzt gehen."

„Wir müssen das Problem für dich lösen, Esther. Vergiß das nicht. Es könnte sonst Folgen haben."

Jetzt in seiner Stimme eine warnende Note.

„Ich vergesse es nicht." Esther eilte davon.

Zenon war Romancier. Wie sich herausstellte, war *Ahasver* sein erfolgreichster Roman. Esther versteckte das Buch in ihrem Koffer. Wenn sie die Stadt K. verließ, packte sie es mit ein; wenn sie zurückkehrte, brachte sie es wieder mit. Ein verwirrendes Werk. Maria hatte recht; Esther konnte es nur mit Mühe lesen.
Sie suchte nach Zenon. Sie suchte in alten Zeitungen, in Sammlungen, in den Archiven. Außer in der Erinnerung seiner Familie, die mit jeder Generation blasser wurde, existierte er nur noch auf zerbröselnden Blättern und Mikrofilmen. Sie schlug wie immer die neuen, unbekannten Wörter nach, prüfte alles gewissenhaft.
Ahasver, verflucht, zum Wandern verurteilt. Seinerzeit erfreute sich der Roman eines außergewöhnlichen Erfolges. Trotz häufiger Streiks der Druckereien wurde *Ahasver* in den zwanziger Jahren zweimal aufgelegt; Mitte der dreißiger Jahre ein drittes Mal. Bei jedem Erscheinen erregte das Buch Aufsehen. Mehrere Auszeichnungen und Literaturpreise wurden Zenon zuerkannt. Mit *Ahasver* erreichte er den Höhepunkt seiner Karriere; weder vorher noch nachher hatte er einen vergleichbaren Erfolg. Die paar Romane, auch sein Erzählband und Lyrik, die vor *Ahasver* erschienen waren – Zenon war ein Vielschreiber, er veröffentlichte beinahe jedes Jahr ein Buch –, wurden von den Rezensenten selten wohlwollend aufgenommen, mehrere wurden gnadenlos verrissen. Die Bücher, die er danach veröffentlichte, wurden endlich beachtet; in ihren Rezensionen erwähnten die Literaturkritiker jedoch immer seinen *Ahasver*, suchten in seinen späteren Werken vermeintliche Verbindungen dazu, Fäden, die der Autor angeblich erneut aufgegriffen hatte.
Doch schon lange wurden keine Bücher mehr von Zenon Jaworzyński neu aufgelegt. Seine feine, ziselierte Sprache, seine Poesie kennzeichneten ihn als Autor des späten neunzehnten Jahrhunderts, des frühen zwanzigsten, schätzte Esther.

Ahasver hingegen wanderte durch die Zeiten. Wie der wegen seines Kusses verfluchte Judas, wurde auch er aufgrund seines Mundwerks, seiner paar Tropfen Speichel wegen von der Nachwelt verurteilt und bestraft. Wieso er damals dastand auf dem Weg, warum der durstende Jesus ausgerechnet ihn, Ahasver, um Wasser bat – das alles war nur symbolisch. Die Verweigerung des jüdischen Volkes, Jesus als den Messias anzuerkennen, das war die Verfluchung. Obgleich die meisten Apostel, seine Jünger, auch Juden waren. Als ein Mensch, der nicht die Güte besaß, das Leid eines anderen, gequälten Menschen zu lindern,

nur weil er ihn für einen Häretiker hielt, einen Anmaßenden und Gotteslästerer, war Zenons Ahasver eine überraschend nuanciert gezeichnete Figur. Nicht wie die jüdischen Kritiker damals behaupteten: Der Autor würde durch seinen *Ahasver*-Roman den Antisemitismus schüren, Zenon Jaworzyński hielten viele seiner jüdischen Zeitgenossen ohnehin für einen Antisemiten. Zenon hatte dagegen aus dem gehässigen Ahasver einen Menschen Ahasver geschaffen. Der Leser verspüre mit ihm Mitleid, schrieb ein Rezensent damals, einer von Zenons Freunden. Gerade das bei dem Leser geweckte Mitgefühl hebe den Roman aus der Kategorie des Gewöhnlichen, verleihe ihm seine Größe.
Ahasver war ein Mann des Volkes, ein einfacher Mensch. Möglicherweise auch ein Sozialist. Er habe den Geist Jesu Christi, den Menschensohn, den Gottessohn, wie Zenon meinte, nicht erkannt, nicht verstanden. Er wollte bei der alten Ordnung bleiben. Selbst als Mensch nahm er ihn nicht wahr, sonst hätte er ihm auf seinem qualvollen Weg zum Ölberg, unter dem Kreuz gebeugt, Wasser gegeben, tröstende Worte gespendet.

Das Seltsame daran war, überlegte Esther, daß, um *Ahasver* schreiben zu können, Zenon sich zumindest eine Zeitlang mit seiner Figur verbunden haben mußte. Er hatte sich sogar mit ihm identifizieren, sich in ihn hineinfühlen müssen, denn sein Ahasver wird nicht von außen geschildert, sondern von innen heraus gelebt. Wenn Zenon Jaworzyński sich so in Ahasver eingefühlt hatte, um aus ihm einen Menschen zu schaffen, nicht nur eine Idee, eine Synthese der apokryphen Bibelsprüche – was muß er selbst für ein Mensch gewesen sein? Das konnte Esther aus Zenons hochgebildet geschnörkelter, nun antiquierter Sprache nur schwer herauslesen.
Sie sah ihn vor sich in seinem Morgenrock, hager, hochgewachsen. Zenon pflegte im Morgenrock zu schreiben, rauchte, wenn er sie sich leisten konnte, Zigarillos, manchmal Zigarren. Er saß am Schreibtisch im Erker. Die Fenster zum Garten waren geöffnet; es waren dieselben Fenster, dasselbe Zimmer, in dem Jahrzehnte später Esther mit Cezary zusammensitzen und ihn mit ihren Fragen quälen sollte.
Zenon selbst war kein Ahasver. Von allem, was Esther über ihn gehört oder erfahren hatte – trotz seines Studiums in Paris und Berlin habe er sich an die Stadt K. geklammert. Vielleicht gerade, weil das Los der Polen jahrhundertelang das Los von Wanderern, Exilanten gewesen war. Und möglicherweise hätte gerade Zenons Mitgefühl für Ahasver – sein Exil, seine Wanderschaft auf Erden – in ihm selbst den Wunsch

erweckt, den Juden zu einer eigenen Heimat zu verhelfen, wie die Zionistischen Juden im Vorkriegs-Polen es auch anstrebten. Wohl deswegen hatte Zenon in den dreißiger Jahren deren Auswanderung nach Palästina gefordert. Wenn schon nicht nach Madagaskar.

Die Heuchelei des Augenblicks. Ich hätte euch so gern zusammengeführt, sinnierte Esther, Zenon Jaworzyński und Isaak Blaublat; sie blieben auf der Krakowska Straße einander gegenüber stehen, ihr künftiger Großvater hätte den grauen Homburg aufgesetzt, sie kämen wegen des eleganten Huts ins Gespräch. Ich mache euch miteinander bekannt, ihr müßt miteinander reden. Und wenn wir keine Sprache haben, keine gemeinsame? Keine Möglichkeit der Kommunikation? Wie wollen Sie, gnädige Frau, daß ich mich mit Ihrem Herrn Großvater verständige, wenn er nicht einmal polnisch spricht? Er kann zwar etwas Deutsch, und das kann ich auch, das führt aber noch nicht zu einer Verständigung zwischen einem angehenden polnischen Journalisten und Schriftsteller und einem Tischler und gelernten Schneider. Noch dazu einem Juden. Das sieht Esther ein, nur hätte der elegante Hut womöglich ein Gespräch ausgelöst, zwischen dem Goj und dem Judenjungen – Zenon war kein intellektueller Snob, auch er hatte mit seinen Händen gearbeitet, und die kommunistischen Juden sollten ihm gefälligst nicht alles wieder wegnehmen, was er sich so mühsam erarbeitet, erschaffen hatte. Vielleicht war Isaak Blaublat ja doch der polnischen Sprache mächtig, wer weiß. Sie stehen einander gegenüber, da, wo Esther sie haben will. Mitten auf der Krakowska Straße, im frisch angebrochenen Jahrhundert. Wortlos.
Doch plötzlich fängt der eine an zu sprechen – in welcher Sprache auch immer: Sagen Sie mal, das ist ein feiner Hut, bemerkt er kopfnickend, offensichtlich beeindruckt, wo haben Sie den her?
Vom Hutmacher, antwortet der andere, von Natur aus höflich und hilfsbereit, hier auf der Krakowska kenne ich einen Hutmacher –
Sehr elegant, betont Zenon Jaworzyński, den Hut mit seinen Augen streichelnd.
Mag sein, der Hutbesitzer – Isaak Blaublat – fühlt sich durch diese unerwartete Aufmerksamkeit besonders geschmeichelt, denn der andere bewundert letztlich nicht nur den Hut, sondern auch die Person, die ihn trägt. Wenn der Hut ihm nicht paßte, wäre der andere nicht beeindruckt, und wieder freut sich Isaak, daß er ihn in einem Fachgeschäft gekauft und nicht irgendeinen Hut von irgendwem auf der Straße ergattert hat.

Er steht Ihnen gut! bekräftigt der Hutlose und lächelt.
Der Mann mit dem Hut erwidert sein Lächeln; sie bleiben auf dem Bürgersteig stehen, und ihr Gespräch dauert nicht länger als fünf Minuten, höchstens zehn. Ängstlich schaut Isaak Blaublat auf die Uhr; der Zug nach Prag fährt am späten Nachmittag vom Hauptbahnhof ab, er darf ihn nicht verpassen, schade, daß sie sich erst jetzt, so spät, begegnen, schade...
Wie kommt dieser Judenjunge zu so einem schönen Hut, fragt sich Zenon Jaworzyński, einen wohlhabenden Eindruck macht er ja nicht. Isaak wirkt nicht auffallend „jüdisch", was das wohl heißen mag, aber Zenon spürt, daß er Jude ist, sie befinden sich im sogenannten jüdischen Viertel, und der Hutmacher ist bestimmt ein Jude...
Ich wollte einen schönen Hut, erklärt Isaak, ich fahre heute weg – er hat gespürt, daß der Hut ihm Glück bringen wird, man hat manchmal so ein Gefühl...
Er schaut wieder auf die Uhr, muß sich bald auf den Weg zum Bahnhof machen, mit der Straßenbahn fahren, eine Droschke kann er sich nicht leisten. Er bleibt trotzdem stehen, hört dem Goj aufmerksam zu.
Aber Sie kommen bald wieder hierher zurück? fragt Zenon. Auch ich studiere im Ausland – in Paris und Berlin.
Die Frage ist Isaak peinlich, aber er überspielt es.
Nein, ich bin kein Student; ich wandere aus, bin Tischler, sagt er stolz, wie mein Vater. Auf Familientradition legt er Wert, genau wie Zenon. Die Schneiderei erwähnt er allerdings nicht, es gebe schon so viele jüdische Schneider, wird der Goj sonst denken...
Zenon sinnt nach: Wenn er Tischler ist, noch dazu Jude, dann ist er vielleicht Sozialist. In der Stadt K. gibt es von deren Sorte schon zu viele, obwohl er sagt, er sei nicht von hier. Wenn er trotzdem Sozialist ist – Gott sei Dank, er wandert aus!
Wohin fahren Sie? fragt er neugierig.
Nach Prag, ich habe dort Verwandte.
Wollen Sie nicht ins gelobte Land, nach Palästina? Sind Sie Zionist?
Ich bin Tischler, antwortet Isaak. Ich fahre nach Prag, dann werde ich weitersehen, habe für Politik keine Zeit, bin ein gläubiger Jude, gehe, na ja, nicht jeden Schabbat, aber fast jeden – in die *schul*'
Aha, nickt Zenon zufrieden.
Isaak will das Thema wechseln, es ist höchste Zeit, denn er ist genauso neugierig auf den Fremden wie der Fremde auf ihn, mit gojschen Polen kommt er seit der Schulzeit kaum noch zusammen, jedenfalls nicht mit einem so feinen Goj wie diesem, noch dazu in seinem Alter.

Und Sie? Was machen Sie?
Ach, ja, ich bin Schriftsteller, Journalist, stellt sich Zenon vor. Seine weiteren Begabungen will er lieber verschweigen, den anderen auf keinen Fall pikieren. Ein schweres Brot, sagt er noch, anders schwer als die Tischlerei, die aber, wie Zenon weiß, auch schwer ist. Ich komme gerade von der Redaktion der Lokalzeitung, wo ich einen Artikel untergebracht habe.
Isaak Blaublat nickt. Zwar schreibt er nicht, aber er liest viel, und er denkt – ja, das alles versteht ein denkender Mensch. Natürlich wünscht er, er hätte studiert, sein Hut paßt besser zu einem Studierten als zu einem Handwerker, das weiß er selbst, man muß es ihm nicht sagen, er hat zwar Tischlerhände, aber einen denkenden Kopf.
Juden legen Wert auf Bildung, selbst wenn sie arm sind – das hört Zenon immer wieder.
Schade, daß Sie nicht hierbleiben wollen, redet er weiter, wir hätten bestimmt ein paar Aufträge für Sie, obwohl meine Familie auch nicht reich ist, sagt er hastig, aber zu Hause können wir immer gute Tischlerarbeiten gebrauchen –
Und bestätigt seine ehrlichen Absichten mit einem überaus freundlichen Kopfnicken.
Isaak schätzt das Angebot. Er ist allerdings klug genug, seine Reisepläne nicht gleich über den Haufen zu werfen, wegen eines nebulösen Versprechens, das genauso greifbar ist wie die paar watteweißen Wolken, die träge über den sonst makellosen Himmel ziehen, an diesem wunderschönen blauen Nachmittag, sein letzter Nachmittag in der Stadt K.
Vielleicht, wenn er geblieben wäre, hätte Isaak Blaublat tatsächlich für die Familie Jaworzyński Möbel gebaut, und später, nach Zenons Heirat, sogar ein Puppenhaus, Spielzeug für die Enkel und Urenkel, oder eine Festung oder ein Schloß, das über zwei Weltkriege hinweg gerettet worden wäre.
Was aus ihm geworden wäre, wenn er an jenem Nachmittag nicht weiter gewandert wäre, sondern wider Erwarten sich hätte überreden lassen, in der Stadt K. zu bleiben...
Dann kann ich Ihnen nur *bon voyage* wünschen, sagt Zenon Jaworzyński, weltmännisch charmant, reicht ihm die Hand. *Ubi bene, ibi patria,* das sagt man immer von den Juden. Sie schauen einander in die Augen, beide haben sie einen festen Händedruck, Isaaks Haut fühlt sich rauher, härter an als seine eigene. Wieder fällt Zenon ein, daß der arme junge Mann vor bald zweitausend Jahren seine wahre Heimat verloren hat, schade, er kann ihm nicht helfen, sie wiederzufinden.

Sie trennen sich. Isaak fährt zum Bahnhof, Zenon schlendert Richtung Altstadt, er geht nach Hause, ihre Wege kreuzen sich nicht mehr. Erst Jahre später, während der Arbeit an seinem Roman *Ahasver* fällt ihm die Begegnung auf der Krakowska Straße wieder ein...

Doch es weiß leider keiner, wo Zenon Jaworzyński tatsächlich war an jenem Nachmittag, der ohne Datum bleiben soll, in welchem Jahr auch immer. Kein Brief, kein Schreiben ist von Isaak Blaublat übriggeblieben, und vielleicht hatte er den grauen Homburg auch nicht in der Stadt K. gekauft, und wahrscheinlich fuhr er nach dem Umsteigen direkt weiter nach Prag, womöglich gab es schon damals – obgleich Esther das bezweifelt – einen durchfahrenden Zug von Lemberg nach Prag; er mußte in der Stadt K. weder aussteigen noch umsteigen. Auch wäre Zenon wohl damals gar nicht in der Stadt K. gewesen, sondern in Berlin, obwohl, wie Esther es sich ausmalte, das alles im Sommer geschehen war, in den Semesterferien, angenommen, daß Zenon überhaupt noch studierte... Was unsicher war. Wie alles andere auch. Wie der graue Homburg, der Isaak vielleicht doch nicht gehörte, und wie das Foto, das möglicherweise nur das Bildnis eines fernen Verwandten oder Freundes zeigte.

Isaak Blaublat soll Zenon gefälligst nur erklären, daß er kein Kommunist gewesen sei, niemals. Nicht einmal ein Sozialist sei er gewesen, meint Esther. Isaak war ein gläubiger Jude, Esther wußte zumindest, daß er die Synagoge regelmäßig besuchte.
„Gibt es keine Kommunisten in deiner Familie?" fragte Maria einmal.
„Nein", antwortete Esther reinen Gewissens, „keine." Ihre Familie sei nicht einmal sozialistisch gewesen, außer einem Onkel und einer Tante, die jedoch von der Labour-Regierung später schwer enttäuscht worden seien. Und sie selbst, na ja, heute würde sie sich als eine naive, zeitweilige Westlinke bezeichnen, die es nun besser wußte.

In all den Jahren ihrer Freundschaft hatte Maria, die sich in Italien gut auskannte, nur einmal Esther besucht. Das war vor dem großen Umbruch und in der Zeit ihrer Scheidung von Krzysztof gewesen; wahrscheinlich auch deswegen war ihre Reise nach Berlin kein Erfolg. Die Einladung hatte Mühe gekostet, aber Esther hatte sie verschickt, Maria hatte sie erhalten, ließ Jan für die paar Tage bei Jolanta, litt dadurch auch an Schuldgefühlen und fuhr sogar einen Tag vor Ablauf des Visums nach Polen, in die Stadt K. zurück. Zu den Sehenswürdigkeiten von West Berlin gehörten damals noch die Mauer und das Gefängnis von Plötzensee, doch der größte Erfolg war ohne Frage das Schloß Charlottenburg, und auch einige Cafés. Maria schlief nicht in Esthers Bett, das damals nicht von Esther allein genutzt wurde, sondern auf einem Gästebett im Wohnzimmer. Im Nachhinein tat es Esther weh, daß sie Marias Gefühle wegen der Scheidung nicht berücksichtigt hatte. Nicht einmal wahrgenommen. Maria selbst redete nicht darüber, sie schluckte ihren Schmerz in sich hinein, erst Jahre später erfuhr Esther, daß es ihr damals schlecht gegangen war. Sie hatte sich die Sache mit Krzysztof zu einfach gemacht. Maria selbst hatte letztendlich die Scheidung verlangt und das Verfahren eingeleitet. Hatte sogar an den Papst geschrieben, der sie ihr genehmigte.

Esther begleitete Maria zum Bahnhof in Ost-Berlin. Als sie endlich durch die Kontrollen an der Friedrichstraße gekommen, mit der elenden Bürokratie und den Formularen fertig waren, gingen sie auf Marias Vorschlag ins Hotel Forum, bestellten in der Bar einen letzten, gemeinsamen Kaffee. Der Geruch von Schimmel und Desinfektionsmittel durchdrang die angestrebte Eleganz, die getäfelten Wände der DDR verdunkelten noch mehr das schon trübe Wetter draußen. Maria schaute um sich: „Hier bin ich zu Hause“, seufzte sie, und atmete vor Erleichterung auf. „Jetzt bin ich bei mir.“
Esther staunte, und schwieg.

In letzter Zeit, da sie noch immer keine Wohnung gefunden hat, und es bei Maria keinen Platz mehr für sie gibt, wohnt Esther in Hotels. Jan braucht jetzt ein eigenes Zimmer, manchmal kommen andere Freunde, andere Gäste. „Er bereitet sich auf Prüfungen vor“, sagt Maria, als Esther anruft. „Du kannst leider nicht zu uns kommen. Ich bestelle für dich ein Zimmer.“
Jetzt wandert sie von einem Hotel zum andern.
Wenn der Zug in den Hauptbahnhof einfährt, steht sie auf dem Gang, schaut hinaus, sieht unten die Schneisen und Schluchten, die Brücken, die sie überspannen. Die Stadt K. breitet ihre grauen Fassaden aus. Esther erkennt wieder diese eine Ecke, sucht eine weitere, findet sie nicht, oft erkennt sie gar nichts mehr wieder, die Stadt K. verbirgt ihre menschlichen Gesichter, zeigt dafür andere, im anbrechenden Dunkel fratzenartige. Esther verspürt Beklemmung, als sie die letzte Brücke unter sich wahrnimmt, und der Zug mit einem heftigen Aufstöhnen endgültig anhält.

Die Zeiten, da Maria zum Bahnhof gefahren ist, um sie abzuholen, sind vorbei. Esther sei nicht mehr auf sie angewiesen, denkt sie wahrscheinlich. Esther selbst legt Maria nahe, nicht mehr zum Bahnhof zu kommen, wenn es ihr umständlich sei, weil sie weiß, daß sie Maria zu sehr beansprucht. Immerhin fühlt sich Esther Blu in der Stadt K. beinahe wie zu Hause, sie muß nicht mehr an der Hand geführt werden. Im Winter erstreckt sich der Bahnsteig öde, trostlos, der Zug leert sich. Die paar Touristen, die mitgefahren sind, werden abgeholt oder finden sofort den Weg zu einem Taxi, zu ihrer Unterkunft. Die Einheimischen und Gäste werden begrüßt, abgeküßt, gehen zusammen eingehängt weiter, verschwinden. Auf dem Bahnsteig gegenüber sieht sie den gelbblauen, mit schwarzrosa Streifen und Zickzack-Graffiti fröhlich übermalten Lokalzug, der geduldig jeden Abend da wartet und zehn Minuten später nach der Stadt Oświęcim abfährt, die früher Auschwitz hieß.

Sie wollte dieses Hotelleben nicht mehr, dachte sie, als sie, den Koffer nach sich ziehend, endlich aus dem Bahnhof heraustrat und ein nahegelegenes Hotel betrat, das von Maria für sie bestellte Zimmer nahm. Einfach, versicherte Maria, einfach und nicht teuer. Stellte ihren Koffer ab, sagte, sie sei angekommen. Schaute aus dem Fenster auf den Trubel am Bahnhofsplatz. Es hatte angefangen zu regnen, einige Menschen spannten ihre Schirme auf, hasteten zu den Haltestellen und zum Autobus. Der Lärm drang zu Esther herauf, das Knirschen und Weinen der Straßenbahnen, die Rufe der Menschen, das Schaben der Schritte auf den nassen Betonplatten. Für die Jahreszeit war es ungewöhnlich kühl, sie bezweifelte, ob sie genug warme Kleidung mitgebracht habe. Notfalls noch einen Pullover kaufen. Angekommen, sie war wieder angekommen, um wieder wegzufahren. Abreisen aus der Stadt K.

„Wozu brauchst du eine Wohnung, Esther? Eine Wohnung bedeutet Verantwortung."

Maria hatte recht. Aber Esther wollte eine Wohnung, sie war eigenwillig. Verantwortungslos, sagte Maria.

Zur Ruhe kommen, hier in der Stadt K.

Ein *pied à terre*, sagte Pat, die Frau des Cousins im ersten Stock, den Fuß hinsetzen.

Wo der Fuß sie bloß hintragen würde, wenn sie ihn hinsetzte. Ein Fuß auf der Erde, dann irren, rennen, ihre Kreise ziehen.

Eine Annonce aufgeben, wiederholte Ela.

Frau sucht Wohnung. Für sich. Würde gern ankommen.
Frau, unbestimmten Alters, ungewisser Herkunft, sucht Wohnung. Zum Hiersein. Eine Bleibe.
Frau sucht Vergangenheit, Gegenwart und Zukunft in der Stadt K. Dazu braucht sie eine Wohnung.
Frau sucht Wohnung. Klein, bescheiden und bezahlbar.
Jüdin sucht die Vergangenheit, die Geschichte anderer, um sie sich anzueignen. Von jeher Parasit.

Das Plakat fiel ihr auf, als sie an der Litfaßsäule vorbeiging: Es zeigte das Profil einer Frau im Halbschatten. Die Frau blickte lächelnd in die Ferne. Esther drehte sich um, ging die paar Schritte zurück. Sie erkannte das Gesicht wieder, sie kannte das Lächeln: Wanda lächelte, freudlos. Lächelte einem imaginären Gegenüber oder jemandem zu, der vom Bild weggeschnitten worden war. Sie müßte also hier sein, war aus Detroit oder Chicago, wo sie sonst lebte, angereist. Im Gegensatz zu Daniela kehrte Wanda nur selten in die Stadt K. zurück. Esther las den Text des Plakates: Wanda kam offenbar zur Premiere ihres neuen Buches hierher.

Dann gehe ich hin, beschloß sie; sie notierte Tag und Uhrzeit. Wanda und Daniela kannten sich nicht. Immer noch nicht. Seltsam, daß sie sich niemals begegnet waren, weder auf einem Schiff zwischen den Vereinigten Staaten und Europa, noch in einem Flugzeug unterwegs nach Tel Aviv. Wieso wohl nicht? Vielleicht würden sie sich zum ersten Mal hier begegnen. Esther wußte, daß auch Daniela in nächster Zeit erwartet wurde. Daniela kam jedes Jahr hierher. Jedes Jahr sagte sie zu Esther, wie froh sie nun sei, daß sie bald wieder abreisen könne, sie habe nun endlich genug von der Stadt K., wolle nur wieder nach Hause. Kam jedoch im folgenden Jahr wieder, als unterläge sie einem geheimen Zauber.

Als Esther am nächsten Abend im Literaturzentrum ankam, war der Saal schon voll. Auf einmal sah sie Jolanta. Jolanta winkte ihr zu.

„Ich ahnte, du würdest heute kommen“, grüßte sie Esther strahlend. „Ich habe einen Platz für dich freigehalten. Setz dich, setz dich.“

Mit ihrem frechen, runden Strohhut sah Jolanta heute aus wie eine gutgelaunte Schülerin. Esther setzte sich, dankbar, daß sie nicht stehen mußte. Aber besonders freute sie sich, weil Jolanta an sie gedacht hatte.

Wanda war noch nicht da, zumindest noch nicht sichtbar. Vermutlich hielt sie sich hinter den Kulissen auf. Am Eingang hatte Esther sie nicht gesehen. Die Leute drängten immer noch in den Saal, die Bestuhlung reichte nicht aus, sie blieben in den Gängen stehen, an die holzgetäfelten Wände gelehnt. Warteten geduldig ab.

„Ich habe ihr Buch gekauft. Ich lese es gerade“, sagte Jolanta. „Wunderbar.“

Auf einmal verfiel sie ins Grübeln, ihr Gesicht verdüsterte sich.

„Aber furchtbar. Es ist furchtbar, Esther. Ich wußte nicht, daß es so furchtbar war. Deswegen wollte ich heute herkommen. Ich wollte sie sehen. Du kennst sie? Persönlich, meine ich.“

„Nicht wirklich persönlich", antwortete Esther. „Ich habe sie nur kennengelernt. Flüchtig."
Ich will sie wegen der Konditorei fragen. Absurd. Eine sinnlose Frage, völlig sinnlos, mit Recht würde ihr Wanda sagen, sie solle gefälligst die Finger von ihrem Leben lassen. Ihre Grabschfinger mit den Tintenflecken. Aufhören, in ihren vertraulichsten Erinnerungen zu kramen. Unverschämt, Esthers Reisen in Wandas Vergangenheit. Esther solle gefälligst ihre eigene Vergangenheit erkunden. Das hätte sie noch immer nicht getan? Seltsam. Angst vor Enttäuschung? Noch lange nicht so aufregend wie Wandas Vergangenheit, weder so notwendig, noch so wichtig. Es ginge Esther nämlich gar nichts an, was Wanda damals Ende der dreißiger Jahre nach der Schule getan hatte. Selbst wenn sie sich erinnern könnte, es nicht schon längst vergessen hätte, vertraute sie Esther die Antwort nicht an. Nur die Konditorei war kein Hirngespinst Esthers, es sei denn ...

Hinter den Doppeltüren Rauschen. Stimmengewirr. Wanda trat ein, stämmig, gedrungener als das letzte Mal, ein wenig aufgequollen. Unter Beifall bewegte sie sich langsam, ruhig den Gang hinunter zum Podest. Esther sah nur ihr Profil wie auf dem Plakat. Auf dem Plakat sah sie aber jünger aus. Sie verschwand hinter den Reihen von Zuhörern, erschien auf einmal auf dem Podium, Esther und Jolanta schräg gegenüber. Verneigte sich, höflich lächelnd, ein wenig verlegen, als traute sie dem Beifall nicht. Dann setzte sie sich und fing an zu lesen. Sie hatte in die Hölle geschaut. Die Ärmel ihres Kleides verdeckten die Auschwitz-Nummer am rechten Arm. Sie las. Als sie fertig war, wieder Beifall. In Jolantas Augen standen Tränen. Vor dem Podest bildete sich bereits eine Schlange, man hatte schon das Buch gekauft und stellte sich an, wartete auf das Autogramm der Autorin.
Auch Jolanta stand auf. „Kommst du mit?" fragte sie Esther.
„Nein. Ich warte hier."
Wandas Stimme, ihre Geschichte, in der wievielten Variation wieder erzählt. Nein, Esther wollte nicht anstehen, auf ein Autogramm warten. Wollte sie nicht mit dem ganzen Saal teilen. Wollte ihr einfach guten Abend sagen, sich mit ihr verabreden. Vorausgesetzt, daß Wanda sich an sie erinnerte.
Vielleicht würde sie sich gar nicht an Esther erinnern. Sie hatten sich das letzte Mal vor drei Jahren gesehen, oder waren es schon vier? Vielleicht würde Wanda sich wundern, daß sie hier war, schon wieder. Wozu? Wozu war sie gekommen? Hinter Esther warteten mehrere

Journalisten und ein Filmteam. Esther hielt sich zurück. Sie erwartete nicht, daß Wanda sich an sie erinnern würde. Wanda war Holocaustjäger gewohnt. Ihr Leben könnte vor allem mit einem Thermometer verglichen werden; sie konnte messen, bis zu welchem Grad die Vergangenheit ihre Gegenwart bestimmte, sie zerfraß. Sie war froh, wenn das Quecksilber hinunterglitt, kaum sichtbar wurde. Meistens blieb es schwankend in der Mitte. Sie schrieb, um sich von diesem Druck zu befreien. Für die Nachwelt, sagte man. Es sei ihre Pflicht, die Nachwelt aufzuklären.
Ich fühle mich nicht dazu verpflichtet, erklärte Wanda einmal. Ich muß nur sehen, wie ich weiterleben kann. Die notwendigen Worte finden, um heraufzusteigen. Aus dem Abgrund.
Blitzlicht. Noch eine Aufnahme geschossen. Heute abend würde sie im Fernsehen erscheinen: Kultur des Tages, am Wochenende im Feuilleton.

Als ob sie hier zu Hause wäre, die gleiche Sprache. Wenn sie polnisch spricht, entspannt sich ihr Gesicht. Wanda lacht sogar, signiert begeistert. Jetzt steht Jolanta vor ihr, mit ihrem Schülerinnenhut, brav, aufrichtig; sie hält ihr das Buch hin. Hinter Jolanta warten zwanzig weitere Leute, vor allem junge Frauen, auch ältere, und einige Männer. Jolanta redet, dreht sich um, weist auf Esther. Wanda schaut auf, sucht abwesend im Auditorium, lächelt höflich einem Schatten zu, da wo sie meint, das könnte Esther sein. Signiert Jolantas Exemplar. Jolanta redet weiter. Wanda zuckt die Achseln, lächelt, nickt. Die nächste, bitte!
„Du wartest noch auf sie?“ fragte Jolanta Esther, als sie herunterkam.
„Ja, ich warte.“
„Ich habe sie eingeladen. Ins Schloß, nächstes Jahr, sie plant wieder eine Lesereise. Ich hoffe, sie wird zusagen.“
Jolanta küßte Esther und ging.
„Du hast auf mich gewartet?“ wunderte sich Wanda, als sie endlich herunterkam und Esther auf sie zuging. „Ich habe jetzt keine Zeit –“
Wie lange bleibst du – Sie – Esther war nicht mehr sicher, wie sie sich früher angeredet hatten. Auch Wanda wußte es nicht mehr.
„Haben wir zueinander du gesagt?“ fragte sie.
„Ja“, antwortete Esther.
„Dann bleibt es beim Du. Bis Ende der Woche. Ich gebe dir meine Telefonnummer.“ Sie kritzelte hastig auf einen Zettel. „Ich bin gleich fertig“, sagte sie zum Journalisten, der bereits neben ihr stand. Das Filmteam war inzwischen verschwunden.
Esther steckte den Zettel ein, bedankte sich und ging.

Wanda sagte zu. Um fünf Uhr im Café. Stöhnte sie, oder bildete es sich Esther nur ein? Ihre Befürchtung, daß Wanda nur aus Höflichkeit nicht ablehnte, sich mit ihr zu treffen. Doch Wanda war nicht höflich, sie war vielleicht müde, konnte nur die nötige Kraft nicht aufbringen, um zu Esther nein zu sagen.
Ich bin kein Holocaustjäger, plädierte Esther, ich bin eine Historikerin der Gefühle. Als ob das nicht schlimmer wäre. Wandas Gefühle schnappen, noch dazu naschen. Verpachten, nutzen. Das Schlimmste, was sie tun könnte: sie auswerten. Völlig abstumpfen, das Schlimmste wäre, ich würde alles in mich hineindrücken, verschlingen, verwenden. Als Stoff, Material. Meine kommerzialisierten Gefühle. Das würde ich dir nicht antun, versprach Esther der imaginären Wanda, es auch mir nicht antun. Ich werde dich nicht verraten, nicht mißbrauchen. Auf keinen Fall.
Selbstverständlich mißbrauchst du uns, schrie Wanda Esther an. Du wühlst in unserem Leben, lockst unsere Geheimnisse heraus, gierst danach, schmeichelst dich ein. Entschlüpft uns in einem Augenblick des Vergessens eine Bemerkung, die wir nicht beabsichtigt haben, wie ein Geier fängst du sie auf!
Ich nehme deine Gefühle in mir auf, werde wie ein Faß. Ich werde an deiner Trauer zerbrechen. Glaubst du nicht, daß ich deine Geheimnisse hüte, daß ich dich achte?
Du gehörst dieser Gesellschaft an, murmelte Wanda, als sie in die Torte hineinbiß. Du lebst davon.
Du auch.
Ich muß meine Geschichte erzählen, lächelte verbittert Esthers Wanda. Sonst komme ich nicht zur Ruhe, sprach sie in die Kaffeetasse hinein. Wischte sich den sahnigen Schnurrbart von der üppigen Oberlippe.
Ich muß meine Geschichte erzählen, immer wieder. Alle meine Geschichten. Ich habe sie noch nicht erzählt. Vierzig Jahre Schweigen. Das Schweigen bringt mich um.
Das weiß ich, sagte Esther. Sie weinte.

Auf dem Weg ins Café begegnete sie Daniela.
„Ach, wie schön!“ rief Esther. „Ich wußte nicht, daß du schon da bist.“ Sie sprachen in letzter Zeit polnisch miteinander.
„Ich verbringe einen Monat hier“, antwortete Daniela, „bei Freunden. Ganz ruhig, mit einigen Leseaktionen.“ Beinahe strahlte sie. „Ich habe ein neues Buch.“

Sie gingen zusammen die Straße entlang. „Weißt du, wer auch hier ist?“ verkündete Esther, „Wanda Lewin aus New York.“
„Ach so.“
„Ich bin gleich mit ihr verabredet.“ Esther zögerte, dann sprach sie weiter, stürzte über ihre eigenen Worte. „Möchtest du nicht mitkommen und sie kennenlernen?“
Danielas Strahlen verzog sich zu einem Lächeln. Ein blondes Gioconda-Lächeln. „Vielleicht.“ Sie schaute auf die Uhr. „Ich muß ein paar Einkäufe machen. Dann komme ich kurz dazu. Wo trefft ihr euch? Dort? Gut. In einer halben Stunde etwa.“ Sie neigte sich vertraulich Esther entgegen: „Sagten wir zueinander du oder Sie?“
„Ich glaube – du.“
Daniela nickte, winkte ihr zu, eilte weiter.
Esther betrat das Café.
Wanda wartete schon. Der Journalist, der gerade mit ihr gesprochen hatte, packte sein Mikrofon ein, stand auf und ging. Er küßte Wanda beim Abschied die Hand.
Esther setzte sich. Sie bestellten Kaffee. Wanda bot ihr eine Zigarette an.
„Du weißt, ich bin Kettenraucherin –“
Esther nahm die Zigarette an. Wenn sie mitrauchte, würde die Stimmung vertraulicher.
„Daniela Yaffé ist hier, in der Stadt.“ Sagte sie. Hielt inne.
Wandas Gesicht blieb ohne Ausdruck.
„Ich hoffe, du wirst nichts dagegen haben, sie wird vielleicht kommen. Sie sagte, sie möchte dich kennenlernen –“
Wanda zuckte die Achseln. Teilnahmslos. Höflich. „Ich habe nichts dagegen. Von ihren Büchern halte ich allerdings nicht viel –“
„Nein?“
„Nein. Sie sind – seicht. Zu –“, sie suchte nach dem Wort, „zu populär. Das erste war nicht schlecht, aber danach ging’s bergab.“
Vergnügt blies sie Esther Rauch ins Gesicht. „Das meine ich nicht böse, *kochana* – das war nur mein Eindruck. Ich muß doch ehrlich sein.“
„Selbstverständlich.“ Esther nippte am Kaffee, um sich Mut zu machen, rauchte dankbar weiter.
„Ja, diese schmecken mir“, bekräftigte Wanda, betrachtete liebevoll den dünnen weißen Stängel zwischen den Fingern. „Ich habe sie am Flughafen gekauft. Besser als die *Georges Sand*, nicht wahr?“
Esther nickte zustimmend. „Wie fühlst du dich hier?“ fragte sie, um das Gespräch in die von ihr gewünschte Richtung zu lenken.

„Gut. Gut." Wanda zog nachdenklich an der Zigarette. „Sie sind alle sehr nett zu mir. Du siehst ja, sie hängen geradezu an meinen Lippen. Der Hörfunk, das Fernsehen – Sie können nicht genug von mir bekommen." Sie blickte Esther unverwandt an. „Und was möchtest du? Kann ich dir irgendwie behilflich sein?"
Esther errötete. „Ich freue mich nur, dich zu sehen", erklärte sie. Das war zumindest keine Lüge. „Ganz einfach. Ich habe oft an dich gedacht –"
„Ich auch an dich." Wanda lächelte. „Deine komischen Fragen. Was liegt dir dieses Mal auf der Seele?"
Esther schwieg.
Eine absurde Frage, wollte sie sagen. Wie das alles war, wollte sie fragen, das Leben hier, dein Leben –. Sie konnte die Worte nicht bilden. Schaute nur in Wandas Augen, sah, wie jedes Mal, wenn sie hinschaute, ihr Leid. Wandas Augen, selbst hinter den dicken Brillengläsern, waren matt, schwimmend, von einem feinen gelblichen Schleier überlagert. Wenn ich deine Augen hätte. Wenn ich wüßte, was du genau gesehen hast, damals. Wenn ich aus deinen Augen blicken könnte –
„Hast du mein neues Buch gelesen?" fragte Wanda.
„Noch nicht", gab Esther zu.
„Dann lies es. Ich bitte dich. Du wirst darin die Antworten finden. Auf alle deine Fragen."
„Schreibst du auch über deine Schulzeit?" fragte Esther.
„Etwas, ja."
„Eine absurde Frage", begann Esther. Der Kuchen. Die Konditorei. Nach der Schule, der Heimweg. Die pubertierenden Mädchen, ihr Gekicher. Vielleicht steht es nicht in deinem Buch. Die Hitze, der Schweiß in den Achselhöhlen. Esther stockte.
Wanda rührte in der Kaffeetasse. Esther sah, wie sie mit sich rang, sich in die Lippen biß, wieder zu lächeln versuchte. Es gelang ihr nicht. Wenn du noch eine Frage hast, bitte! Sie hob den Kopf, sah Esther flehend, abweisend in die Augen.
Esther verstand den Blick. Sie schwieg. Zog ihr Exemplar von Wandas Buch aus der Tasche, reichte es ihr hin.

Daniela trat ein. Sie trug zwei schwere Plastikeinkaufstaschen. Schaute einen Augenblick unsicher um sich, dann kam sie auf den Tisch zu. Setzte die Taschen auf den Fußboden nieder.
Esther hielt den Atem an. Sie stand auf, um Daniela zu helfen. Holte für sie einen weiteren Stuhl. Wenn sie sich nun nicht verstünden? Sie

schaute von der einen Frau zur andern. Daniela setzte sich Wanda genau gegenüber. Warum sie sich so einmischte. Was würde sie tun, wenn...

Zwei gesittete, ältere Frauen, bereits über siebzig. Beide in die Hölle geschaut, jede in eine andere. Daniela-Donatas Hölle und Wandas Hölle lagen nicht in demselben Kreis des Infernos.

Wanda bot Daniela eine Zigarette an.

Daniela lehnte ab. „Mein Herz", erklärte sie. „Ich habe Herzprobleme, schon seit ein paar Jahren. Ich darf nicht mehr rauchen."

Als die Kellnerin kam, bestellte sie einen Tee mit Zitrone.

„Den trinke ich nachmittags immer noch furchtbar gern", beteuerte sie, schmunzelnd.

Sie musterten sich. Flüchtig. Ohne besonderes Interesse.

Ein Wunder, wenn sie Esther nicht angriffen, sie vor Wut zerrissen. Du hast deinen Spaß daran, du wolltest uns zusammenführen. Und jetzt? Jetzt sollen wir für dich Komödie spielen. Du möchtest uns beobachten, du willst sehen, wie gehässig wir in Wirklichkeit sind, wie jede die andere beneidet. Oder noch schlimmer. Du willst sehen, wie wir uns lieben? Aber wir lieben uns nicht. Wir mögen uns nicht einmal.

„Ich bin nur wegen meines Buches gekommen", erklärte Wanda. „Auf Lesereise. Sonst komme ich selten hierher zurück."

Daniela nickte. Sie betrachtete Wanda freundlich.

„Auch ich bin wegen meines neuen Buchs gekommen", verkündete sie. „Erzählungen."

Wie fühlst du dich wirklich, wenn du Wanda Lewin gegenüber sitzt wie jetzt? Zum ersten Mal.

„Ja, ich kenne ein paar Ihrer Texte", sagte Wanda, „Ich komme nicht viel zum Lesen."

Im Hintergrund klang nun leise Klezmer-Musik; auf den Tischen mit den weißen Zierdecken zündete die junge Kellnerin die Kerzen an.

„Zu dunkel", meinte Wanda. „Alle diese Cafés sind zu dunkel. Dieses ist neu, nicht wahr? Ich erinnere mich nicht daran –"

„Seit zwei Jahren, ungefähr", bestätigte Daniela. „Nicht wahr?" Sie wandte sich hilfesuchend an Esther.

Esther nickte. „Ich glaube zumindest, es wurde vor zwei Jahren eröffnet."

Schweigen.

„Ich mag mehr Licht." Wanda fröstelte. „*Sie* hat das Café vorgeschlagen." Wies auf Esther, als könnte sie sich an ihren Namen nicht erinnern. Zugleich lächelte sie ihr schelmisch zu.

Am besten, wenn Esther jetzt aufstünde und ginge, sie allein ließe. Wenn sie allein wären, würden sie sich wohl öffnen können; Esther Blu störte hier nur.

„Leider konnte ich nicht zu Ihrer Lesung kommen“, setzte Daniela fort. Blond, blauäugig; in ihrer Jugend mußte Daniela-Donata wunderschön gewesen sein, auch jetzt hatte ihr Gesicht trotz des Leidens etwas Unberührtes, Verklärtes.

Sie erwähnten nicht, daß sie damals kaum eine Straße voneinander entfernt gewohnt hatten. Dieselbe Schule hatten sie offenbar nicht besucht. Ich hatte eine wunderbare Kindheit. Bis –

„Meine Schwester besuchte die Schule in der Pędzichów Straße“, sagte Daniela auf einmal.

„Wie hieß sie?“ fragte Wanda höflich neugierig.

Aufflackerndes Interesse, notierte Esther.

„Nein, ich kannte sie nicht. Sie war nicht in meiner Klasse.“

Wieder Schweigen.

„Erinnerst du dich an alle, die damals in deiner Klasse waren?“ fragte Esther.

Wanda überlegte. „Fast an alle. Eine Natalia war nicht dabei.“

Sie hatten die Grenze erreicht. Wieder das Schweigen.

Esther stand auf, bezahlte ihren Kaffee, verabschiedete sich.

„Ach, mußt du schon gehen? Aber wir sehen uns bald wieder?“

An der Tür drehte sich Esther kurz um. Die beiden Frauen saßen steif aufrecht einander gegenüber. Zwischen ihnen auf dem Tisch brannte die Kerze. Daniela Yaffé redete, Wanda Lewin hörte zu, schien zumindest zuzuhören. Spielerisch im Kerzenschein, um den Mund ein leicht mokantes Lächeln.

„Warum hast du kein Kind, Esther?“ fragte Abraham.

Sie saßen auf der mittleren Etage. Auf den Stockwerken über ihnen, unter ihnen hämmerten und bohrten die Handwerker weiter.

Esther schwieg. Er hatte sie getroffen, mußte geahnt haben, daß dies ihr empfindlicher Punkt war.

„Warum hast du keine Kinder, Esther?“ wiederholte er.

Esther stockte. „Ich wollte keine.“

Ihre Stimme schwankte, sie wußte, daß Abraham ihr Schwanken wahrnahm. „Ich wollte keine“, wiederholte sie entschlossen.

„Du wolltest keine?“ Dann sammelte er seine Waffen und schoß. Gezielt. „Was hat dein Leben für einen Sinn, wenn du kein Kind hast?“

Nackt wie ein gerupftes Huhn. Abraham hatte ihr die Frage gestellt, die auch andere ihr wahrscheinlich gern gestellt hätten, doch während die sich zurückhielten, scheute Abraham sich nicht, es auszusprechen. Wollte ihr vermutlich heimzahlen, was sie ihm zugefügt haben mußte. Wunden.

„Hat das Leben keinen Sinn ohne Kinder? Gar keinen?“ Esther wehrte sich.

Er betrachtete sie, seine Augen wie zwei Spiegel. Esther sah auf einmal ihren eigenen Widerschein. Er gefiel ihr nicht, der zu große, blasse Kopf, Hals und Schultern ein wankender Stiel.

Abraham blickte durch Esther hindurch, als wäre sie nicht anwesend. Als existierte sie nicht.

„Was ist der Sinn deines Lebens, Esther?“

„Willst du denn Kinder haben?“ fragte sie, machte sich die sogenannte jüdische Methode verzweifelt zu eigen, die erste Frage mit einer weiteren Frage beantworten.

„Selbstverständlich.“ Seine Augen wirkten nun wie zwei Teiche. „Viele. Ich muß das jüdische Volk vermehren.“

„Du allein?“

„Nicht ich allein. Auch ich. Und du, Esther. Du hast meine Frage noch nicht beantwortet.“

„Ich halte mich nicht für die Zukunft des jüdischen Volkes verantwortlich.“

„Wie gesagt – du bist eine jüdische Antisemitin.“

„Warum willst du mich verletzen?“ fragte Esther.

„Weil du mich auch verletzt hast.“

Sie hielt inne. „Wie habe ich dich verletzt?“ fragte sie dann.

Er musterte sie, kühl, prüfend. „Dein Wesen verletzt mich. Wie du bist.“ Er sprach langsam, nachdrücklich, preßte jedes Wort aus sich heraus, damit es sie träfe. „Du stellst für mich eine Form des Lebens und Denkens dar, die ich nicht akzeptieren kann – nicht akzeptieren darf.“

Eine weitere Wunde.
„Warum – nicht darf?“ rutschte es aus ihr heraus.
Abraham, ein verkrampftes Lächeln, boshaft: „Ich sage dir warum, Esther.“
Er holte Atem. „Weil wenn ich und andere – wenn wir alle dächten und handelten wie du –“, wieder das abrahamitische Lächeln, „so gäbe es eines Tages, fürchte ich, kein Judentum mehr. Deshalb kann ich dich nicht akzeptieren, Esther. Ich muß dich sogar bekämpfen.“
Ein Kloß im Hals. Er mußte sie hassen, sonst würde er nicht so reden. Sie baute sich auf, bezwang ihre eigene Stimme, hörte den Schall ihrer Sprache.
„Ich werde dich nicht bekämpfen – Abraham. Ich helfe dir ja sogar –“ Sie sah um sich. „Schau mal, wieviel wir zusammen geschafft haben, bevor die Männer hier anfingen.“
Abraham lächelte wieder, feindselig.
„Weißt du, warum du mir geholfen hast? Soll ich es dir sagen?“
Esther nickte. Verwirrt. Unbehaglich.
„Weil du mein Judentum brauchst. Weil du mich brauchst, um“ – er zögerte – „um die Leere in deinem Leben auszufüllen.“
Sie wollte zu Maria gehen, sich bei Maria ausweinen. Sie wollte Marias Stimme hören, sachlich, warm. Sie wollte hören, wie Maria über Abraham herzog, wie sie ihn mit ihren Worten, ihrem Gelächter zerschmettern würde. Maria stünde zu Esther. Sogar wenn Esther zu sich selbst nicht stand und schwankte, wie jetzt.
Sie ginge aber nicht zu Maria, das hatte sie nie getan, sich bei ihr ausweinen. Und irgendwie – Esther war sich gar nicht sicher, wie Maria auf ihre Schwäche reagieren würde. Vielleicht konnte Maria, wenn es darauf ankäme, die Schwäche anderer nicht ertragen.
„Was ist der Sinn deines Lebens, Esther? Ich weiß, du bist eine Historikerin der Gefühle“, fuhr er, selbstzufrieden schmunzelnd, fort. „Sag mal, bist du promoviert, Postgraduate? *Dr.* Esther Blu?“
„Nein. Nur Esther Blu. Das reicht.“
„Verleihen sie keine Doktortitel an Gefühlshistorikerinnen?“ Trotz der Hitze behielt er den schwarzen Hut noch immer auf; er schob ihn ein wenig zurück von der Stirn, auf der Haut ein feiner Schleier von Schweiß.
„Was willst du mit den Gefühlen anfangen, die du gesammelt hast?“
Die Frage warf sie um.
„Ich weiß es nicht.“
„Du mußt es wissen, Esther. Du hast ein Lebensziel. Alle Sammlungen haben einen Zweck.“

Kannst nicht nur streunen, durch Osteuropa, durch die Gefühle. Warum nicht streunen. Abraham hatte recht; was sie tat, war nichts anderes. Landstreicher, sie sammelte Gefühlsregungen wie die Clochards die Strände nach Leckerbissen absuchten, zwischen den angespülten Algen und weggeworfenen Blechbüchsen.

Wahrscheinlich konnte Abraham ihre Gedanken lesen, ihr den Kopf nach außen kehren und lesen. Bloß nicht in die Falle treten, die er ihr gestellt hatte.

„Ich dachte, du wolltest deinen Tempel errichten", sagte sie heiser. „Warum beschäftigst du dich mit mir? Laß mich in Ruhe."

Ihre Zukunft, Gegenwart, Esthers Gegenwart. Aber sie hatte vielleicht keine eigene.

Gefangen wie der Großvater Blaublat.

„Wie gesagt, Esther. Du bist eine Bedrohung. Übrigens hast du mich um Hilfe gebeten. Mit deiner christlichen Angelegenheit." Wieder ein hämisches Grinsen. „Wenn du dich nicht damit quältest, müßtest du mir nichts sagen."

„Das gibt dir nicht das Recht, auf meiner Seele herumzutrampeln."

Abraham lächelte, dieses Mal nicht mehr böse, sondern triumphierend.

„Ich habe dich nur gefragt, warum du keine Kinder hast und was du mit deinem Leben anfangen willst. Was ist daran schlimm?"

Dieser unausgegorene Wicht aus Brooklyn. Wut jetzt auf sich, daß sie sich so entblößt hatte.

Kein Kind. Warum kein Kind. Wieder lief Esther durch die Stadt. Die graue Schlangenstraße hinauf, in die die Weichsel sich einst ergossen hatte, sie lief wie sie oft lief, weite Kreise ziehend, von einem Trödelgeschäft zum anderen, auf der Suche nach Gegenständen, um ihr Leben zu bemöbeln. Für die Wohnung, sagte sie sich, für die Zukunft. Selten kaufte sie etwas, und wenn, dann etwas, was sie mit der Vergangenheit verband: ein altes Stück Porzellan, einen Stuhl, der, wenn sie ihn ansah, sie anzusprechen schien: Nimm mich mit. Es war zu spät, um Kinder zu gebären. Wenn du keine Kinder, keinen Mann hast, hörte sie Abrahams Stimme unerbittlich – wieder zwang er sie, in seine ungleichen, opalisierenden Augen zu schauen – wo war die Liebe in deinem Leben? Esther weiß nicht, wo die Liebe war.

Ihre Reisen hin und her, in den letzten Jahren, den letzten fruchtbaren, hatte sie keine Muße gehabt. Als ob sie sich im Kreise gedreht, sich keine Ruhe gegönnt hätte. Absichtlich. Um sich nicht hingeben zu müssen. Und nun war es zu spät; die anderen Wege waren ihr verschlossen.

Einfacher, ein Land, eine Stadt zu lieben, eine Idee, als einen Menschen? Mein Leben ist keine Wüste, selbst wenn ... Keine Wüste!
Sie öffnete ihre Handtasche, tastete nach einem Taschentuch. Berührte mit den Fingerspitzen einen winzigen Pappstreifen. Zog ihn heraus, hielt wieder das Kärtchen mit der Schwarzen Madonna in der Hand. Was würde sie wohl denken? Mutter und Kind. Wegen dieses einen Bildes hatte sich die Ewigkeit verändert. Ein absurder Gedanke – wenn Abraham ein paar Jahre jünger gewesen wäre und sie um einige älter, hätte er ihr Sohn sein können. Wieder ein prustendes, hysterisches Würgen.
Schluchzend, ihr Taschentuch an die Nase gepreßt, ihre Tränen sollten den Passanten nicht auffallen. Aber die Passanten der Stadt K. hatten andere Sorgen als das Lebensdrama von Esther Blu – sie sahen nicht zu ihr hin.
Hinfahren nach Częstochowa, wäre das das Richtige? Auf den Knien hinrutschen? Beten, beten, um Vergebung beten? Für alles um Vergebung? Maria fuhr manchmal hin und betete, das hatte Esther vor kurzem zufällig erfahren. Sie hatte sie nicht gefragt, wozu, wofür. Die Heilige Jungfrau zeigte sich nur zu ganz bestimmten Stunden, vor der Messe. Nur selten wird der Schleier gelüftet, sie darf sich der Witterung, der Veränderung nicht aussetzen. Esther betrachtete das verdunkelte Gesicht, steckte das Bild wieder ein.

Sie wählte die Nummer des Hotels, in dem Wanda übernachtete.
„Ich will mich nur von dir verabschieden, dir eine gute Reise wünschen."
„Danke", antwortete Wandas Stimme, seelenruhig.
„Seid ihr –" Esther zögerte. „Seid ihr noch lange zusammengesessen?" Immer muß sie wissen, immer muß sie wühlen.
„Nein, nicht lange. Ich mußte fort. Ich war verabredet. Sie auch. Übrigens. Wie ich mir schon dachte", erklärte Wanda, „sie hat nur wenig Ahnung von damals. Sie erinnert sich an sehr wenig. Sie erinnert sich kaum an das Ghetto."
„Sie war vermutlich schon im Versteck", erwiderte Esther.
„Ach, weißt du –", Wanda hielt einen Augenblick inne. Dann setzte sie wieder an. „Ich will nichts Böses sagen. Gegen niemanden. Aber, nach unseren Erfahrungen, was wir alles durchleiden mußten, da wollen so viele –", sie kicherte, „so viele wollen das Holocaustbuch des Jahres schreiben. Du weißt, was ich meine –"
„Aber sie hat ihre Erfahrungen", entgegnete Esther, die sich verpflichtet fühlte, Daniela-Donata in Schutz zu nehmen. „Sie hat sehr viel erlebt, wenn auch anders als du, das weiß ich –"

Wanda stöhnte. Esther hörte ihr Stöhnen. Es tat ihr weh.

„Trotzdem“, beharrte Wanda, „es ist ungerecht. Ich glaube ihr nicht alles. Ein wenig sentimental. Seicht. Wie ich schon sagte. Übrigens“, ihre Stimme erhellte sich, „ich habe gestern ein Telegramm aus New York erhalten. Sie haben mir einen Preis zuerkannt.“

„Das ist wunderbar!“ rief Esther. „Ich gratuliere.“

„Ja, siehst du. Und das ist schon der zweite für mein neues Buch. Das zeigt, daß man zu unterscheiden weiß. Ich glaube, deine Freundin hat noch keinen Preis erhalten –“

„In Israel bestimmt“, bestritt Esther.

„Möglich“, räumte Wanda ein. „In Israel ist jede eine Preisträgerin. Aber ich muß jetzt Schluß machen. Bis bald, *kochana*.“

Die langen Alleen, die eng aneinander stehenden Bürgerhäuser, ein Palast neben dem andern wie bereits vor hundert Jahren; geschwärzte Fassaden, immer wieder Zwiebeltürme, alles unverwechselbar k.u.k.
„Hoffentlich findest du dieses Mal eine Wohnung“, sagte Ela nachdrücklich, die es leid war, die Spalten der Lokalzeitung nach einem möglichen Quartier für Esther abzusuchen.
Suchte sie denn hier wirklich eine Bleibe?
Oder nur ein *pied à terre*, den Fuß schnell wieder wegnehmen, wenn es ihr unter den Sohlen brennt. Wie jetzt. Die Stadt K. treibt sie die Straßen hinauf und hinab wie eine Schlafwandlerin.
Ich will wissen, wie das vor hundert Jahren war, bevor sie kamen, ich will wissen, wie es auf dem Markt zuging, als es noch der Jüdische Markt war, wie es mit den jüdischen Geschäften überall war, Weinfeld und Söhne, Farbenhändler; wie es damals aussah, als die Straßen voller Juden waren, bärtige Bilderbuchjuden in ihren schwarzen Kaftanen, arme Juden, wohlhabende Juden – assimilierte und polonisierte, die von ihren polnischen Nachbarn nicht zu unterscheiden waren. Wie das war, als Großvater Blaublat zum Hutmacher ging. Sie will es leibhaftig spüren, anfassen, so lange mit den Händen drücken, bis sie den Muskel der Zeit zwischen den Fingern greift.
Ob es auch für sie, für Esther, einen Platz in dieser Welt gegeben hätte? Zugehörig. Sie wäre zum Markt gegangen, um Kohl zu kaufen, damit die Mutter eine gute Suppe kochte. Heute noch riecht sie den Kohl, wenn sie die Treppe in einem frisch gebauten Wohnblock hinaufsteigt, eine polnische Mutter das Mittagessen zubereitet, die gleiche vererbte Kohlsuppe, weitergereicht an die Nachbarn von nebenan. Wer hatte von wem die Kohlsuppe übernommen, wer hatte sie zuerst gerochen und nachgemacht? Sogar die Suppe haben sie uns gestohlen, hört Esther Wandas Stimme. „Die Kohlsuppe gibt es in unserer Familie seit Generationen“, sagt Maria ruhig, ungeschlagen. „Wir haben sie niemandem weggenommen.“

Fort aus der Stadt K., fort von dem Gestank der Geschichte und dem Tod, der sich wie alles andere hier festgesetzt hat, in die Knochen dringt. Kann kaum den einen Fuß vor den anderen setzen, auf die schiefen Platten des Bürgersteigs und die Toten darunter. Sie liegen nicht nur unter den Füßen, sondern überall, in den Wänden, zwischen den Backsteinen, zu Lehm verarbeitet, hinter dem abgerissenen Putz. Don't worry, Esther, wir machen das alles wieder schön, hört sie Abrahams Stimme. Alles wieder koscher, Esther ...

Sie läuft unter den Arkaden, und die Stadt K. schließt sich um sie, drückt ihr den Atem aus dem Leib. Vielleicht wird sie erlöst, wenn sie dorthin fährt, die Stadt mit eigenen Augen erkundet – die Postkartenstadt, aus der er kam – Isaak Blaublat, später Blu. Herausfinden, was sie bisher vernachlässigt hatte. Wenn das möglich war. Vielleicht gerade deswegen dieses Gären der Gefühle. Seit mehreren Tagen verspürt sie nichts als Ekel. Als müßte sie die Fleischbrühe ihrer Großeltern Blu wieder löffeln. Brechreiz. Wenigstens den Ort mit eigenen Augen sehen.

Für die Reise dorthin braucht sie ein Visum. Für Esther ist jede Grenze eine Zumutung, alle sollen überallhin dürfen, ein Paß muß reichen, wozu noch ein Visum. Sie besorgt das Visum mißmutig, wechselt das nötige Geld in Dollars um, soll die erste Strecke mit der Bahn fahren, danach mit dem Autobus, und zuletzt wird sie sich mit dem Bekannten treffen, der ihr versprochen hat, mit ihr dorthin zu fahren. Sie darf bei ihm übernachten, und dann und dann... Die Reise birgt etwas Geheimnisvolles in sich, sie weiß nicht, wo sie enden wird.
Bereits vor der Grenze die gezeichneten Gesichter. Verzweiflung, Kälte, Armut. Gesichter, die sie sonst nicht sieht, auch nicht in der Stadt K. Jenseits der Grenze: Seit Großvaters Zeiten hat sich die Welt weitergedreht, Kriege wüteten, Regierungen kamen und gingen, sie kommen und gehen bis heute. Andere Gesetze, andere Regeln. Jenseits.
Der Zug hat Verspätung, der Autobus fährt sie woanders hin. Sie steigt aus, der Alptraum beginnt. Keine Sprache, kein Geld. Angst, daß der Bekannte nicht kommt. Sie irrt umher, sucht ihn. Auch er irrt durch die Stadt, von einem Treffpunkt zum anderen. Sie finden einander erst, als die Dämmerung über sie hereinbricht.
Er wird sie hinfahren, keine Sorge. Aber die Tage vergehen, und sie fahren nicht hin. Sie kommt sich vor wie in einer Falle. Dann die Gespräche, die Beratungen, wie man am besten fahren soll. Wie sich herausstellt, ist alles umständlich, mühsam; in diesem Land, wo die Urgroßeltern geboren worden sind, wird selbst das Einfachste zur Qual, mit einem Fragezeichen versehen. Wir werden schon einen Weg finden, mußt du wirklich dorthin? Ja, sie muß. Der Bekannte treibt ein Auto auf, mit einem Chauffeur. Sie fahren, Esther bezahlt, natürlich bezahlt sie. Sie kann es kaum erwarten, die Stadt, das Städtchen zu sehen. Das ist ihr jeden Preis wert.
Seit Großvaters Zeiten hat sich das Land verwandelt; Villen und Höfe und Herrenhäuser sind verwahrlost, überall sprießen Kuppeln und

Kirchtürme auf, glänzend weiß wie Hochzeitshauben. Großvaters Land ist das Land der Wunder der Heiligen Jungfrau; in ihren Spuren entsteht eine Kirche, ein *cerkiew*. Der Großvater wußte, woher er kam, von Lemberg sind wir nicht weit entfernt, an jeder Ecke bettelt eine krumme alte Frau. Mit Kopftuch und Stock wie aus Hänsel und Gretel. „Polinnen", sagt Maria, als Esther es ihr später erzählt: „Sie sind dort bettelarm."

Sie fahren, sie fahren, über das ockergelbe Hügelland Schweigen – der Ort ist für Esther zur Legende geworden. Die Fahrt dauert ewig, weil hier alles ewig dauert; der Ort liegt abseits. Der Bekannte spricht mit dem Fahrer, und Esther schaut auf die Straße, versucht sich jeden Baum, jedes Haus einzuprägen, weil alles ungeheuer wichtig ist. Nichts außer Acht lassen! Als müßte sie ein Fotogramm erstellen, sie selbst zu einem Fotogramm werden.

Auf einmal sind sie angekommen, sie fahren auf einer Straße, die schon zum Städtchen gehört, an einem Wegweiser entziffert Esther den Ortsnamen.

Sie erreichen eine Kreuzung.

„Sieht aus wie die Stadtmitte."

Es ist keine Mitte, nur ein enger Platz. Hinter einem Zaun wachsen Sträucher und einige Bäume. Sie halten. Esther steigt aus dem Auto. Die Sonne scheint. Der Himmel ist strahlend blau. Es ist bitterkalt, und ihr Mantel ist zu dünn.

Noch steht sie wie betäubt auf der Straße, weiß nicht, wo sie zuerst hin soll.

„Hast du ein Gefühl von Zuhause?" fragt der Bekannte.

Sie schüttelt ungeduldig den Kopf.

„In Lemberg hat sich die Caroline aus München sofort zu Hause gefühlt", sagt er. Die Caroline war der Gast, der vor ihr da war. Auch sie eine Wissenschaftlerin, eine Reporterin auf der Suche.

Ich bin nicht Caroline. Und das hier ist auch nicht Lemberg. Sie antwortet nicht.

Sie kann ihm nicht sagen, wie sie sich in diesem Augenblick fühlt, wie seltsam es ist, endlich hier zu stehen, an diesem Ort, der, seitdem sie daran denkt, ein mythischer Ort für sie geworden ist.

„Was willst du denn sehen?"

Sie weiß es nicht. Am liebsten würde sie allein herumlaufen, ohne ihn, ohne alle. Den Ort sprechen lassen. Ein Gefühl dafür bekommen, für die Straßen, Häuser, Läden. Für die Gestalt des Ortes, für die Stadt, denn es ist eine Stadt, hier gibt es Leben.

Das kann sie ihm nicht sagen, sie kann ihm nicht sagen, daß sie ihn am liebsten gar nicht hier hätte. Er ist nett, ein gefälliger junger Mann, der es gut mit ihr meint, er wollte sie begleiten, hat sich die Mühe gemacht, hierher zu fahren, seine Zeit geopfert. Sie ist auf ihn angewiesen, nicht zuletzt wegen der Sprache. Sie ist ihm dankbar und möchte, daß er es weiß. Sie lächelt ihm höflich zu, will ihm zeigen, daß sie ihn schätzt.

„Wo willst du zuerst hin?"

Seine Stimme klingt aufgeregt, ungeduldig.

Wie soll sie das wissen.

Sie kennt sich ja hier nicht aus.

Ihr Begleiter erwartet offensichtlich, daß sie sich vorbereitet hat. Außer der Postkarte in ihrer Handtasche wüßte sie nicht, wie sie sich hätte vorbereiten sollen. Nur mit ihren Gefühlen.

„Ein Archiv suchen, etwas", murmelt sie.

Eine Spur von Vergangenheit. Eine Spur, die man zurückverfolgen kann. Sie wird hier keine finden. Wie damals, in dieser fürchterlichen Wohnung... Sie muß jedoch suchen.

Der Bekannte wartet, erwartet von ihr einen konkreten Vorschlag. Esther Blu spürt seine Blicke – bekümmert, verunsichert. Er ist an andere, echte Wissenschaftlerinnen gewöhnt.

„Schauen wir uns das Haus hier gegenüber an", schlägt sie vor. Ein altes Haus, halb versteckt hinter Sträuchern, dem Haus auf der Postkarte ähnlich. Esther erinnert sich nicht genau, zieht die Karte aus ihrer Handtasche und schaut sie an. Das Gebäude darauf ist nicht mehr zu erkennen.

Der Bekannte findet das Haus gar nicht interessant. Was ihn hier interessieren könnte, wird Esther nie erfahren, weil sie ihrer eigenen Intuition folgt. Sie will das Haus sehen.

Er läuft ihr nach.

An der Tür hängt ein Schild. „Es ist das Museum", stellt Esther fest. Sie treten ein.

Die Erkältung fing an, als sie vor einer halben Stunde hier ankamen und sie aus dem Auto stieg. Wenn sie jetzt nicht aufpaßt, kommt Fieber, vielleicht fiebert sie schon, das Fieber wird tödlich und Esther wird sterben. Die Geschichte wird dort enden, wo sie einst anfing.

Der Mann im Museum mustert sie beide und möchte wissen, was sie wollen.

„Die Geschichte", antwortet Esther, „die Geschichte interessiert mich."

„Ihr Großvater wurde hier geboren", erklärt der Bekannte.

Sein Haus will ich nicht haben, selbst wenn es das noch gibt, geht ihr

durch den Kopf. Sie weiß, daß alle nun anreisen, ihr Eigentum wieder in Besitz zu nehmen, und die Einwohner haben Angst.
„Ich will die Geschichte", wiederholt sie lächelnd, „nur die Geschichte. Die Geschichte dieses Ortes." Hofft, daß er es ihr auch glaubt.
Er nickt. Er ist älter, hat glatt gescheiteltes graues Haar, wirkt bescheiden und ist offenbar einer, der wenig redet.
Hier wohnt ein eigenartiger Mensch, das sagt er nicht ausdrücklich, sondern: „Hier am Ort wohnt ein Herr, der seit Jahren Materialien über die Juden sammelt, die früher hier gewohnt haben."
Er greift zum Telefon, wählt eine Nummer, spricht mit ihm. Der Herr sei Pole, erklärt er, als er den Hörer wieder auflegt, und Esther stellt sich einen zweiten älteren Herrn vor, noch älter und weißhaarig, einen der alten Schule. Ein schmales, feines Gesicht, ein wenig wie Cezary, und nur der Teufel weiß, warum er all das sammelt.
Aber der Mann ist noch gar nicht alt, er ist stämmig, hat einen breitkrempigen Hut auf und kommt auf seinem Stahlroß dahergefahren. Schwatzt gleich drauf los. Esther betrachtet ihn vorsichtig, traut ihm nicht über den Weg. Er ist überfreundlich und will für seine Auskunft bestimmt Geld. Was sicher auch berechtigt ist, und Esther rechnet schnell nach, wieviel sie noch übrig hat, eigentlich nur genug für das Benzin für die Heimfahrt. Zugleich überlegt sie, welche Devisen sie sonst noch bei sich hat, und welche für ihn am interessantesten sein könnten. Dollar hat sie allerdings nicht, und in dieser ärmlichen Gegend stellt der Dollar immer noch die beliebteste Währung dar. Verlangen wird er etwas, davon ist Esther überzeugt.

Sie sei nicht die erste, die hierhergekommen sei, um nach ihren Vorfahren zu forschen, erzählt der Sammler, der einen Namen hat, aber den hat sie schnell vergessen. Peinlich, sich nicht mehr zu erinnern, wie er heißt, sie nennt ihn einfach den Sammler. Eine gewisse Mrs. Cohen aus New Jersey sei auch schon da gewesen, und eine Ms. Goldstein aus Schottland, Großbritannien. Briefwechsel führe er außerdem mit einer Dame in Israel.
Esther ist sofort enttäuscht, und die Stadt schrumpft, büßt von ihrem Mythos immer mehr ein, wird zu der kleinen Provinzstadt, die sie in Wirklichkeit immer gewesen ist. Die Frauen, die er erwähnt, werden zu den Provinzjüdinnen ihrer Kindheit, vor denen Esther Blu immer geflüchtet ist.
Der Sammler fährt mit ihnen zu sich nach Hause, will ihnen seine Schätze zeigen.

Auf dem Weg zeigt er ihr die Stelle, an der die *Mikwa*, das Ritualbad, einst gestanden hat; eine Grube, neben der gerade gebaut wird. Während sie dort anhalten und er redet und sie nickt, fragt sich Esther, ob er das nur erfunden habe. Gegenüber habe die Schule gestanden, sagt er, weist auf eine breite, graue Fassade aus Granit. Eine Schule für alle, Polen, Juden, Ukrainer – eine getrennte jüdische Schule habe es nicht gegeben. Allein die Fußballmannschaften seien getrennt gewesen, jede Volksgruppe hätte ihren eigenen Klub gehabt.
„Schade", bemerkt Esther.
Schmunzelnd zuckt er die Achseln. „So war es damals. Im Chor sang man jedenfalls gemeinsam."
Die Stadt ist größer, als sie dachte, kein Anfang und kein Ende; sie fahren die weitläufige Straße entlang, biegen zuerst rechts, dann links ab, noch eine Ecke und noch eine. Häuser, Bäume und Straßen, die ins Nichts führen, auf dem Acker enden. Die Häuser, einstöckig und niedrig, Gärtchen mit Obstbäumen, und Plumpsklos. Wie auf dem Schachbrett. Schtetl genannt.
Eine einzige Straße geht quer durch den Ort, verbindet ihn mit der Welt. Plötzlich bleiben sie stehen. Fast auf dem Acker.
„Sie haben sich gut verstanden, Polen, Juden, Ukrainer."
Als er das sagt, freut sie sich.
„Bis die Deutschen kamen. Vor ihnen bereits die Russen. Aber die meisten Juden waren schon weg. Nach Palästina ausgewandert."
Oder sonst wohin.
Die Übriggebliebenen wurden nach Bełżec verfrachtet und dort vergast. Wie in allen anderen Städten dieser Gegend auch.

Esther hat keine Fragen. Sie weiß nicht, was sie fragen soll. Sie sitzen zu dritt in der geweißelten, sauberen Wohnküche, handtuchbreit, am Tisch, trinken Kaffee und Wodka. Ihr Begleiter staunt, weil sie keine Fragen stellt. Auch sie ärgert sich; sobald sie fort sind, den Ort verlassen haben, werden ihr vielleicht die Fragen einfallen. Und werden ohne Antwort bleiben. Der Sammler holt eine bescheidene Kartei hervor, stellt sie auf den Tisch. Hundert handgetippte Karten auf braunem Papier. Er nimmt sie heraus, sortiert sie, schüttelt sie ein wenig auf, wie beim Kartenspiel. Auf einmal sieht sie ihren eigenen Namen, den Namen ihres Urgroßvaters. Blaublat. Betrachtet ihn schweigend. Viel mehr als der Name steht nicht auf der Karte. Auch er war Tischler, wie nach ihm sein Sohn. Er hatte geheiratet, hatte Kinder in die Welt gesetzt. „Kinder", steht hand-

geschrieben auf der Karte. Das Haus, in dem sie wohnten, gibt es nicht mehr.
Nein? Wirklich nicht?
Nein, die Straßennamen wurden geändert, die Hausnummern auch. Selbst ihm gelingt es nicht, herauszubekommen, wo genau das Haus lag. Vielleicht nächstes Mal, wenn sie wiederkommt...
Aber er hatte hier gelebt, und ihr Großvater wurde wirklich hier geboren. Der Sammler will kein Geld. Er lehnt ab, beleidigt, als sie den Schein herauszieht und ihn ihm geben will. Weder für die Fotokopien, die er für sie anfertigt, noch für seine Zeit. Er hat recht; seine Auskünfte sind unbezahlbar. Die Fotos der Menschen von damals, der Fußballmannschaft, Chor und Männerverein, die Schulklassen; stolz weist er auf eine offensichtlich jüdische Schülerin.
„Dieses Mädchen ist bestimmt jüdisch, die Lehrerin auch", sagt er.
Esther schaut aufs Datum; 1941. Beklemmung.
Nicht einmal für das Buch, das er über den Ort geschrieben hat, will er von ihr Geld.
Der Ort, der kein Ort ist, der ihr nicht gehört.
Sie schaut die Gesichter an, kann sich trotzdem nicht vorstellen, wie es damals war. Die Geschichte sei aus der Stadt geflüchtet, sie sollte tatsächlich wiederkommen, wie Mrs. Cohen aus New Jersey, die, wie der Sammler stolz erzählt, schon zweimal angereist sei. Er zeigt Esther Fotos von ihrem glücklichen Beisammensein im Gärtchen, am Tisch, mit dem Wein.
„Fühlst du dich jetzt hier zu Hause?" fragt ihr Begleiter später, als sie im Auto sitzen.
„Nein", antwortet sie. „Wieso?"
Wieso? Auch der Großvater ist damals fortgegangen. Die Enge hielt er wohl nicht mehr aus; die Enge dieser Straße, die zugleich Stadtmitte war und Markt. Sollte er etwa hier bleiben – für immer? Wahnsinnig wäre er geworden.
Er wollte weg aus der langweiligen Stadt. Bestimmt war die Stadt damals schon langweilig, und Großvater Blaublat wollte Welt. Das Techtelmechtel mit dem Mädchen in Prag stand ihm noch bevor. Er packte seine Sachen und ging. Wenn Esther an seine funkelnden, schwarzen Augen denkt, weiß sie, daß diese kleine Stadt, die Häuser wie auf einer langen Schnur aufgereiht, ihm fürs Leben nicht gereicht hätte, wie ihr selbst bestimmt auch nicht.
Die Landschaft ist offen und hügelig, die Täler sind durch Wälder aufgebrochen, die Baumwipfel schon herbstfarben, rotbraun und gelb.

Die Pferde, die immer noch den Acker pflügen, der Himmel, ein riesiges aufgerissenes Gewölbe. In dieser Landschaft war er aufgewachsen, zum Bauernhof gelaufen, um Milch zu holen. Mit den anderen Jungen auf Bäume geklettert, sich die Hosen aufgerissen, im Bach geangelt. Hatte auf einer harten Bank im dunklen *Cheder* gesessen, beim Hebräischunterricht, und geschworen, daß seine Söhne andere Berufe ergreifen, keine Tischler werden sollten.

„Nicht gerade heimisch?" Die eindringliche Stimme des Bekannten.

Esther schweigt.

„Ich weiß nicht, ob es Jolanta gut geht", sagte Maria, als Esther nach der Reise wieder erschien. „Ich glaube, die Probleme fangen erst an."

„Absurd", wies Jolanta die Vorbehalte zurück, wenn man sie darauf ansprach. „Du bist übrigens herzlich eingeladen", sie wandte sich an Esther, „magst du vielleicht morgen mitfahren?"

Ja, warum nicht, nickte Esther. Sie war schon lange nicht mehr dort gewesen, ohne Auto war das Schloß nur umständlich zu erreichen.

„Pan Klaus kommt heute auch", teilte ihr Jolanta mit, als sie schon unterwegs waren. Sie hatte wieder den Schülerinnenhut auf. Braves Mädchen, lächelte Esther in sich hinein. „Aber du kannst alles besichtigen, während wir arbeiten", schlug Jolanta vor, „und wenn wir fertig sind, trinken wir gemeinsam Kaffee, und ich zeige dir den Rest. Die Tänzer üben heute auch", fiel ihr jetzt ein, „du kannst ihnen zuschauen, ein wenig konstruktive Kritik wird ihnen nicht schaden."

„An und für sich", erklärte sie, als sie sich dem Städtchen näherten und in die lange, von Pappeln umsäumte Allee abbogen, die zum Schloß führte, „bin ich mit der Saison zufrieden."

„Und Müller-Weidt?" fragte Esther.

Jolanta schluckte. „Ach, du weißt, wie er ist – immer pessimistisch, gut, es ist sein Geld, er hat sehr viel Zeit und Kraft hineingesteckt. Na ja, wir werden sehen." Ihre Stimme erstarb, ihr Lächeln auch, als sie das Auto vor dem Eingang parkte und den Wagen von Herrn Müller-Weidt erkannte.

„Ach, der Klaus ist schon hier, schon wieder vor mir da!" Als ob sie sich auch vor Esther entschuldigen müßte. „Gut", sie stiegen aus, „ich gehe auf die Suche nach ihm, und wir treffen uns später."

Heute war die neu eingerichtete Küche leer. Eine nette Frau aus dem Dorf komme und koche, hatte Jolanta gesagt, zwei-, dreimal die Woche oder je nach Bedarf. Sie wurde nach Stunden bezahlt, so daß ihr Lohn finanziell durchaus tragbar war. Sie besorgte auch den Einkauf. Ein Schatz, sagte Jolanta. Doch heute war der Schatz nicht da, oder sie war einkaufen gegangen, und Esther überquerte den Flur und ging in den Salon. Die Wände waren geweißelt, obwohl Jolanta sich anfangs Holztäfelung gewünscht hatte. Wie damals, sagte sie, wie es früher war. „Du kannst die Vergangenheit nicht einholen", wandte Paweł ein, und Jolanta ließ sich überzeugen. Sie hatte ein bequemes Sofa und einen Brokatsessel aufgestellt. „Wie es ungefähr ausgesehen haben müßte", meinte sie. Wie Cezary es geschildert habe. Über dem Kamin hing das Gemälde, das Jolanta so liebte: Eine wertvolle Kopie

der Szene auf dem Rasen vor dem Schloß, der Mädchen mit Blumenkränzchen im Haar. An der Wand gegenüber hing ein zweites und größeres Bild, das Esther anfangs nicht beachtet hatte. Auch heute beachtete sie es nur flüchtig, mit Unbehagen. Es paßte nicht zu der übrigen Ausstattung; wütende Gestalten fielen übereinander her, eine Stimmung der dunklen Verzweiflung, äußerster Frustration. Ein herber Gegensatz zu den Mädchen im Park.
Es war still im Raum. Esther schloß die Augen; sie versuchte sich vorzustellen, wie es gewesen sein mußte, in solchen Räumen aufzuwachsen. Das Gefühl zu haben, es gehöre dir. Dieses Haus – dieses Schloß sei immer in der Familie gewesen, jedenfalls seit zweihundert Jahren. Wie Cezary es erlebt haben mußte, auch sein Vater – ja, das hatte sie auch gehört, wie sie sich vor der Zerstörung gefürchtet hatten, schon im Ersten Weltkrieg, und danach im Zweiten. Doch das Schloß stand immer noch.
Es war unvorstellbar. In ihrer Familie hatte es das nicht gegeben. Vor ihrer Hochzeit hatten sich die Eltern damals ein Haus bauen lassen, das sie später, in Esthers früher Kindheit, wieder verkauft hatten. An die Gründe konnte Esther sich nicht erinnern. Und selbst in den Häusern danach, die sie gemeinsam bewohnten, gab es kein Gefühl von Dauer, immer nur das Improvisierte. Keiner in ihrer Familie hatte sich mit einem Ort so verbunden. So endgültig verbunden. Jetzt, wo sie darüber nachdachte, wußte sie nicht einmal, ob die Großeltern Blu nicht zur Miete gewohnt hatten. Und mütterlicherseits wohnten außer ihren Eltern alle Verwandten zur Miete. Oft hatte sie sich die Frage gestellt, ob Sicherheit nur durch Besitz, durch Seßhaftigkeit zu erlangen sei.

In ihrem Gefühlsalbum ergäbe sich womöglich deshalb eine leere Seite. Mit Daniela und Wanda hatte Esther Blu noch nie über Sicherheit gesprochen. Schon das Wort erschien ihr unanständig – gar beleidigend. Joseph erzählte ihr nur, daß er seine Komplexe an seine beiden Kinder weitergegeben habe und nicht wüßte, wie der Schaden nun gutzumachen sei. Früher hatten sie vermutlich alle dieses sichere Gefühl gehabt: Daniela, als sie noch Donata hieß, und Wanda. Joseph wohl eher nicht. Er erzählte, die anderen Kinder hätten Steine nach ihm geworfen. Aber mit denselben Kindern habe er auch Fußball gespielt. Keiner hatte ihr, Esther, dieses Gefühl der Sicherheit genommen. Sie hatte es einfach nie gehabt. In der Nachkriegswelt, in die sie hineingeboren wurde, gab es dieses Gefühl nicht mehr.

Sie ging nach oben, besichtigte die drei Zimmer, die für Gäste vorgesehen waren und dann und wann, noch unregelmäßig, genutzt wurden. Vom Fenster aus sah sie Klaus Müller-Weidt und Jolanta auf der Terrasse sitzen. Heute war es noch warm genug, um draußen arbeiten zu können, ein unverhoffter *babie lato*, Altweibersommer. Beide beugten sie sich über die Ordner, die auf dem Gartentisch aufgeklappt lagen. Esther konnte ihre Worte nicht hören, aber Müller-Weidt schaute Jolanta unverwandt an, während er auf sie einredete. Jolanta zuckte immer wieder die Achseln, kramte ihrerseits einige Papiere und Briefe hervor, vermutlich Rechnungen. Von da, wo sie stand, konnte Esther ihr Gesicht nicht sehen – nur ihre Hände, die sie immer wieder ins Spiel brachte, ihre Gestik, um ihren Sätzen Nachdruck zu verleihen.
Dann sah Esther die jungen Leute vom Fest, die – heute trugen sie Jeans und T-Shirts – offenbar zur Probe erschienen. Sie ging zu ihnen hinunter.

„Wenn es sich bis dahin nicht rentiert", erklärte gerade Herr Müller-Weidt, „und ich rede nicht einmal von Gewinn, müssen Sie sich etwas anderes überlegen, Madame Jolanta..."
Er sprach nicht von einem ‚wir', sondern nur von einem ‚Sie', fiel Esther auf, als sie sich zögerlich den beiden näherte.
„Ich kann mich nicht länger halten als ein Jahr", fügte er hinzu, „höchstens."

Nie chodź Marysiu tą miedzą, tą miedzą
Nie chodź Marysiu tą miedzą, tą miedzą
Bo za tą miedzą dwa wilki siedzą
Nie chodź Marysiu tą miedzą, tą miedzą!
Geh nicht an den Feldrain, Marie
Hinter dem Feldrain hocken zwei Wölfe, Mariechen,
Wehe, du gehst an den Feldrain, meine hübsche Marie!

Dies sang derselbe junge Mann, der beim Fest aufgetreten war.
„Aber alles hier geht gut, es geht wunderbar!" entgegnete Jolanta und wandte sich Klaus Müller-Weidt lächelnd zu. Ihr Lächeln war echt, nicht aufgesetzt, ihre blauen Augen leuchteten, als wollte sie ihn mit ihrer Begeisterung anstecken.
Er erwiderte ihr Lächeln, doch nur mit den Lippen.

Die blauäugigen Polenmädels..., wahrscheinlich fielen ihm die Worte seiner Mutter in diesem Augenblick ein, als Jolanta ihn anlachte. Dein Vater schwärmte immer von den blauen Augen der Polenmädels, Vergißmeinnichtaugen.

Der Kreis der jungen Tänzer löste sich auf. Der junge Mann, der gesungen hatte – Esther hielt ihn noch immer für einen Halbwüchsigen, aber älter als fünfzehn war er jetzt bestimmt – blieb stehen. Trat von einem Fuß auf den andern, bevor er sich aufraffte und zögernd auf Jolanta zukam. Er verbeugte sich, Jolanta gab ihm die Hand, er küßte sie andächtig, strahlte sie an. In der Tat, er war kräftiger, männlicher; unsicher schielte er auf Herrn Müller-Weidt und schluckte. Wieder die bebende Unterlippe, der kindliche Zug um den Mund.

„Du singst und tanzt sehr schön“, lobte ihn Jolanta. „Inzwischen finde ich dieses Lied auch schön, obwohl es kein Hoftanz ist!“ Sie lachte.

„Pani Jolanta ...“ Den Rest des Satzes hörte Esther nicht, Jolanta stand auf, entschuldigte sich, ging mit dem jungen Mann ein paar Schritte, bis ans Ende der Terrasse.

Nach einer Weile kamen sie zurück, der Junge verabschiedete sich, wieder mit Verbeugung und Händekuß. Eilte seinen Kumpanen nach, die inzwischen verschwunden waren.

„Reizend“, bemerkte Jolanta lächelnd, als sie sich setzte. „Der Jacek sucht Arbeit, ich will ihm helfen.“

„Ich möchte nur warnen“, setzte Herr Müller-Weidt das Gespräch fort, als hätte es keine Unterbrechung gegeben. „Es sind praktische, geschäftliche Überlegungen.“

„Das verstehe ich.“ Jolanta nickte seufzend, versuchte ihn nicht weiter zu überzeugen. Geschäfte sind Geschäfte, murmelte sie, ja, und sie ist eine Geschäftsfrau, und er hat recht. Nur –

„Die nächsten paar Jahre werden schwere Jahre“, stöhnte sie.

Herr Müller-Weidt musterte sie, die Lippen zusammenkneifend. Er war ziemlich schmallippig. Wenn er lächelte, fiel seine Dünnlippigkeit weniger auf.

„Ein Jahr noch, liebe Madame Jolanta. Schreiben Sie einige Stiftungen an“, schlug er dann vor. „Ich kann Ihnen die Anschriften geben. Das Interesse für Polen ist in Deutschland gewachsen. Vielleicht haben Sie Glück. Obwohl heutzutage niemand Geld hat“, fügte er hinzu.

„Das ist doch überhaupt kein Vergleich“, schimpfte Maria später, als Jolanta und Esther ihr berichteten, „zwischen hier und Deutschland.

Bei dem Wechselkurs könnte er dich und das Schloß in die Tasche stecken."

Die Ausgaben für Künstlerinnen und Musiker überstiegen ihre Einnahmen, mußte Jolanta eingestehen. Neugierige kämen zwar immer noch, auch Touristen fanden den Weg, oft durch die Empfehlung von Freunden oder über Dritte. Trotzdem seien ihre Einschätzungen zu optimistisch gewesen, zumal sie den Künstlern freie Unterkunft und Übernachtung anbieten müsse; und mit der Zeit stiegen deren Ansprüche auf Honorare; nur wenige waren bereit, ganz ohne Gage aufzutreten.

„Werkstätten", riet ihr Maria, „Ateliers, Kurse – du teilst die Einnahmen mit den Kursleitern. Du vermietest ihnen die Räume.

Jolanta versprach, sich das alles zu überlegen.

„Was würdest du denn tun, wenn –", fragte Maria.

„Wenn alle Stricke reißen", antwortete Jolanta, um sich selbst zu ermutigen, „könnten wir selber dort hinziehen, die Wohnung hier aufgeben."

Paweł runzelte die Stirn. „Dann hätte ich eine weite Fahrt zur Arbeit –"

„Wenn's nur das wäre!" Jolanta regte sich auf.

„Es ist nicht nur das. Wie willst du das alles finanzieren, diese ganzen Gebäude, den Garten instand halten? Wir sind nicht reich. Müller-Weidt hat recht. Letztendlich muß das Schloß sich selber finanzieren. Es muß sich rentieren. Das weißt du sehr gut."

„Ein Hotel", schlug Jolanta vor. Als endgültige Lösung.

„Für ein Hotel brauchst du Personal. Mehr als die Putzfrau und die Köchin, die du dort jetzt beschäftigst. Du brauchst auch jemanden, der den Garten pflegt. Doch, Jolanta, das bißchen Jäten, was du selber tust, kann man vergessen. Und wie willst du das alles bezahlen?"

„Der Tadi kann dir auch nicht mehr helfen –", beantwortete Maria die eigene Frage.

„Ich will noch nicht aufgeben! Ihr seid alle so ungeduldig. Wir müssen uns noch ein bißchen Zeit lassen –"

„Noch ist das *zamek* nicht verloren", summte Paweł, „nur unser Geld."

„Geht es denn nur noch ums Geld?" Jolanta wandte sich verzweifelt an Paweł und Maria.

Esther schaute indessen zur Tür, wollte gehen. Jolanta sah sie flehend an. Sie blieb. Sah zu, wie Jolanta, aufgelöst, sich im Kreise drehte.

„Bedeutet es euch nichts? Nur mir? Nur dem Vater?"

„Er hätte nicht gewünscht, daß du dich – und uns – ins Unglück stürzt," sagte Maria, „du träumst, Jolanta. Du probierst es, ich bewundere dich dafür. Leider gibt es die Wirklichkeit."

Die Schwestern sahen sich prüfend an. „Vielleicht ist er dir dankbar dafür, sogar übers Grab hinaus“, fügte Maria hinzu, „das wissen wir aber nicht.“
Ein Kabarettist aus Warschau sollte demnächst auftreten, erzählte Jolanta. Nach ihm war eine Vorführung der Hoftänze geplant. Dann wieder Volkstänze: Oberek, Mazurka, Krakowiak. Die jungen Leute aus der Umgebung seien sehr engagiert, Kulturbegeisterte, meinte sie. Ihre Stimme wurde grell. Nach den Volkstänzen käme eine Theateraufführung aus Wrocław.
„Und Gäste? Werbung? Reservierungen? Wer bezahlt die Gagen?“
Einige Reservierungen lägen schon vor, Besucher würden sich oft erst im letzten Augenblick entscheiden.
„Zumindest hast du keine Künstler aus dem Ausland eingeladen“, kommentierte Maria.
Nein, aber sie wollte. Sie wollte den Menschen im Dorf, besonders den jungen Leuten, etwas anderes zeigen, etwas anderes geben – Jolantas Stimme schwankte, noch einmal erwähnte sie Wanda Lewin, die ihr unverbindlich zugesagt hatte.
„Das ist gut, das ist richtig“, stimmte Maria zu, „wenn sie bloß kein Honorar wollen und ihre eigenen Reisekosten bezahlen. Madame Lewin möchte bestimmt ein Honorar. Es steht ihr auch zu –“
„Laßt mich in Ruhe! Laßt mich das machen, das alles – ihr verunsichert mich nur! Ich lasse mich nicht von euch unterkriegen, ich will nicht!“ Jolanta, schon halb in Tränen, fing an zu lachen.

Esther übernachtet vorübergehend bei Maria, bis die Wohnung, ihre Wohnung, sagt sie, als glaube sie es selber nicht, die anderthalb Zimmer soweit fertig seien, um einziehen zu können. Bei dir, du wirst bei dir sein, sagt Maria immer wieder.
Selbst wenn die Risse übermalt und verputzt sind, wird die Farbe abblättern, der Putz abbröckeln, werden sich die Vergangenheiten wieder zeigen.
„Konntest du dir nicht in einem schöneren Stadtviertel eine Bleibe suchen?“ fragt Maria.
„Ela und ich haben die Wohnung zusammen gefunden, und sie wird darauf aufpassen, wenn ich nicht da bin. Sie wohnt in der Nähe.“
„Ela? Wer ist Ela?“ will Maria wissen.
„Eine Freundin –“, antwortet Esther, irritiert.
„Kannst du ihr trauen?“
„Aber ja.“

„Kannst du wirklich? Bist du sicher?"
„Ja, ich bin sicher", antwortet Esther bestürzt.
Zwischen Maria und ihr zum ersten Mal Dissonanzen.
Esther hatte die Wohnung über eine Annonce in der Zeitung zufällig gefunden. Sie plünderte ihre letzten, mageren Sparkonten, verkaufte ihre einzigen Aktien. Sie hatte gerade genug Geld dafür, mehr nicht. Bett, Tisch, Schrank und ein paar Stühle. Den Küchenschrank aus dritter Hand behielt sie, den alten Kühlschrank und zwei Kochplatten durfte sie auch mit übernehmen.
„Jetzt oder nie", sagte Esther.
„Jetzt oder nie", nickte Ela. „Wenn du meinst."
Die Wohnung war ganz anders als die erste, die sie damals besichtigt hatte. Gerade groß genug, um den Fuß hinzusetzen. Zimmer, die sie jederzeit verlassen könnte. Aus dem Fenster sah sie die Eisenbahn, die türkis und gelb emaillierten Waggons, die grünen, die karmesinroten. Ab und zu einer mit wilden Graffitis besprüht. Nachts, wenn sie im Bett lag, hörte sie das rastlose Knirschen und Getöse. Immer wieder heulte ein Hund.
Die Wohnung lag nicht weit vom ehemaligen Ghetto. Zwei Minuten zu Fuß davon entfernt, liefe man von der Hauptstraße den Hang hinunter.

Esther kopierte und sammelte mittlerweile alte Zeitungsartikel, Berichte von Zenons Zeitgenossen. Es war nicht möglich, daraus einen Menschen zu schaffen. Sie wollte Zenon Jaworzyński nicht Unrecht tun. Als ob man einen Menschen überhaupt erfassen könnte – erfassen war ohnehin ein bürokratischer Begriff. Eine Anmaßung, solange sie mit ihren eigenen Gefühlen nicht im Einklang ist.
Auch Maria hatte ihn nicht gekannt; noch weniger als Esther den Großvater Blu. Sie hatte ihn nie leibhaftig zu Gesicht bekommen, nie in seine Augen geschaut, obwohl sie vermutlich wußte, welche Farbe sie hatten. Wahrscheinlich dunkelbraun wie die ihres Vaters und ihre eigenen. Eine Familienikone, Zenon Jaworzyński, der zwar seine Fehler hatte, das würde Maria nicht bestreiten, nur würde sie sagen, der Großvater sei Nationalist gewesen, und das wegen der drei Teilungen Polens, deren Anstifter jegliche kulturelle Identität zerstören wollten. Identitätsverlust führe, wie man wisse, zum Nationalismus. Esther will ihn verstehen. Nur das. Ihre Gefühle für ihn. Welche Farbe dürfen ihre Gefühle haben?
Bestimmt war er anders als Großvater Blaublat, der vielleicht sogar liebend gern Zenons Wunsch erfüllt hätte, nach Palästina auszu-

wandern, wer weiß. Er hatte wenigstens das damals noch geteilte Polen verlassen, und zwar lange, bevor Zenon begonnen hatte, öffentlich zu wettern: Für mehr als ein Volk ist unser Land zu klein!

Noch kämpfte sie mit Ahasver. Er war, wie Zenon ihn geschildert hatte, kein böser Mensch, vielmehr ein verirrter Sozialist, gar Kommunist, der den spirituellen Impuls eines Christus nicht begreifen konnte. Von seinem Wesen her nicht imstande war, ihn zu begreifen. Unmenschlich, jemandem Wasser zu verweigern, einem zum Tode Verurteilten, ihn dann noch zu bespucken. Sogar unjüdisch – Ahasver sei obendrein ein schlechter Jude gewesen.

„Und wenn ich sage, kauft bei den Juden, wirft man mir Antisemitismus vor!" lachte Zenon einmal in einem Interview, mit übergeschlagenen Beinen bequem im Sessel sitzend, in seinem neuen Jackett aus schwarzem Samt, genüßlich eine Zigarre paffend.

Zwischen Esther und Maria tastendes Schweigen.

„Du willst mich etwas fragen", sagte Maria endlich.

Sie sahen einander an. „Über deinen Großvater", antwortete Esther.

„Ich helfe dir nicht, ihn zu suchen", erklärte Maria. „Dachtest du etwa, ich würde dir helfen?"

Wieder Schweigen.

„Du wirst es nicht verstehen", sagt Maria, und Esther spürt, wie sie sofort defensiv wird, ihre Stimme einen halben Ton höher, bestimmter, als wolle sie bereits vorgreifen und dem nächsten Satz der Freundin widersprechen. „Du glaubst wahrscheinlich, daß du Polen kennst, weil du immer wieder hierher kommst", sagt sie dann, ihre Stimme ungewöhnlich scharf, „aber du bist keine Polin!"

„Nein", flüstert Esther. Sie stockt. „Aber ich fühle mich – polnisch – ich –"

„Dieses Land ist ein Riesenkaleidoskop", fuhr Maria fort, „du drehst es so, oder du drehst es anders, die Bilder wechseln sich ab, die Farben, die Formen verändern sich. Schillernd, faszinierend, abstoßend, alles ständig in Bewegung..."

Wie ist es möglich, die Stimmung von früher, zwischen den beiden Weltkriegen, zu begreifen? Maria redet weiter, Esther lauscht, verdrängt den Schmerz, den sie jetzt fühlt.

„Eine zerrüttete Generation, die Generation der Großväter, Welten gingen unter. Mein Großvater wurde während der Teilungen geboren, er wuchs während der Teilungen auf, dann kam der Erste Weltkrieg. Erschütterung nach Erschütterung. Endlich Hoffnung. Endlich Freiheit,

Unabhängigkeit. Auf einmal die Probleme mit den Minderheiten. Die Juden waren damals eine große Minderheit. Das Land siedet, Völker prallen aufeinander, reklamieren ihre Rechte, stoßen Geburtswehen aus, zersprengen ihren Mutterleib. Persönlichkeiten steigen auf, streben voran, verschiedene Sprachen, verschiedene Kulturen. Was meinst du, wie das war?"

Esther versucht, wie sie es schon in den Archiven hundertmal versucht hat, sich vorzustellen, wie das damals alles gewesen sein mußte. Ihre Gefühle aufgewühlt, durcheinander. Hilflos – vor der Geschichte.

Die Ukrainer, die Juden, die auseinandergeplatzte Habsburger Monarchie, das frisch gebildete, schon zerschmetterte Deutsche Reich. Draußen lauern sie schon wieder, zwei Raubtiere, das erniedrigte Deutschland und die blutig geschaffene Sowjetunion, um ihre alte Beute wieder an sich zu reißen.

Kaum verwunderlich, daß Zenon nachts nicht zur Ruhe kommt. Durch die Straßen der Stadt K. ziehen die Sozialisten, schlimmer noch, obwohl noch illegal, die Kommunisten. Ständige Unruhen, Fensterscheiben zerbersten, Krawalle, Mord, unter ihnen, mit ihnen, Juden – vor allem die Juden! Das Anwesen seines Freundes ist von den heranrückenden Russen, den Bolschewiken, schon niedergebrannt worden. Eines Tages wird auch er, Zenon, nicht mehr heimfinden können. Trotz des Hauses mit dem üppigen Garten, der Familienwohnung in der Altstadt, und auf dem Lande das Schloß – quälende Ängste. Die Angst wurde ihm schon in die Wiege gelegt, die böse Fee – seine dunkle Begleiterin, die alles durcheinander wirft, Scherben hinterläßt.

„Ich weiß, daß dein Großvater in der Endecja-Partei war, bei den Rechtsnationalisten", entgegnete Esther dann, sie mußte es sagen, mir nichts dir nichts, als ob sie vom Wetter sprächen. Andere hätten gesagt: bei den Faschisten. Das sagte sie aber nicht.

„Die Partei war anfangs nicht das, was sie später wurde", erklärte Maria – sie sprachen eben nicht übers Wetter –, „und er zog sich immer mehr aus der Politik zurück. Er wollte sich jedenfalls zurückziehen, vor allem aus gesundheitlichen Gründen, aber die anderen, seine Mitstreiter, ließen es nicht zu. Sie wollten nicht auf ihn verzichten, er war eine Persönlichkeit."

Und die Ghettobänke an den Universitäten, was war denn damit?

„Mit den Ghettobänken war er damals nicht einverstanden", meinte Maria. Sie hätten sich wegen der Proteste, der Gegenwehr in der Stadt K. – und nicht nur von jüdischer Seite – sowieso nicht durchgesetzt.

„Er war Christ, ein christlicher Mensch", betonte Maria. „Polen war für ihn vor allem christlich-katholisch."

„Mein Großvater hatte jüdische Freunde, getaufte und nicht getaufte", hatte Jolanta einmal erklärt.

Als andächtiger Katholik, sogar devot – was hätte Zenon zu Esthers Fehltritt in der Kathedrale gesagt? Ja, eben ein „Fehltritt", hätte er gedacht; hätte vielleicht gefragt, wieso sie sich so verhalten habe. Aus dem unbewußten Wunsch nach Taufe, also keinem Fehltritt, sondern einer Fehlleistung, gar einer freudschen – aus den verschiedenen Schriften und Zeugnissen, die Esther bisher über Zenon gefunden hatte, ging nicht hervor, daß er Freud bewundert hätte. Man hielt Zenon sogar für prüde. Mit der Taufe für die Juden sei er angeblich auch nicht einverstanden gewesen, weil diese meist einen sozialen Aufstieg erleichterte. Bist du als Tischler geboren, sollst du Tischler bleiben, hätte er Großvater Blaublat womöglich gesagt; vor dem Aufstieg von Minderheiten habe Zenon sich nämlich gefürchtet, lautete das Zeugnis einer Zeitgenossin.

Als sein Ahasver-Roman Mitte der dreißiger Jahre zum dritten Mal neu aufgelegt wurde, und der Geist des Nationalsozialismus und Faschismus Europa schon vergiftet hatte, bezogen sich die Rezensenten der konservativen, nationalistischen Presse in ihren Besprechungen konkreter auf jüdische Hintergründe. Da die Juden seit zweitausend Jahren ein Wandervolk seien, kein *ubi patria, ibi bene*, vielmehr das Gegenteil, wurde, in oft unnötig harschen Tönen, eine Auswanderung nach Palästina als Lösung erwogen, nicht zuletzt um die Konkurrenz mit den christlichen Polen – besonders im Handel – einzuschränken. Zenon selbst, hieß es, das fiel Maria plötzlich ein, habe Kontakt zu den Zionisten aufgenommen, zu den rechtsnationalen, die die Auswanderung der Juden nach Palästina vorantreiben wollten. Er sei sogar einmal zu einer großen Versammlung nach Warschau gereist – mehr wußte sie aber nicht. Jolanta, als sie gefragt wurde, auch nicht. Sie hatten nur eine Notiz in Cezarys Tagebuch gefunden.

Der Messias, wenn in der Tat Jesus Christus, war zum zweiten Mal noch nicht erschienen, als Zenon Jaworzyński starb. Noch vor seinem Tod erlebte er, wie das ganze jüdische Volk, auch in der Stadt K., für die Judasküsse und den ahasverischen Speichel streng bestraft wurde. Die Strafe übertraf alle bislang möglichen Vorstellungen.

„Er muß das Ghetto gesehen haben", erzählte Cezary einmal. Maria erinnerte sich an das Gespräch mit ihrem Vater. Er selbst habe es nicht gesehen, weil er sich damals außerhalb der Stadt aufgehalten habe, er hatte nur davon gehört. Aber er wußte, daß Zenon einmal hingefahren war, zufällig. Er habe die Mauer gesehen und sei sogar mit der Straßenbahn durchgefahren. Es gab nämlich eine Straßenbahn, die durchs Ghetto fuhr. Cezary wußte nicht mehr, ob man aus dem Fenster schauen konnte, vielleicht konnte man damals noch – Zenon hatte es auf jeden Fall gesehen. Als er wiederkam, hatte er sich in sein Arbeitszimmer eingeschlossen und mit niemandem darüber gesprochen. Das hatte die Mutter ihnen später erzählt. Sagte Cezary.

„Du mußt leider dieses Mal mit dem Autobus zurückfahren“, erklärte Jolanta, „ich kann jetzt nicht weg. Muß wahrscheinlich hier übernachten. Aber die Fahrt dauert ja nicht *so* lange. Wenn du in der Stadt ankommst, mußt du allerdings umsteigen.“

Esther war wieder mit Jolanta zum Schloß gefahren, wollte gern einen Tag im Freien verbringen. Nein, es mache ihr nichts aus, allein zurückzufahren, sagte sie, und Jolanta müsse sie nicht zur Bushaltestelle fahren. Sie finde den Weg schon. Sie ging los, lief zunächst auf der Landstraße, mußte dann ein Stück durch den Wald gehen, bis sie auf die Hauptstraße kam.

Jemand anders lief dort auch. Zunächst war sie nicht sicher, aber das war wohl er, der vor ihr lief, der Junge, der beim Fest gesungen hatte. Wie hieß er noch gleich? Jacek, hatte Jolanta gesagt. Er lief langsam, so daß Esther ihn bald einholte. Sie wollte an ihm vorbeigehen, aber er blickte sie an, etwas unsicher, hatte sie offenbar wiedererkannt. Sie verlangsamte ihre Schritte.

„Ich habe dich damals singen hören“, erklärte sie, um sich vorzustellen.

„Ja, am Schloß. Sie sind eine Freundin von Pani Jolanta?“

Esther nickte. „Ich fahre zurück in die Stadt. Das ist hier der richtige Weg?“

„Ja, geradeaus, dann rechts. Die Haltestelle können Sie nicht verfehlen, *Pani*.“

„Und du?“ fragte Esther. Er schien nicht zu einem Gespräch aufgelegt, aber sie wollte nicht einfach weitergehen.

„Ich geh‘ nach Hause. Mein Fahrrad ist kaputt – ich wohne gleich hier im Dorf. Bei meiner Mutter“, fügte er hinzu.

„Und gehst noch zur Schule?“

Er lächelte, ein wenig verbittert, kam es Esther vor. „Nee. Ich mach’ eine Lehre, bin fast fertig – Tischler, ich werde Tischler.“

Esther stutzte. „Ach – wirklich –“

„Ich will schöne Möbel anfertigen“, erklärte er stolz. „Vielleicht werde ich auch alte restaurieren, wer weiß.“

„Und du willst hier arbeiten?“

„Ja, Pani Jolanta sagte, sie würde mir helfen, aber –“ Er zögerte.

Kein so hübscher Junge, sah Esther jetzt, als sie neben ihm ging. Die Gesichtszüge ein wenig grob, manchmal düster, aber der volle, bebende Mund deutete auf Sensibilität, verriet noch das Kindliche an ihm. Heute erschien er etwas niedergeschlagen.

„Aber?“

Er zögerte. „Na ja, sieht alles nicht so gut aus – hoffentlich wird’s besser –“

„Willst du unbedingt hier in der Gegend bleiben? Viele junge Leute wandern aus –"

„Nein! Nicht ich." Er schüttelte heftig den Kopf. „Bin hier geboren und aufgewachsen, meine Familie auch. Und ich bleibe." Er seufzte. „Hier ist es wunderbar", erklärte er begeistert, „die Natur, die Menschen –" Er wandte sich Esther zu, sah sie forschend an. „Warum soll ich von hier fort?" fragte er trotzig.

Sie hatten die Kreuzung erreicht und blieben dort stehen.

„Früher mußte man mal fort," sagte er dann, „aus politischen Gründen, aber die Kommunisten sind ja nicht mehr dran, die meisten jedenfalls nicht –"

„Willst du nicht reisen?" fragte Esther, „die Welt erkunden? Das konnte man früher auch nicht." Sie betrachtete ihn neugierig, wollte ihn ein wenig aufmuntern.

Jacek zuckte die Achseln. „Ich weiß, viele aus meiner Klasse wollten fort. Sie denken, sie werden mit Gold in der Tasche wiederkommen"; er lächelte verächtlich, „aber ich will in Polen bleiben. Reisen kann ich später."

„Und die Musik? Was ist mit der Musik?"

Sein Gesicht erhellte sich. „Ja, ich liebe die Musik. Hab' nicht so viel Zeit dafür. Ich singe im Kirchenchor. Pani Jolanta meint, ich kann wieder am Schloß auftreten, mit den anderen zusammen."

„Gut, ich geh' jetzt hier lang –" Er wies auf den Weg, der links abbog. „Und Sie gehen weiter geradeaus und dann gleich rechts. *Do zobaczenia, Pani*."

„*Do zobaczenia*. Auf Wiedersehen. Alles Gute", sagte Esther.

Sie sah ihm kurz nach, sah, wie er, nun leise pfeifend, weiterging. In der Ferne erkannte man schon Häuser. Dort wohnte er wohl.

Sie lief zur Haltestelle. Der Autobus kam gerade.

Immer, wenn sie nach längerer Abwesenheit in die Stadt K. zurückkehrt, wählt Esther die Nummer, lauscht dem tiefen Klang des anderen Freizeichens, wartet. Vielleicht will Maria sie nicht sehen. Obwohl, wenn Esther in der Stadt ankommt und sie anruft, Maria meistens den Hörer abnimmt.

„Wir müssen uns verabreden“, sagt sie dann.

„Ja“, antwortete Esther meist mit einem langen, ausgedehnten Ja-Ton. Unmöglich, in der Stadt K. zu sein, sich einige Wochen dort aufzuhalten, ohne Maria zu sehen. Ohne ein Gespräch im Wohnzimmer – in der Küche sitzen sie in letzter Zeit nur selten zusammen. Manchmal treffen sie sich nur im Café, vor dem Großen Markt.

„Wir müssen uns treffen“, wiederholt Maria, ohne zu sagen, wann und wie.

„Wir können ins Kino gehen“, schlägt Esther vor, „ich lade dich ein. Möchtest du nicht –“, und sie nennt einen neuen Film, eine Komödie, weil Maria gern lacht. Filme, die ihr zu nahe gehen, will sie nur noch selten sehen. Maria lacht, und ihr Gesicht erhellt sich.

Jetzt sitzen sie im Kino. Es war tatsächlich Esthers Idee, sich diesen Film anzusehen, die Verfilmung eines Gombrowicz-Romans. Maria lacht immer wieder, und Esther versteht nicht, warum sie lacht – die feine Pointe hat sie verpaßt, sie lacht Maria nur nach, damit diese nicht merkt, daß sie es nur halb verstanden hat. Sie ist mit ihren Polnischkenntnissen noch nicht so weit, daß sie die Nuancen begreift, aber wenn Maria das bemerkt, fällt sie über Esther her. Manchmal fragt sie, ob sie verstanden habe, und Esther antwortet: Ja, ja. Schaut absichtlich weg, damit Maria nicht weiter bohrt. Bevor sie wegschaut, lacht sie aber Maria an, so daß diese keinen Verdacht schöpft.

Wann wird sie soweit sein, daß sie Gombrowicz im Original lesen kann?

„Du mußt mit der Übersetzung anfangen, oder sie neben dich legen“, erklärt Maria, mit ihrem Lehrerinnen-Tonfall, „sonst hat es keinen Sinn!“ Dann lacht sie wieder, und Esther ist, wie oft in letzter Zeit, verunsichert. Inzwischen versteht sie, wie Jolanta sich fühlen muß, wenn Maria sie wegen des Schlosses kritisiert und dazu lacht. Esther fühlt sich, wie sie sich früher Maria gegenüber nie gefühlt hat – verärgert, sogar aggressiv. Wie Maria umgekehrt auch. Esther spürt Marias Unmut, ihre Ungeduld, wenn sie in ihrer Sprache herumpfuscht, nach Worten sucht, die sie nicht findet, wiederum andere gebraucht, die sie nicht versteht. Warum muß sie ihre Freundschaft so aufs Spiel setzen, wenn es ihnen jahrelang auf französisch so gut gelungen war, zueinanderzufinden? Ob sie jemals wieder miteinander kommunizieren können, nicht nur Höflichkeiten, Alltäglichkeiten austauschen –

Auch die Wohnung hat sie gegen Marias Ratschläge gekauft und sich in der Stadt K. halb niedergelassen – doch nicht ganz. Sie drängt sich überall auf, mußte Maria denken, und Esthers Gefühl der Unzulänglichkeit wächst. Wir kommen uns jetzt näher, denkt sie, jetzt bin ich hier nicht nur zu Besuch, jetzt wird sich unsere Beziehung entweder vertiefen oder in die Brüche gehen.

Sie verlassen das Kino, gehen die Straße hinunter bis zum Marktplatz, überqueren ihn. „Ich fahre jetzt nach Hause“, sagt Maria, „und du, was machst du?“ Es hätte keinen Sinn, ihr vorzuschlagen, sie sollten zusammen in eine Bar, in eine Kneipe gehen, nicht mehr um diese Uhrzeit; keinen Sinn, Maria zu sagen, sie sollten endlich etwas Außergewöhnliches unternehmen, wie zum Beispiel ins Kabarett gehen – Maria geht gern ins Kabarett – oder die halbe Nacht aufbleiben, Männer anlocken, mal sehen, wo das hinführt. Das ist nicht vernünftig, wird Maria nur sagen, dabei auch lachen, außerdem müsse sie morgen früh aufstehen. Esther solle hingehen und ihr davon erzählen, sie ist neugierig auf Esthers Abenteuer, hört ihr immer gern zu, wenn sie erzählt, irgendetwas über Männer. Oder ins Café gehen, einander gegenübersitzen, Maria eine Liebeserklärung machen, da kriegt sie einen Schreck, ich weiß, daß du mich liebst, wird sie nur sagen, in sich hineinlachen, das Selbstverständliche, als könne Esther nichts anderes tun, als sie zu lieben. Und spürt nicht Esthers Bedrängnis. Wie auch Esther Marias Bedrängnis nicht wahrhaben will, nicht wirklich. Dann glättet Maria ihren Rock, den oh so vernünftigen dunkelblauen, gibt Esther einen leichten Kuß, eins, zwei, drei: *„Trzymaj się!“* Tschijmajschej, und läuft schnell und selbstbewußt in ihren bequemen neuen Halbschuhen mit den Schnürsenkeln und den flachen Absätzen in die andere Richtung, nach Hause, in die Sicherheit, ins Gewisse, Geborgene, während Esther weitergeht. Geht in die Nacht, weiß nicht, wo es sie hinführen wird; der Zeitungskiosk an der Ecke zum Park, hier gibt es immer eine Zeitung, selbst wenn überall sonst ausverkauft: *„Gazeta“*, sagt Esther, und die Frau, ernst und düster, greift nach hinten, fischt eine heraus, von unter der Theke, das vorvorletzte Exemplar, nein, eine hat sie noch da, immer behält sie einige, die paar letzten, für Esther und die Kunden, die nach ihr kommen, und oben auf der Auslage, da, wo sie ins Auge fallen, der *Dziennik Polski* – Das Polnische Tageblatt – und *Nasza Polska,* Unser Polen.
Esther läuft weiter zur Haltestelle. Die Schatten schleichen um sie herum, die Menschen in Mänteln und Jacken schieben sich an ihr vorbei,

Männer und Frauen mit Hüten und Schirmmützen – die Laternen schillernde Globen, Paradiesfrüchte im Blätterwerk. Sie wartet auf die Straßenbahn, eine schäbig knisternde Klapperschlange, die jetzt blaugrau auffährt; wartet, bis die Türen ratternd aufgehen, die Menschen herausströmen, andere, steif wie Puppen am Riemen hängend, Blicke starr geradeaus gerichtet. Jemand steht, an die Säule gelehnt, mustert Esther von oben bis unten, sie spürt seine Blicke auf sich ruhen, einladend, riecht die Zigarette, die ihm an der Unterlippe klebt, als sie vorbeistreicht, ein breiter, gut geformter Mund, fast zu breit für das schmale Gesicht, nein, nicht du, dich will ich nicht, murmelt sie, aber er hat sich schon abgewandt, starrt auf die Straßenbahn, er erwartet eine andere, wartet nicht auf Esther Blu, sie darf nicht so tun, als ob sie enttäuscht wäre, jeden Tag glotzt einer sie an, von oben bis unten, in ihrem scharlachroten Rock mit den schwarzen Strümpfen und hochhackigen Schuhen sieht sie, die freche Esther Blu von downtown, einer Hure ähnlich. Du kommst mit mir, sagt der Mann mit der Zigarette im Maul und zerrt sie mit, sie hat ihn nicht mehr beachtet, er ist hinter ihr hergeschlichen, hat ihr leicht die Hand auf die Schulter gelegt, will mit ihr wohin. Ich bin der Nachgeborene, sagt er, der enttäuschte, gebrochene, schau mir in die Augen, er dreht sie flink um, drückt sie an sich, seine Augen sind grün wie das Meer. Esther klammert sich an ihn, er hält sie fest, sie riecht seine Haut voller Rauch und Alkohol, hört das Herz pochen, ihr Herz, sein Herz, er erzählt von seinem Land, seinem Haus, seinen Gärten, er will sie mitziehen in sein Reich, das gar nicht weit entfernt ist vom Dorf des Großvaters Blu, sein Reich mit den vielen Grafen und Gräfinnen, den Prinzessinnen; nein, seine Geschichte muß sie ihm nicht entreißen, er wird sich in Esther hineingießen, er wird sie anflehen, seine Geschichte für ihn zu erzählen, ein Epos von Armut und Krankheit, von Gewalt und Scheitern; er ist ein Teil dieser Stadt, die Stadt K. gehört ihm.

Sein Körper ist warm, er schließt sie in seine Arme, ach, wie sie ihn liebt, Esther Blu, den Fremden in der Nacht, die Nacht lauert, die Nacht suppt und ruft, Esther zieht sich aus, lupft den roten Rock, zieht die Strümpfe hinunter, einen nach dem andern, Beine aus schwarzem Satin, er kniet hin, küßt ihre Schenkel, vergräbt den Kopf in ihrem Schoß, beißt in sie hinein, hebt sie hoch, seine Lippen brennen an ihrem Mund, sie zerschmilzt, sie zerfließt

Eine andere Welt, diese Nachtwelt, murmelt Esther Blu. Was ich hier lebe, ist nur Literatur.

Maria geht nicht allein in den Wald. Nur sonntags geht sie im Wald spazieren, wenn andere Spaziergänger unterwegs sind, am liebsten, wenn Jolanta oder sonst jemand mit ihr zusammen geht. Maria meidet die unsicheren, gefährlichen Orte. Genau weiß sie nie, ob jemand aus dem Gestrüpp springen wird, um sie zu überfallen. Schweigen im Wald, keine echte ländliche Stille. Jemand lauert, er paßt den Augenblick ab, um herauszustürzen, sie zu Boden zu werfen, ihr die Wäsche vom Leib zu reißen. Er dringt in sie ein, wühlt in ihren Geheimnissen. Später verscharrt er ihre Leiche im Unterholz.
Ihre Ängste, ihre Befürchtungen drückt Maria nicht aus, sie verspürt nur eine diffuse Beklommenheit. Deswegen geht sie nur sonntags im Wald spazieren, am liebsten mit einer Gefährtin oder einem Freund; wenn sie einen Hund hat, nimmt sie den Hund mit, läßt ihn frei laufen.

„Es gab mehrere Jedwabnes", erklärt Klaus Müller-Weidt. „Bestimmt gab es nicht nur diesen einen Fall."
„Das wollt ihr gern glauben."
„Wir sind es nicht allein gewesen, Esther. Du kennst die Geschichte, die neuesten Enthüllungen –"
Beim Wort Enthüllung zuckt Esther zusammen.
„Fühlst du dich jetzt besser?" fragt sie trocken.
„Besser?" Klaus Müller-Weidt runzelt verblüfft die Stirn.
„Fühlst du dich weniger als Mörder, wenn andere mit dabei sind?"
Klaus Müller-Weidt schluckt einmal, zweimal, schaut sie schweigend an. Inzwischen duzen sie sich. Es ließ sich nicht vermeiden. Die Nähe gefällt Esther zwar nicht, aber es hat sich so ergeben: Ein sprachlicher Stolperstein, das Du, manchmal kommt es einfach zustande, ungelegen, man gleitet hinein, die Zunge überschlägt sich. Als sie Herrn Müller-Weidt siezen wollte, kam anstatt des Sie ein Du, und das noch ein zweites Mal, sie errötete, aber es war zu spät. Er ergriff die Gelegenheit, sich ihr auf diese Weise zu nähern, überzeugt, er sei von ihr angenommen, wenn auch nur oberflächlich. In diesen Dingen täuschte er sich nie.
Esther ist auf seinen Wunsch eingegangen, ihn zu duzen und Klaus zu nennen, aus rein pragmatischen Gründen, wie sie sich später rechtfertigen sollte. Es könnte eines Tages für Jolanta und Maria hilfreich sein, daß Esther und Klaus Müller-Weidt sich duzten. Nach wie vor vermeidet sie, so gut es geht, seinen Vornamen auszusprechen. Er ist zu einem namenlosen Du geworden.
„Ist Jedwabne für dich eine Entlastung?"

„Entlastung ist kaum das richtige Wort, Esther." Wieder eine kurze Pause. „Damals war ich ein Kind, ein Kleinkind. Kein Mörder. Ich muß sagen, manchmal fühle ich mich von dir ungerecht behandelt."

„Sollte ich dir – verzeihen?" Absolution erteilen, will sie sagen, aber sie schluckt die Worte wieder in sich hinein.

Herr Müller-Weidt lacht auf. „Verzeihen? Nein, das wäre grotesk. Nur –", setzt er wieder an, „ich fühle mich von dir eben ungerecht behandelt. Natürlich will ich nicht übertreiben, du meinst es wahrscheinlich gar nicht so", fügt er hastig hinzu, „aber –"

„Aber du erlebst es so?"

„Im Vergleich zu deinen polnischen Freunden, ja! Das muß ich zugeben."

„Das sind eben meine Freunde."

„Und ich? Ich bin nur der böse Deutsche!" Wieder lacht er. „Unsere gemeinsame, unsere schreckliche Geschichte gibt dir das Recht, mich so zu sehen. Unsere Karten sind ungleich verteilt, und sie werden so bleiben, das weiß ich."

Ein peinliches Lächeln. Esther fühlt sich in die Ecke gedrängt.

„Aber du versuchst hier, etwas – besser zu machen", räumt sie ein. Das muß sie jetzt sagen, obwohl ihr fast das Herz blutet. Als ob sie vergessen hätte, hier sitzt ein Mensch. Auch ich bin ein Opfer, sagen die Gesten, das Mienenspiel von Klaus Müller-Weidt, die auf einmal leicht gebeugten Schultern, seine Blicke, höhnisch traurig. Er ist vor allem ihr Opfer, das Opfer von Esther Blaublat-Blu, einem jüdischen Teufelsweib.

„Na ja, mein Interesse ist nicht ganz selbstlos", achselzuckend zwingt er sich zur Bescheidenheit, „das muß ich zugeben."

„Ich hoffe, du hilfst nicht nur dir, sondern vor allem meinen Freunden –"

„Klar, ich will ihnen helfen, aber was ich dir sagen wollte, das war der Ausgangspunkt unseres Gesprächs: Es gibt noch heute viel Antisemitismus in Polen, erzählt man mir zumindest, einen Antisemitismus ohne Juden!" Klaus Müller-Weidt nickt allwissend. „Hast du damit gar keine schlechten Erfahrungen gemacht?"

Als Esther den Kopf schüttelt, versucht Klaus Müller-Weidt seine Enttäuschung zu verbergen; seine Mundwinkel verziehen sich unmerklich nach unten.

„Vielleicht weil –" Er stockt, und Esther wartet: „Vielleicht weil du gar nicht so jüdisch aussiehst –"

Esther hebt die Augenbrauen. Ein Fragezeichen.

„Außerdem", setzt er fort, sein letztes Argument schon sorgfältig zurechtgelegt, „ist es etwas ganz anderes, wenn du von auswärts kommst, als wenn du hier geboren oder aufgewachsen bist –"

Esther mustert ihn schweigend.

„Die Juden von auswärts, die fremden, ausländischen, so habe ich es jedenfalls gehört, werden von Polen gern gesehen, während ihre einheimischen – sagen wir, ihre hauseigenen Juden –“

Und jetzt lächelt Klaus Müller-Weidt; seine Mundwinkel dehnen sich bis zum Äußersten, er nickt der eigenen Aussage ein paarmal zu, als müßte er allein durch sein Kopfnicken Esther überzeugen. Als ob seine Aussage durch die kleinste Geste zur Wirklichkeit wird.

Esther schweigt.

„Kielce war eine Provokation“, sagt Maria, glasklar. Glasklare Augen, glasklares Gesicht wie immer. „Jedwabne ist eine Verleumdung, sie wollen uns schlecht machen, die Welt will uns schlecht machen.“

Auch Esther möchte glauben, daß es eine Verleumdung ist.

Maria, den Kopf auf die Hand gestützt, ihre Augen auf einmal erstaunlich hart. Ihr ganzer Körper spannt sich.

„Das können Polen nicht tun“, erklärt sie mit fester Stimme. „Und wenn sie es trotzdem taten, waren es primitive Leute, keine echten, gebildeten Polen.“

Das mit Jedwabne tut auch Esther weh, genauso weh; sie möchte Maria zeigen, wie es auch sie verletzt.

„Sie wollen beweisen, daß wir ein Mörderpack sind –“, empört sich Maria.

„Wer?“

„Zunächst war es die Sowjetunion, deswegen kam der Pogrom von Kielce gelegen, die Kommunisten mußten die Polen bestrafen, uns vor unserem Antisemitismus schützen, und das lebenslang –“, gekränktes Lächeln, „sie konnten unbehelligt die Macht übernehmen, während die Welt den Blick auf Kielce richtete. Daß auch die Sowjets Antisemiten waren und die Russen es noch immer sind, wenn es ihnen paßt, wollte keiner wahrhaben. Will bis heute keiner wissen.“

„Und dann?“

“Ja, auch in Amerika scheint es so zu sein – man mag uns nicht“, sagt Maria schlicht. „Die Menschen projizieren ihren eigenen Rassismus auf uns, ihre eigenen Vorurteile, in dieser Hinsicht sind wir sehr nützlich. Man verdient sogar ganz gut an uns, nicht wahr, an unserem Antisemitismus? Wir sind ein beliebtes Thema!“

„Fast so beliebt wie der Holocaust“, stimmt ihr Esther zu.

„Ich glaube wirklich, sie wollen die Deutschen auf unsere Kosten entlasten. Schon wieder wurde in der Auslandspresse, in Amerika und Deutschland, von *polnischen* Konzentrationslagern berichtet!“

„Ein Skandal. Eine Verhöhnung –“ Wieder stimmt ihr Esther zu.
„Selbstverständlich war es nicht immer einfach“, Maria sinnt nach, „für Juden, die in Polen lebten, so viele hundert Jahre mit uns zusammen. Und das weiß ich auch. Bloß, wenn die Deutschen nicht gekommen wären –“
Mit ihrem Keil, den sie damals mit ihrer Propaganda zwischen jüdische und christliche Polen getrieben haben, und das weiß auch Esther, ja, Esther weiß es und stimmt ihr wieder zu. Auch Maria lächelt, dann lacht sie: „Wären wir alle viel glücklicher gewesen!“
„Der Kinderkopf war mir zu viel“, sagt Esther.
„Welcher Kinderkopf?“
„Der Kopf des Mädchens, mit dem sie in Jedwabne Fußball gespielt haben sollen. Das war mir einfach zu viel.“
Maria wird bleich. „Das kann nicht wahr sein –“
Sie habe es zwar gelesen, wolle es nicht glauben, will es nicht glauben, wer möchte das denn... Auch Esther will es nicht, aber da steht es, und man habe recherchiert und es angeblich bewiesen, und schließlich sind sie beide einig, Maria und sie, daß der menschliche Geist im Mittelalter steckengeblieben sei, weitergekommen sei nur die Materie, seien vor allem die Gier und die Technik des Tötens.
Doch selbst nach Kriegsende, hier in der Stadt K., sogar in der Honigstraße, da wo ich so gern hingehe, stell dir vor – Esther bohrt weiter, da sie schon angefangen hat, kann sie noch nicht aufhören – soll es einen Pogrom gegeben haben, zwar einen kleineren, nicht wie in Kielce, nicht... Ihre Stimme wird zu Geflüster.
Schweigen.
„Angst“, sagt Maria, und Esther lauscht, wie sie jedes Wort abwägt, bevor sie es ausspricht: „Angst, daß man uns nur so sieht, wie die Menschen damals in Jedwabne, Kielce oder anderswo. Sie wollen nicht wissen, daß es hier auch andere Menschen gab, in Städten und Dörfern, Polen, die Juden vor den Deutschen versteckten und nicht verraten wurden, obwohl alle wußten, welche Familien Juden bei sich verborgen hielten. Es gab keine Denunzianten, und man hat ihnen geholfen, die ganzen Jahre hindurch, Tag für Tag, Monate, jahrelang. Setzten dabei das eigene Leben und das Leben der Familie aufs Spiel.“
Esther schweigt. Gequältes Schweigen.
Alle polnischen Juden hätten die Polen gehaßt, solange sie sich erinnern konnte. Bis heute. Zusammen mit dem Suppenduft und der Pani Szarlotka nahmen sie auch den Haß mit, als sie fortgingen. Den Haß wegen tatsächlichen Unrechts und vermeintlichen Unrechts.

Ein allgemeines, uneingeschränktes Erbe. Von Generation zu Generation weitergereicht. Das Gefühl, dazu zu gehören, nicht haben zu dürfen. Sagten sie.
Ob auch Großvater Blu die Polen so gehaßt hatte, weiß Esther nicht.

Wenn sie Straßenbahn fährt, schaut sie in die Gesichter; alte Damen, Greise, die nur mit Hilfe von jüngeren Menschen die Stufen erklimmen können, gertenschlanke Mädchen und Halbwüchsige, die sofort aufspringen, um jemandem ihren Platz anzubieten, diese Höflichkeit gibt es in der Stadt K. noch immer.
Etwas Vertrautes in ihren Gesichtern, ob alt oder jung, gutaussehend oder häßlich. Die Gesichter der Alten erzählen von Armut, von schwerer Arbeit und wenig Verdienst, von Krankheit, Kälte, Ausbeutung. Aber selbst Mißmutige lächeln meist freundlich, wenn Esther auf sie zugeht, in ihrem noch radebrechenden Polnisch nach dem Weg fragt. Mal lächelt sie jemandem zu, mal wechselt man ein paar Worte. Manchmal erzählt einer Esther seine Lebensgeschichte. Obwohl die Leute in letzter Zeit eher in sich hinein als nach außen schauen. Auch schale Gesichter, es gab sie immer, jetzt noch mehr, grazile blonde Backfische und Madämchen, Billigfummel nach der neuesten Mode, duftende Drogerie-Parfüms, violett lackierte Fingernägel.
Schon lange fühlt sich Esther angenommen; von der Frau am Zeitungskiosk, von der Gemüse- und Obstverkäuferin, vom Lebensmittelhändler. Unverhofft, ein Gefühl von Geborgenheit, das sie bisher nicht kannte. Erst seitdem sie vom Spiel mit dem Kinderkopf weiß, sieht sie die Menschen anders.
Erst seit kurzem, wenn sie durch die Stadt fährt, fragt sie sich, ob auch die kräftige, weißhaarige Frau, die ihr gegenüber sitzt und sie dumpf ansieht, nicht einmal in ihrem Leben: *Precz Żyd*! Jude hau ab! gerufen habe.
Erst jetzt fragt sie sich, ob der Besitzer des Ladens nebenan, der ihr müde schmunzelnd die Zeitung überreicht, freudig ausruft: „Heute haben Sie's gut getroffen, *Pani*, heute gibt es ein Geschenk, ein tolles Reisebuch. Kostet nichts extra." Erst heute steigt die Frage in ihr hoch, bleibt ihr in der Herzgegend stecken, ob dieser Mensch – heute mal gut aufgelegt, sie kennt ihn eher als schweigsam melancholisch, wahrscheinlich weil die Geschäfte nicht so gehen, wie er sie gerne hätte –, ob ausgerechnet er es fertigbrächte, unter ganz anderen, nicht vorhersehbaren Umständen, sie, Esther Blaublat umzubringen? Das kann sie ihn nicht fragen. Sie nimmt die Zeitung, schenkt ihm

ebenfalls ein fröhliches Guten-Morgen-Lächeln, das Leben ist schön, nicht wahr? Haben die Männer von damals, die in dieser anderen Stadt mit Waffe und Beil losgezogen waren, um es ihnen „zu zeigen", nachdem zuerst die Deutschen gewütet hatten, nach ihnen die Sowjets, dann wieder die Deutschen – nicht vielleicht ausgesehen wie er?
Erst jetzt zerbricht das Bild der Stadt K., ihr reizvolles, farbenreiches, mit wunderbaren Gefühlen ausgestattetes Stadtportrait, erst jetzt erscheint ein Riß. Die Geschichte treibt Esther ein Messer ins Herz.

Mein Gefühlsalbum. Selbstverständlich müßte sie alle Gefühle etikettieren – kategorisieren, schichten, sauber ordnen. An sich ein Problem, weil die Gefühle frisch bleiben sollen. Für jedes eine farbige Mappe. Das Ganze ledergebunden, und dann, wäre Esther Blu eine tüchtige Geschäftsfrau, könnte sie es an ein Museum verkaufen. Das tut man mit Sammlungen heutzutage. An Jad Wa'Schem oder an das Holocaustmuseum. Jüdische Gefühle. Echte. Ein attraktives Angebot. Selbst Abraham hätte nichts daran auszusetzen. Wandas Gefühle, Danielas Gefühle, auch als sie noch Donata war.
Und ihre Gefühle? Die Gefühle von Esther Blu?

Die Sonne schien, ein herber gelber Strahl. Bald war wieder Neujahr, bald würde Abraham in der Synagoge stehen, mit seiner Fistelstimme die Gebete intonieren.

„Ich möchte, daß du jetzt aufhörst, mir zu helfen", erklärte er eines Tages, „bis dein Problem gelöst wird."

Er sagte ihr allerdings nicht, wie sie es lösen sollte. „Ich halte es nicht für angemessen, daß du – in deinem Zustand – diesen heiligen Ort betrittst."

Hätte er es gleich erfahren, fuhr er fort, so hätte er ihr von vornherein den Zutritt verwehrt. Wer wisse denn, was für Geister Esther mit sich führe. Bevor er sie oder sie sich selbst nicht von den fremden, Abraham sagte nicht den bösen, Geistern befreit habe, solle sie den Geist des Ortes achten und sich fernhalten. Mit ihren geschändeten Lippen sei Esther Blu nicht einmal würdig, auch nur seinen Namen zu hauchen.

Sie ging nicht mehr zu ihm, sondern veließ die Stadt K. wieder.

In der ersten Zeit nach ihrer Rückkehr mied sie den Ort. Wenn sie an Abraham dachte, und das war nur selten, weil sie jegliches Denken an ihn, so gut es ging, verdrängte, verspürte sie ihre ursprüngliche Abneigung, wünschte, sie hätte ihm ihr Geheimnis nie anvertraut.

Dann zog es sie eines Nachmittages wieder hin.

Die Arbeiten waren weit vorangeschritten. Sie hörte Hämmern, Sägen. Als sie den Hof betrat – das sollte Abraham ihr doch gestatten –, roch sie die Farbe des ersten Anstrichs.

Sie blieb dort stehen, mitten auf dem Hof, wartete.

Nach einer Weile hörte sie Schritte, jemand kam die Treppe herunter, trat heraus. Abraham trug Jeans und immer noch den schwarzen Hut, auf der breiten Krempe sah sie eine feine Staubschicht.

Er stand vor ihr, betrachtete sie zuerst schweigend.

„Ach so, du bist wieder hier", sagte er dann. Er kam näher, reichte ihr jedoch nicht die Hand. „Ich habe mich gefragt, wo du die ganze Zeit gesteckt hast."

Beinahe lächelte er, so daß Esther seine Worte als Willkommensgruß verstand; er war jedenfalls nicht mehr so abweisend wie das letzte Mal.

„Ich sah dich von oben", erklärte er. „Wie geht es dir? Hast du dich mit deiner Sünde irgendwo vergraben?"

Esther antwortete nicht.

„Leider kann ich dich noch nicht einladen, hier einzutreten", setzte er fort, „es sei denn, es hat sich etwas geändert?"

Er war noch magerer als früher, sein Teint noch blasser. Unter den Augen sah sie Ringe.
„Hast du vielleicht gebetet?“ fragte er. „Beten hilft.“
„Hilft es sogar mir?“
„Beten hilft jedem, Esther. Sogar dir.“
Er drehte sich um, schaute hinter sich, aufs Haus. „Ich kann hier noch nicht weg, sonst hätte ich dich ins Café eingeladen.“
„Ach so, ein koscheres Café darf ich betreten? Bist du sicher?“
Er lachte. „Auch Touristen gehen in die koscheren Cafés. Heutzutage darf jeder hin.“
„Ich habe mich erkundigt“, sagte sie zögernd, „nach der *Halacha* ist es unwichtig, das Ganze –“
„Unwichtig?“ Abraham zog die Augenbrauen zusammen. „Unwichtig?“
Esther hatte an einen fernen Verwandten in Jerusalem geschrieben, ihn um Rat gebeten. Er hatte sich ihretwegen erkundigt und ihr geantwortet.
„Was die jüdischen Gesetze anbelangt, hat es für mich keine besonderen Folgen. Ich werde nicht exkommuniziert, auch nicht für tot erklärt“, fügte sie schnippisch hinzu, „obwohl ich nicht recht verstehe, wieso das so ist, wenn schon für jüdische Töchter, die Christen heiraten, das Kaddisch gesprochen und sie als Abtrünnige behandelt werden.“
Abraham holte tief Atem. Seine Augen wurden zu Schlitzen, er versuchte sich zu beherrschen. „Fühlst du dich inzwischen besser?“ fragte er.
„Ja“, log Esther. Die Sache mit dem Verwandten in Jerusalem hatte sie zwar nicht erfunden, aber sie fühlte sich hinters Licht geführt, nicht ernstgenommen: Wenn du einmal jüdisch bist, selbst nach der Taufe, bleibst du uns erhalten.
„Leider kann ich dich nicht beruhigen.“
Das hatte Esther nicht erwartet. Selbst wenn er es könnte, würde Abraham es nicht tun.
„Wie sollte ich auch“, beharrte er, „selbst wenn alle Rabbiner dieser Welt sich hinter dich stellen und dir rechtgeben. Ich kann nur bestätigen, daß der jüdische Glaube der aufgeklärteste der Welt ist, der großmütigste und gerechteste. Und deswegen sind wir selbst in dieser Angelegenheit großmütig.“
„Selbst wenn ich getauft würde, wäre ich noch immer Jüdin“, wiederholte sie, „ich müßte zwar ins Ritualbad, in die *Mikwa* gehen, um mich reinzuwaschen –“
„Wenn du ansonsten die halachischen Regeln erfüllst und eine jüdische Mutter hattest“, stimmte ihr Abraham zu, „aber für mich ist das

längst nicht alles. Wir können es uns vermutlich nicht leisten, Abtrünnige zu schaffen. Aber du mußt zu uns zurück *wollen*. Aus meiner Sicht hast du eine schwerwiegende Handlung vollzogen, bewußt vollzogen, und es reicht nicht aus, so zu tun, als sei nichts geschehen. Übrigens teilt mein Vater meine Ansicht; er ist ebenfalls Rabbiner. Und Chassid."

„Was schlägst du also vor? Soll ich meine Kleidung zerreißen, mir Asche auf's Haupt streuen und barfuß nach Jerusalem gehen?"

„Dein Ton gefällt mir nicht, Esther. Dieser Trotz." Seine Stimme wurde um eine Terz tiefer. „Es geht um Heiligkeit, Esther. Mit heiligen Dingen ist nicht zu spaßen. Ja, ich möchte, was man mit dem Dybbuk gemacht hat – ihn dir austreiben."

„Abraham, du irrst dich. Kein Dybbuk wohnt in mir."

„Selbstverständlich wohnt er in dir. Gerade jetzt spricht er aus dir. Nicht deine Stimme redet, sondern die deines Dybbuks."

„Abraham, du gehst zu weit – untersteh dich."

„Hörst du? Da spricht er wieder." Beinahe jubelte er. „So würdest du nicht mit mir reden, wenn –"

„Wenn?"

„Wenn alles bei dir in Ordnung wäre."

„In Ordnung?"

Als wäre bei ihr etwas nicht in Ordnung. Als ob Abraham Cohen fähig wäre, dies zu beurteilen! Wie konnte er es wagen, sich in ihr Leben einzumischen, in ihre Unordnung. Nach Ordnung hatte Esther Blu nicht gesucht. Vielmehr nach Unordnung. Ich habe mich selbst erfunden. Manchmal war sie sogar stolz darauf, ich habe kein anderes Leben gelebt als das, was ich mir ausgesucht habe. Nicht die Ordnung gelebt wie der Großvater Blu, falls sein Leben tatsächlich geordnet war, was keiner so genau wußte, wenn er mit dem grauen Homburg auf den Londoner Straßen spazieren ging. Jetzt fängt sie wieder an zu fabulieren –... Das war vielleicht deine Sünde, Esther Blu, deine Fabulierlust, anstatt dich mit der Wirklichkeit zu begnügen. Ein Dybbuk – nicht Esther Blu, wie sie sich geschaffen hatte, sondern etwas, jemand anderes. Wer flüsterte ihr das ins Ohr, wenn nicht... Wir glauben nur, wir seien frei. Wer oder was bestimmt uns wirklich?

„Ja, Ordnung", wiederholte Abraham, in den Augen ein hämischer Glanz. „Du weißt, daß wir im Judentum keinen Teufel haben, nur eben die Unordnung."

Wenn sie jetzt in den Spiegel schaut – ihr Widerschein. Wenn sie ganz nahe herantritt, sieht sie ein fremdes Gesicht oder das eigene?

Umherirren zwischen den Geschichten, Gefühlen, den Erlebnissen. Unbequem, schmerzlich.
„Ich bin sicher, daß dein wahres Selbst anders ist, besser ist als dein Dybbuk-Selbst", erklärte Abraham auf einmal. Dabei sah er sie mit seinen ungleichen Augen nachdenklich an.
„Du willst mich wirklich befreien? Du willst mich erlösen? Von mir selbst?" fügte sie ironisch hinzu.
„Nein. Von deinem Dybbuk." Abraham überlegte. „Ich will es jedenfalls versuchen. Ob es gelingt, kann ich nicht versprechen."

Wieder ging sie zu Maria, mit einem Vorwand. Wieder standen sie in Marias Küche.
„Ich muß mit dir reden", sagte Esther. „Ich muß und ich kann nicht." Wieso die Worte ihr so schwer fielen. Mit der Zeit immer schwerer. Man brauche oft keine Worte, sagt man, Worte verfälschen, nur die Gefühle seien wichtig, und man spüre, was hinter den Worten liegt. Doch wie hätte Maria auch ahnen sollen, was Esther bewegte.
Dieses Mal würden sie sich nicht über Lyrik unterhalten; der Signore hatte ein durchaus ermutigendes Urteil gefällt, und Maria schrieb weiter.
Jetzt musterte sie Esther, wartete.
Was für ein Blödsinn, was für ein – „Ich war in der Kathedrale", fing Esther an. Nicht in irgendeiner Kirche, was schon an sich problematisch gewesen wäre. „Ich war ausgerechnet in der Kathedrale, Anfang Mai, ja, am Tag der Verfassung und an deinem Namenstag, und –"
Maria schwieg. Esther errötete. Kam sich vor wie eine dumme Schülerin. Kläglich, das alles. Kläglich.
Jetzt sprang der Satz aus ihr heraus, kein Verdrängen, kein Zurückhalten mehr.
„Ich bin nicht rechtzeitig zur Seite gegangen – ich wußte nicht, was war, und – ich habe das Sakrament erhalten."
Maria stutzte. „Du – du meinst, du hast an der Heiligen Kommunion teilgenommen?"
„Ja."
„Wie ist das möglich?" Maria runzelte die Stirn. „Du hast einfach dagestanden, und –"
„Ja."
„Und es passierte?"
„Ja. Ehe ich mich versah." Versehen, als sie es aussprach, sei der richtige Ausdruck, meinte sie.
Maria schwieg. Sie überlegte. Dann lachte sie, das gleiche warme,

leicht ironische Lachen wie immer. „Ach, das ist alles nicht so schlimm", erklärte sie. „Das heißt, für uns nicht. Der Katholizismus ist eine großmütige Religion. Was bedeutet es aber dir?"
Es kann doch nicht ohne Bedeutung sein. Esther staunte. Weder für das Judentum, noch für das Christentum. Ihr Blick blieb auf Marias Gesicht haften; sie sah aus, wie sie sonst immer aussah, ein wenig angestrengt, die Augen zugekniffen, die hohen Backenknochen traten in letzter Zeit stärker hervor. Esthers Geständnis arbeitete in ihr, sie überlegte noch. Aber sie war nicht erschüttert. Sie zürnte nicht. Diese Ruhe, dieser Gleichmut überraschte Esther. Nicht daß Maria ihr befohlen hätte, barfuß nach Częstochowa zu gehen und sich dort vor der Schwarzen Madonna auf die Knie zu werfen. Doch Esther Blu hatte etwas Heiliges, ein Gesetz überschritten. Es konnte nicht sein, daß es nichts bedeutete.
„Ich weiß nicht, was ich tun soll", sagte sie. „Es kann nicht sein –" Sie stockte.
„Für dich scheint es jedenfalls wichtig zu sein", Maria stimmte ihr zu. „Nur das zählt. Was es für dich bedeutet. Wenn du das Gefühl hast –"
„Ich weiß nicht, was für ein Gefühl ich habe", unterbrach sie Esther, staunend über ihre eigene Heftigkeit. „Kannst du nicht jemanden fragen, einen Priester – jemanden, der mir erklären kann, was ich im Sinne eures Glaubens getan habe?"
Maria überlegte. „Ich kann unseren Priester fragen – du hast ihn auch erlebt. Bei der Ostereinweihung. Er segnete unsere Tafel. Aber du kannst ihn selber fragen. Er ist bestimmt sehr großmütig."
Ja, Esther kannte ihn. Aber ihr Polnisch sei doch nicht so – das weiß Maria auch – eine feige Ausrede. Ob Maria sie nicht durchschaut.
„Dein Vater", fragte sie. „Was hätte er davon gehalten?"
Vielleicht hätte Cezary nur gesagt: Esther kehrt ja fast jedes Jahr hierher zurück, und jetzt ist sie einen Schritt weiter gegangen. Einen Schritt zu weit, ihre überschwenglichen Gefühle an jenem Tag. Der Wunsch, sich irgendwie mit uns zu verbinden.
„Ich weiß nicht", antwortete Maria. „Er hätte es ernst genommen, weil du Jüdin bist."
Vielleicht hätte er sie feierlich, sorgenvoll angesehen, und Esther wäre vor Scham und Ehrfurcht auf die Knie gesunken. Doch Cezary hätte ihr keine Vorwürfe gemacht. Vielleicht hätte er sie sogar umarmt. Und dein Großvater? wollte sie fragen. Doch sie schwieg.
„Und was wirst du jetzt tun?" fragte Maria, auf einmal herausfordernd. „Oder hast du erwartet," sie zögerte, „daß ich für dich, für das ganze

Problem – und es ist nur dein Problem – eine Lösung suche? Hast du das erwartet?"

Esther kniff die Lippen zusammen. „Nein", murmelte sie, fühlte sich schuldig, „auf keinen Fall."

„Aber ich soll für dich mit dem Priester reden?"

„Nur wenn du willst –"

„Und wenn ich nicht will?"

Esther zuckte die Achseln. „Dann laß es."

„Ich überlege es mir noch –"

„Nein, laß es!" Esther stand auf, schwach lächelnd. „Nein. Laß es. Ich will dich nicht damit belasten."

Oder überfordern, führte sie den Satz für sich zu Ende.

„Na ja", meinte Maria, mit ihrer üblichen Sachlichkeit. „Warten wir ab. Es eilt uns nicht davon. Vielleicht findest du für dich eine Lösung, ohne den Priester." Sie lächelte, dieses Mal ohne Ironie.

„Vielleicht." Oder auch nicht. „Bin letztendlich allein in die Kathedrale gegangen –"

Maria nickte. „Eben. Du mußt wissen, was du damals gesucht hast. Da kann dir niemand helfen."

Jolanta arbeitete. Niemand sollte ihr vorwerfen, daß sie sich nicht bemühte. Es kam den anderen, auch Esther, so vor, als lebte sie nur noch für das Schloß. Über etwas anderes redete sie kaum noch. Sie übernachtete oft dort, hatte anscheinend keine Angst, obwohl die Gegend einsam war. Müller-Weidt, auch Paweł drängte, sie sollte unbedingt einen Nachtwächter einstellen. Eine Frau im Schloß ganz allein, das sei wirklich zu gefährlich. Auch wenn Jolanta behauptete, sie könne im Nu die Polizei verständigen.

„Und wie lange brauchen sie, bis sie dort sind?" Paweł hob die Augenbrauen.

Nachdem sie eines Nachts tatsächlich den Schatten eines Mannes im Park erspäht hatte, willigte sie ein.

„Zusätzliche Kosten", grübelte sie, „wir könnten dort wohnen, dann bräuchten wir keinen Wächter."

„Ich will nicht so weit außerhalb wohnen", erklärte Paweł wieder, Jolanta müsse das einsehen. Jolanta sah es ein.

„Meine Beziehung zu Paweł ist mir sehr wichtig", vertraute sie Esther an. „Vielleicht bilde ich es mir nur ein, aber er schläft nun seltener mit mir. Ist das ein Grund zur Sorge, was meinst du?"

„Wie soll ich das wissen?" seufzte Esther ratlos.

„Gut, jetzt haben wir den Wächter, und ich kann wieder zu Hause pennen!" schmunzelte Jolanta. „Zumal Paweł öfter Nachtdienst hat und im Krankenhaus übernachtet. Hoffentlich nur allein, nicht mit einer hübschen Krankenschwester", fügte sie halb spöttisch, halb ängstlich hinzu.

Sie verbrachte trotzdem jede zweite, dritte Nacht im Schloß, in einem Gästezimmer. Es war einfacher, als immer nach Hause zu fahren. Alles zu anstrengend, diese Fahrerei, hin und zurück in einem Tag, auch die steigenden Benzinpreise, und sie müsse sowieso arbeiten, es gebe noch viel zu tun.

Das zweite Jahr hatte bereits angefangen, noch weniger versprechend als das erste. Jolanta hatte ihr Programm fertig, die Einladungen verschickt, Zusagen erhalten. Jetzt verhandelte sie wegen der Gagen, schrieb wieder an die Stiftungen, bat um finanzielle Hilfe.

„Wanda Lewin kann leider nicht kommen", erklärte sie, „sie hat schon abgesagt. Aber sehr freundlich. Sie hat eine anstrengende Lesereise hinter sich und muß sich erholen. Das haben ihr die Ärzte verordnet. Schade."

„Und die Finanzen?" fragte Maria, die mit Esther zusammen hinausgefahren war. Sie mischte sich in Jolantas Angelegenheiten ungern ein,

versicherte sie Esther auf dem Weg dorthin, aber das Schloß gehe ja die ganze Familie an. Außerdem sei das Wetter schön, sie wolle sich in der Natur einen Nachmittag Ruhe gönnen.
Als sie ankamen, war Müller-Weidt gerade abgefahren. Jolanta saß allein, nachdenklich im Salon am Fenster vor ihrem Sekretär, wo sie gemeinsam die Kontenbücher durchgegangen waren.
In letzter Zeit sei Klaus Müller-Weidt etwas gütiger geworden, meinte sie, so daß sie sich inzwischen nicht mehr vor seinen Besuchen fürchtete. Einmal im Monat erschien er pünktlich, um mit ihr die Konten durchzusehen. Leider mußte sie zugeben, wenn man sie näher befragte, daß er bis jetzt immer nur Verluste festgestellt habe. So viele Verluste könne er gar nicht verbuchen, habe er letztes Mal gescherzt. Das verschwieg nun Jolanta, als ihre Schwester sie eindringlich ansah.
„Ich hätte das Programm mit ihm besprechen sollen", gab sie zu, „bevor ich die Einladungen verschickte. Das war vielleicht nicht klug von mir. Nur wollte ich nicht –"
„Daß er sich einmischt und deine schöne Planung stört –", vervollständigte Maria den Satz. „Und du dachtest, ihr hättet mehr Geld zur Verfügung, als ihr eigentlich habt", setzte sie fort.
„Eben", seufzte Jolanta. Meine liebe Jolanta, hatte Pan Klaus erklärt, seine Stimme klang ein wenig wärmer als sonst, meinte sie zunächst, so kannst du keinen Betrieb führen, auch nicht einen Kulturbetrieb, und Jolanta ahnte, daß nicht einmal ihr Lächeln und ihre polnischblauen Augen sie diesmal retten würden. Das erzählte sie jetzt nicht, wie sie auch seinen „Scherz" nicht erwähnte.
Maria nickte. Sie nickte mehrmals nachdrücklich hintereinander, und Esther konnte nachempfinden, wie Jolanta sich in diesem Augenblick fühlte – wie verloren.
„Bevor du uns alle ruinierst", erklärte Maria dann, mit entschlossener Stimme, wenn auch nicht ohne Wärme und Anteilnahme, „sollten wir uns zusammensetzen, wir, die Familie, und uns beraten."
„Du mußtest nichts ins Schloß investieren" – Jolantas Stimme nahm wieder einen rauhen Klang an.
„Ich habe die Silberteekanne verkauft und die Jugendstillampe. Hast du's vergessen? Ich weiß, es war nicht viel, aber immerhin etwas –", erwiderte Maria, gekränkt.
„Ja, doch," gab Jolanta beschämt zu.
„Laß uns in Ruhe alles besprechen", beschwichtigte Maria. „Wir lassen dich nicht im Stich."
Jolanta schwieg. Eine Art von Schweigen, die Maria und Esther vermuten

ließ, daß sie etwas verheimlichte. Sie schwieg weiter, und sie warteten. Dann fuhr sich Jolanta nervös mit der Zunge über die Lippen, zweimal, oben und unten, von einem Mundwinkel zum anderen. „Der Klaus hat mir ein Angebot gemacht“, stammelte sie endlich. „Er will das Schloß kaufen und es ganz in einen Hotelbetrieb verwandeln.“
Staunendes Schweigen.
„Für viel Geld?“ fragte Maria.
„Ja. Viel Geld.“
Wieder Schweigen.
„Für unsere Verhältnisse sehr viel Geld. Ich habe gerade mit Paweł telefoniert. Er wird sich nach den Grundstückspreisen hier erkundigen. Nur eines kann ich nicht verstehen“, Jolanta kam wieder zu sich.
„Was?“
„Pan Klaus hat angeblich kein Geld, um mein Projekt weiter zu fördern, doch offenbar genug, um das ganze Anwesen, das ganze Landgut zu kaufen.“
„Hast du ihn gefragt, wie er sich das vorstellt?“
„Er sagte natürlich, daß er einen Kredit aufnehmen muß. Und vielleicht verkauft er auch ein Haus oder eine Wohnung in Deutschland, um es zu finanzieren. Er besitzt wohl mehrere Immobilien.“
„Mr. Müller-Weidt ist ein kluger Geschäftsmann“, stimmte Maria zu, „du darfst jedenfalls in nichts einwilligen, ehe wir uns alle damit einverstanden erklären, und nicht nur wir, sondern auch die Cousins.“
„Aber ich denke“, Jolanta zögerte, „die werden einverstanden sein.“
„Eigentlich möchtest du, sie wären nicht einverstanden, und du könntest weiterhin –“
Jolanta hob den Kopf, ihre Augen aufgerissen, unruhig. „Richtig. Ich will nicht aufgeben.“
Der Tag hatte seine Farbe verloren. Sie spazierten zusammen durch den Park, Jolantas verlorene Gärten, meinte Esther. Jolanta selbst redete kaum, und wenn, dann mit einer beinahe hysterischen Falsettstimme.
„Ich tu‘s nicht“, wiederholte sie zwischendurch.
„Er wird dir nicht weiter helfen?“ fragte Maria.
„Nein“, antwortete Jolanta. „Entweder oder.“
„Aber allein schaffst du‘s nicht“, erklärte Maria, zum wievielten Mal. „Das ist klar. Und du hast niemanden sonst gefunden? Keinen neuen Mäzen? Dann hast du kaum die Wahl.“
Wie eine Todesnachricht, so Esther, als sie später alle in die Stadt zurückfuhren. Du willst es nicht glauben, und morgen wachst du auf und weißt, daß es wahr ist.

„Pachten wäre auch möglich“, überlegte Elwira, als sie alle zu Hause am Abend im Wohnzimmer zusammenkamen.

„Das muß er sowieso, bis die Gesetze geändert werden“, erklärte Jolanta. „Aber ich muß ihm schriftlich mein Einverständnis geben, daß er es später in Besitz nehmen darf. Wenn es als Investition betrachtet wird –“, wieder Schlucken, „ginge es allerdings viel schneller über die Bühne.“

„Er hat an alles gedacht!“ rief Maria aus. Sie musterte betreten ihre Schwester.

„Ein echter Deutscher“, schmunzelte Elwira. „Da sieht man‘s.“

„Polnische Wirtschaft“, bemerkte Paweł, zupfte an seinem Schnurrbart. „Das denkt er sicher – die dumme Polin, die kein Geschäft führen kann –“

Und die jüdischen Freunde, die nicht jüdisch genug sind, dachte Esther, um euch in eurer Not zu helfen.

„Am besten komme ich zu dir", erklärte Abraham. „Bei dir werden die Geister sich zeigen. Bei mir" – er meinte seine Klause – „werden sie sich nicht heraustrauen, weil es der Gute Ort ist. Vielleicht zerreißen sie dich im Kampf, es könnte für dich gefährlich werden."

„Und am liebsten wäre mir ein Dienstag", fuhr er fort. „Am Dritten Tag blickte Ha'Schem auf Seine Schöpfung, und sie gefiel Ihm. Wir müssen die richtigen Voraussetzungen schaffen, wenn wir Erfolg haben wollen, obwohl ich keineswegs weiß, ob es uns gelingen wird. Wie ich dir schon sagte, habe ich große Zweifel."

Vielleicht müssen wir es gar nicht. Wenn das alles doch keinen Sinn hatte. Esther stockte.

„Vielleicht doch lieber nicht, es lohnt sich nicht", brachte sie endlich hervor.

„Esther, so darfst du nicht reden –"

Wieder stockte sie. Schwankte. Wie auf dem Trapez. Dann raffte sie sich zusammen. „Ja, gut. Was soll ich denn vorbereiten?"

Abraham überlegte. „Du brauchst nur ein Bett. Eine Pritsche reicht. Alles andere werde ich mitbringen."

Absurd, das Ganze war absurd, warum sie es überhaupt zuließ. Maria – was würde Maria sagen? Oder Ela? Ihr Widerschein – wer sagte ihr jetzt, daß sie so etwas –

„Du solltest es niemandem erzählen", betonte Abraham, als hätte er ihre Gedanken gelesen. „Esoterische Geheimnisse darf man nicht preisgeben; das Spirituelle, Esther, mußt du sorgfältig hüten, weißt du das nicht?"

Esther verfiel wieder in Schweigen. Nachts träumte sie: Wieder steht sie vor dem Priester in der Kathedrale, er legt ihr die Hostie in den Mund. Die Tore fliegen auf, Abraham stürzt herein. Mit donnernder Stimme – Esther versteht die Worte nicht, auch nicht die Sprache – verbietet er dem Priester, die Kommunion durchzuführen. Er rückt näher, kommt auf sie zu, wendet sich aber zum Priester, sie fangen zu diskutieren an, eine Disputation wie im Mittelalter. Und Esther wird zum Schatten, sie spürt, wie sie zum Schatten wird.

Einmal beugt sich Abraham über sie. Sie sind allein im Zimmer, in einem Zimmer, in dem Esther noch nie gewesen ist, er will sie vom Dybbuk befreien. Seine ungleichen Augen durchdringen sie, werden zu zwei riesigen Tellern. Das eine Tellerauge ist blau, das andere grün, sie wachsen immerzu, verwandeln sich in zwei Teiche, zwei Seen. Weißt

du nicht, daß ich der Messias bin? Hast du das noch nicht erkannt? Esther steigt ins Wasser, sie ist in der *Mikwa*, im Ritualbad, sie versucht zu schwimmen, durch das grüne Auge zum blauen. Abraham lacht. Am Rande hockt ein altes Weib, es legt die Hand auf Esthers Kopf, drückt sie nach unten: Runter, du Drecksau –
Esther erwacht, schwitzend, zitternd. Sie will das nicht machen, sie wird absagen.

Als sie jedoch versuchte, ihn anzurufen, war Abraham nicht da. Oder er ging nicht ans Telefon. Ruhe, sie müßte sich nur beruhigen, zu sich kommen. Zu ihrem Dybbuk-Selbst? Ihr Widerschein, was spiegelte sich wider, nur noch der Schein?
Sie brühte Tee auf, wartete. Trank den Tee, wartete wieder. Nach einer Weile ging sie ans Telefon, erneut wählte sie Abrahams Nummer. Keiner nahm ab.
Wenn sie jetzt absagt, wird sie es nie erfahren. Das alles mit Abraham ist nur Spiel, Hokuspokus, er wird keine Macht über sie gewinnen, das läßt sie nicht zu, das Spiel kann sie immer unterbrechen, wenn es ihr zu weit geht, gleichwohl bezweifelt sie, daß man eine Austreibung einfach abbrechen kann.
Ausgeliefert. Aber das ist ihre bewußte Entscheidung, keiner zwingt sie dazu, ich bin erwachsen, Esther Blu, ich weiß, worauf ich mich einlasse, ich weiß …
Abraham staunte zwar, daß sie einwilligte, aber vielleicht war auch er überfordert und würde gar nicht kommen, fände eine Ausrede, um abzusagen …
Esther glaubte weder an Dybbuks noch an Teufel; sie glaubte jedoch an das Verhindern, sich selbst im Wege stehen, sie glaubte an Selbstzerstörung. Vielleicht hatte Abraham recht, und andere Geister wohnten in ihr, schon lange bevor sie an der Messe teilnahm. Geister, die in ihrem Leben „dazwischen" gekommen waren. Wenn sie sich jedoch nüchtern gegenüberträte, einen Schritt weiter wegginge von ihrem Spiegel, vom Widerschein, und von außen auf sich schaute, sähe sie vielleicht einen anderen Menschen, der andere Wege gegangen wäre, Wege, die sie in ihrem Leben bis jetzt gemieden hatte, vor denen sie zurückgeschreckt war. Aus Angst vor einer Ordnung, in der sie sich verlieren würde, oder einer, die sie vielleicht doch weitergebracht hätte?

Abraham kam. Er kam pünktlich. Hatte mühelos den Weg zu ihr gefunden, ohne Stadtplan, ohne Wegweiser.

„Kein Wunder, die bösen Geister suchen dich heim“, erklärte er, als er eintrat. „Ich wette, daß dieses Haus vor dem Krieg Juden gehörte, und sie wurden ermordet –“

„Dann müssen wir auch sie erlösen –“

Er blickte um sich. „Du hast keine *Mesusa* an den Türpfosten angebracht, weder draußen noch drinnen, um die Dämonen fernzuhalten.“

Die winzigen papiernen Gebetsrollen in den dekorierten Holz- und Metallkästchen hatten die Menschen damals nicht vor ihren Mördern geschützt. Esther schwieg.

„Du trägst auch keinen Davidsstern, auch kein *Heh,* um das Böse abzuwenden“, fuhr Abraham fort, „das ist mir schon aufgefallen.“

Nie wollte Esther sich diese Zeichen umhängen. Wie die Juden im Mittelalter, zuletzt im Dritten Reich, die durch ihre Sterne und Armbinden gezwungen wurden, der Welt zu zeigen, daß sie Juden waren, ein Zeichen der Schande.

„Das ist etwas anderes“, entgegnete Abraham, „die goldenen oder silbernen Davidssterne. Auch kein *Heh*. Der Buchstabe *Heh* kommt zweimal vor bei Ha'Schem, in Seinem unaussprechlichen Namen. Er schützt dich vor dem Bösen, es ist ein Amulett, aber du trägst es nicht. Du bist nackt, Esther. Für die Dybbuks, die bösen Geister, bist du ein gefundenes Fressen. Schau, ich habe dir eines mitgebracht.“

Er zog das schimmernde, silberne Ding aus seiner Manteltasche. „Wir wollen jetzt anfangen. Wir haben keine Zeit zu verlieren. Morgen ist schon Neumond, und ich will, daß du ihm dann anders entgegentrittst, ihn anders begrüßt als bisher.“

Esther setzte sich auf das Klappbett.

Abraham packte seine Schultertasche aus. Kerzenständer, weil Esther noch keine hatte, Kerzen, ein Gebetbuch, ein zweites Buch und verschiedene Amulette. Als letztes eine Flasche Wodka und zwei Gläschen.

„Du trinkst zuerst einen Schluck koscheren Wodka“, befahl er, „alles, was koscher ist, können diese Geister nicht leiden.“

Auch er schüttete ein Glas hinunter.

„Leg dich jetzt bitte hin.“

Esther gehorchte.

Auf ihre Brust legte er den silbernen Buchstaben, das *Heh*. Das zweite Amulett, das seltsam aussah, halb Hand, halb Flügelfuß, mit hebräischen Wörtern und Buchstaben übersät, behielt er bei sich.

„Wir fangen an“, verkündete er. „Die einfachste Methode zuerst. Obwohl ich nicht glaube, daß es bei dir eine Wirkung haben wird. Ich fürchte, dein Dybbuk ist sehr zäh.“

Er zündete die Kerzen an, schaltete das Licht aus. In der einen Hand hielt er das Gebetbuch, in der anderen das Amulett, das er anfing, über Esther zu schwenken. Leise, langsam pendelte es hin und her, während er das *Schema* rezitierte: das Gebet Höre, Israel, jetzt in der vollständigen Fassung, die Esther kaum kannte.

Die Kerzenflammen warfen Schatten an die Wand, Abraham begann, sich hin und her zu wiegen, nach vorne, nach hinten, wie damals in der Synagoge. Die Schatten flackerten, schwankten mit ihm, Hände, Kopf, Schultern, sein ganzer Oberkörper.

„Fühlst du etwas?“ fragte er nach einer Weile. „Verändert sich etwas?“

„Nein.“ Esther versuchte, sich zu entspannen. Es wäre leichter, wenn sie sich nicht verkrampfte, redete sie sich zu.

„Nein? Dann machen wir weiter.“ Er wiederholte die erste Strophe des *Schma Jisrael*: „Höre, Israel, unser Gott, unser Gott ist Eins...“ Dann erhob er die Stimme, rief: „Geh raus aus dieser Frau! Ich befehle es dir! Geh raus aus ihr!“

Esther schloß die Augen. Ihr Körper verspannte sich. Es packte sie die Angst. Was um Gottes willen würde jetzt mit ihr geschehen –

„Treib ihn raus aus dir, Esther!“

„Was?“ Sie öffnete erschreckt die Augen.

„Ja, hilf mir, ihn herauszutreiben. Ich spüre ihn. Aber du mußt selber etwas tun. Er sitzt tief in dir drin. Ich höre ihn sonst immer, wenn du sprichst. Warum redet er jetzt nicht? Warum läßt du ihn nicht zu Wort kommen? Warum verhält er sich so still?“

Abraham beugte sich über sie. Sein Gesicht im Kerzenlicht war grünlichweiß, seine Augen glitzerten. Er legte ihr vorsichtig die Hand auf den Bauch.

Mein Gott, als ob sie gebären würde. Sie hatte nie entbunden. Anstelle eines Kindes holt er nun ein Wesen, einen Dybbuk aus ihr heraus. Einen Fremdling, etwas, was nicht dazusein hatte. Einen Dämon.

„Komm, wir trinken jetzt wieder etwas. Dann geht alles besser.“ Er half ihr, sich halb aufzurichten, kippte ihr den Wodka in den Mund, schüttete selbst ein volles Gläschen hinunter.

„Wie fühlst du dich jetzt?“

Sie schüttelte benebelt den Kopf. Wußte nicht, wie sie sich fühlte. Esther Blu, nicht da, nicht anwesend.

„Er klammert sich an dich. Deswegen höre ich ihn nicht. Aber ich fühle ihn. Ich sagte ja, er würde festsitzen.“

Abraham schwenkte das Amulett hin und her. Die andere Hand legte er wieder auf Esthers Bauch. Das Buch, nicht mehr das Gebetbuch, sondern das zweite Buch, einen dicken, ledergebundenen Band, hatte er neben dem Bett auf den Tisch gelegt. Er fing an, daraus zu lesen, zu intonieren.

Esther betete. Sie wußte nicht, was sie betete. Auswendig wußte sie ohnehin nur das eine Gebet, die erste Strophe des *Schma Jisrael*. Höre, Israel, unser Gott, unser Gott ist Eins. Ha'Schem ist eins. Nur der eine Name und der Eine.

Ihr Schein, ihr Widerschein – und was, wenn sie ihr ganzes Leben mit diesem Dybbuk verbracht hätte, kein Wunder, wenn er sich an sie festkrallte, ein ungeborenes Kind. Jetzt sollte sie ihn hinauswerfen, in die Kälte, in die Welt. Er sollte aufflattern und kreischend davonfliegen, das hatte sie gelesen, ein schwarzer Flügelschlag. Ihr geistiges Selbst, das an ihr Mißlungene, Fehlgeschlagene...

Abrahams Hand drückte fester auf ihren Bauch. Was wollte er von ihr? Er hatte sie betrunken gemacht, sie hatte sich hingelegt – Esther versuchte, sich aufzurichten. Es war ihr übel, schlimmer als im Traum. Sie rang um Atem. Die Hitze der Kerzen, der Raum zog sich um sie zusammen, die Wände glühten rot, Schatten zogen vorüber, Abrahams Arme, Beine, Hände, sein Hut, seine Schultern tänzelten, einen irren Tanz, als gehörten sie nicht zum Rest, der Hut schwoll auf, wurde zu einem Riesenteller, der die Wände verschluckte, den ganzen Raum gefangennahm. Seine Stimme, eine Männerstimme, klang, tönte durch die Zeiten, nicht mehr die Fistelstimme beim Beten, sondern ein forscher, raunender Schall.

„Laß ihn aus dir raus, Esther! Laß ihn raus! Halt ihn nicht so fest. Du hältst ihn fest, deswegen kommt er nicht. Laß ihn los! Los! Los!"

Sie versucht zu gehorchen, weiß nicht, was er will. Hypnose ist es nicht, sondern etwas anderes. Vielleicht vergewaltigt er sie in seinem Wahn, sie zu befreien, bringt sie um. Hält er jetzt nicht ein Messer in der Hand? Will er das Ding aus ihr herausschneiden? Will er sie selbst aus ihr herausschneiden?

Irgendwo leuchtet ein Mond, keine alte, abgegriffene Mondsichel, sie wundert sich, sondern ein Vollmond. Das Fenster steht offen. Noch gibt es keine Gardinen, Monde scheinen herein, ein Mond fällt, fällt auf die Pritsche, auf ihren Bauch. Überall fallen Monde, ihr Bauch ist voller Monde.

Als sie erwacht, ist sie allein. Sie liegt auf dem Bett halb nackt, als ob sie vergessen hätte, sich auszuziehen, bevor sie sich hinlegte. Das

Fenster ist wie oft einen Spalt geöffnet. Morgenlicht. Die Kerzenständer, die Kerzen, Abraham sind verschwunden. Der Geruch von Rauch, Verbranntem, an den sie sich erinnert, löst sich in der Morgenluft auf.
Ihr Unterleib blutet.
Sie steht auf, wäscht sich, sucht einen Tampon und ihr Nachthemd, legt sich frierend wieder hin, deckt sich zu.
Alles nur ein Traum. Alles Wirklichkeit. Die Wohnungstür ist abgeschlossen; der Schlüssel steckt innen, wie immer, im Schlüsselloch.
Die Blutung ist heftig, will nicht aufhören, ihr Kopf bleiern. Esther steht wieder auf, trinkt Wasser, legt sich noch einmal hin. Ihre Glieder schmerzen, als wären sie auseinandergenommen und wieder zusammengefügt worden. Sie bleibt liegen, schläft ein, wacht wieder auf.
Es war ein Traum. Es war Wirklichkeit.
Er war in sie eingedrungen, hatte in ihr gelegen, sie war sicher. Er hatte die Gelegenheit genutzt, halb betrunken, wie er war. Sein Gerede von koscher und Reinheit. Und gleichzeitig war sie unsicher, ob es nicht doch nur ein Traum gewesen war, ein langer Traum.
Wenn es ihr besser ginge, würde sie aufstehen, zu ihm gehen. Trotz des Ekels, als sie jetzt an ihn dachte; nein, sie wollte ihn nicht wiedersehen. Schaudernd zog sie sich unter der Decke zusammen. Vielleicht waren die Dämonen gekommen, sämtliche Dybbuks, und auch Sabbatai Zewi, der falsche Messias, hatten Abraham Cohen samt Tempel und das Bet Ha'Midrasch weggetragen, in die Sieben Himmel. Oder waren es neun?

Als sie sich später auf den Weg zu ihm machte, fiel leichter Regen. In den letzten Tagen und Wochen war das Wetter ungewöhnlich mild gewesen, als hätten sich in der Stadt K. die Jahreszeiten aufgelöst.
Sie öffnete das Außentor, überquerte den Hof, wo der Schutt endlich abgeräumt und frische Platten gelegt worden waren, blieb an der Schwelle des Baus stehen.
Drinnen sah sie bereits seinen Schatten sich hin und her bewegen, fadendünn, ein Weberknecht.
„Abraham", rief sie leise. Da er nicht reagierte, rief sie noch einmal.
Endlich schaute er auf, er sah sie, kam ihr entgegen. Blieb auf der anderen Seite der Türschwelle stehen.
„Darf ich nicht hinein?" fragte sie.
„Nein."
„Warum?"

Er sah sie schweigend an. Dann: „Ich weiß nicht, was passiert ist", sagte er. „Zwischen uns. Deine Dämonen sind sehr zäh."

„Ach."

„Wie fühlst du dich?" fragte er nach einer Weile. „Anders?"

Sie nickte.

„Hast du ihn nicht gesehen, Esther? Aus dir herausflattern? Es kann sein, daß es tatsächlich – aber ich lasse niemanden mehr hier ins Haus eintreten, außer meinen Schülern. Die Arbeiten sind fast abgeschlossen, ich werde die Räume reinigen, sie koscher machen. Danach soll sie keiner mehr ohne meine Erlaubnis betreten."

„Wie kannst du noch von koscher reden?" fuhr es aus ihr heraus.

Abraham zog die Lippen über die Zähne zurück, es war seine Art zu lächeln, ein Siegerlächeln.

„Ich habe es gesagt, mindestens ein Dybbuk, oder ein Teil von ihm, steckt noch in dir drin. Weißt du, Esther, wenn du mit bösen Geistern zu tun hast, kannst du nie wissen, was geschehen wird. Ich weiß nicht, wie viele Seelen sich in dir herumtreiben – und wer du bist. Ich bin noch jung, unerfahren. Mein Vater hätte es wahrscheinlich anders gemacht –"

„Hast du ihm davon erzählt?"

„Wie du dich wie Lilith aufgeführt hast? Nein, noch nicht."

„Ich – wie?"

„Lilith." Er zögerte. „Ich habe standgehalten."

„Du meinst? Du –"

„Ich habe mich nicht verunreinigt, Esther, verstehst du? Ich konnte dir nicht nachgeben –"

Seine ungleichen Augen glühten. Esther erstarrte.

„Zu Hause haben sie mir letztes Mal ein Mädchen vorgestellt. Sie wird wahrscheinlich meine Braut. Wie könnte ich mich von einer Lilith einfangen lassen? Wie könnte ich nur?"

„Wie konntest du nur –"

„Ich habe mich gewehrt", wiederholte Abraham, „hast du es nicht gemerkt? Obwohl du mit aller Gewalt versucht hast, mich zu fangen. Das verstehe ich jetzt –" Wieder ein liebloses Lächeln, er schaute an Esther vorbei in die Ferne. „Deswegen hast du mich dahin gelockt. Du wolltest nicht zu mir kommen, wo ich noch in Sicherheit gewesen wäre. Deswegen –"

Sie sank in sich zusammen. Das Blut rann, hörte nicht auf zu rinnen, rann durch ihren Unterleib, durchtränkte wieder den Tampon, ihre Unterwäsche.

„Lilith, die Dämonenfrau, du versteckst dich hinter dem Namen Esther. Manchmal stirbt die Frau, wenn der Dämon aus ihr herausgerissen wird. Oder Teile von ihm. Du lebst noch. Aber ich habe dich gewarnt. Ich habe nur versucht, dir zu helfen. Du wolltest es auch."

„Ich wollte es auch."

„Also wirf es mir nicht vor. Geh jetzt und sammle weiter deine Gefühle, deine Geschichten, werte sie gut aus, leg sie schön ab. Ich muß jetzt weiterarbeiten, Esther."

Sie hielt es keinen Augenblick länger aus. Eine Geste, eine Handbewegung, sie wandte sich ab, wollte gehen –

„Aber ich habe dich befreit!" rief er aus.

„... befreit!" schrie er ihr nach. „Ich tat, was ich konnte, Esther! Du hast überlebt!"

Er drehte sich um, ging wieder hinein.

Esther hörte noch, wie er die Treppe hinaufstieg. Es war schon Zeit für das Abendgebet.

So stellte Pan Klaus sich wohl Wiedergutmachung vor...

„Tragisch", sagte Esther.

Herr Müller-Weidt musterte sie, ein wenig verwundert.

„Für Jolanta ist es tragisch", wiederholte Esther.

„Den Begriff ‚tragisch' finde ich deplaziert", entgegnete er. „Man könnte die Sache ganz anders verstehen, anstatt sie so negativ – *tragisch* –", betonte er ironisch, „zu betrachten." Dann, mit einem leichten Seufzer: „Aber ich glaube, das ist das Problem mit diesem Land; hier faßt man alles tragisch dramatisch auf, anstatt sich nach den positiven Aspekten zu richten. Und meine Entscheidung hat durchaus positive Aspekte, Esther, ja, vor allem für Madame Jolanta."

„Ja, positiv", wiederholte er. „Du verstehst nicht, wieso ich das so sehe? Also, ich übernehme die ganze Verantwortung für das Schlößchen, die schlaflosen Nächte werde ich nunmehr allein verbringen müssen", spöttelte er, „während Madame Jolanta in ihrem bequemen Bett sanft weiterträumt, obwohl ich schon hoffe, daß auch ich nach einer Weile werde friedlich schlafen können, Masochist bin ich nämlich nicht. Ich nehme ihr die Kopfschmerzen ab, bezahle dafür sogar einen guten Preis; selbst unter den heutigen Verhältnissen könnte sie sich damit ein neues Grundstück kaufen, vielleicht kein Anwesen, aber mit ihren Beziehungen könnte sie es sich leisten, ein neues Haus zu bauen. Ohne die Qualen der Verantwortung, die Angst vor dem Scheitern eines Geschäfts; ich bewahre sie auch vor dem Konkurs, den Unannehmlichkeiten und Sorgen eines Prozesses, wer weiß? Aber nein. ‚Tragisch'. Madame Jolanta muß es so sehen und nicht anders. Wie man in Polen oft die Lage so versteht. Und das Ganze nimmt gerade deswegen ein tragisches Ende." Er lächelte, diesmal selbstgefällig.

„Hast du nicht erkannt, daß du es nicht mit einer erfahrenen Geschäftsfrau zu tun hattest, sondern mit einer Anfängerin?"

Die Augen des Herrn Müller-Weidt weiteten sich. „Ich hoffte, daß es gut gehen würde. Natürlich habe ich das gehofft. Sonst wäre ich bei allem Wiedergutmachungsgeist – das denkst du, ich weiß, was du von mir hältst, Esther – nicht in die Sache eingestiegen. Vertrau mir. Madame Jolanta ist sehr begeisterungsfähig, überhaupt eine reizende Person. Leider hat sie selbst die rudimentärsten Voraussetzungen der Geschäftswelt noch nicht begriffen."

Weil sie weitab lebt, in einem osteuropäischen Fahrwasser?

„Konntest du es ihr nicht beibringen?" fragte Esther statt dessen.

„Ich habe es versucht. Glaub mir, ich habe es versucht. Mit meiner ganzen Kraft. Ich könnte mir Madame Jolanta als Leiterin, Managerin einer kulturellen Einrichtung durchaus vorstellen", fuhr Klaus Müller-Weidt fort, „vorausgesetzt, jemand anders übernähme die geschäftliche Verantwortung."

„Wäre das nicht möglich? Auch jetzt noch? Warum schlägst du es ihr nicht vor?"

„Es ist nicht möglich, weil das Schlößchen ihrer Familie gehört. Und ich schon so viel Geld verloren habe. In diesem Kaff so weit draußen könnte keine kulturelle Einrichtung wirklich funktionieren, wie sie funktionieren sollte. Glaub mir, Esther. Und wenn doch, so müßten wir Kompromisse eingehen, um die Leute hierher zu locken. Wir müßten einige Veranstaltungen organisieren, die nicht auf dem hohen Niveau wären, wie Madame Jolanta es sich wünschte –", seufzte er – „ehrlich gesagt, ich bin nicht zu den Auseinandersetzungen bereit, die notwendig wären, um sie zu überzeugen. Und das –", kopfnickend, „jedes Mal von neuem."

Er blickte Esther an: „Ich habe einfach keine Kraft mehr."

Esther zögerte. „Vielleicht wäre es nicht so schwer, sie jetzt zu überzeugen", beharrte sie weiter, „jetzt, wo es um alles oder nichts geht, vielleicht bist du zu pessimistisch –"

Klaus Müller-Weidt lachte, ein homerisches Gelächter. Die Falten um seine Augen vertieften sich, seine graublauen Augen verwandelten sich in zwei verschmitzte Schlitze.

„Meine liebe Esther, ich bin realistisch. Ich bin vielleicht der einzige hier, der realistisch ist, obwohl ich durchaus glaube, daß die Familie von Madame Jolanta, ihre Schwester und der Herr Paweł, realistischer sind als sie. Von der Wirklichkeit nicht so ganz abgehoben. Ich kann mir keine weiteren Experimente hier erlauben. Alle diese Spiele und Träume gehen zuletzt auf meine Kosten, auf die finanziellen, und, wenn es so weiterginge, auch auf meine gesundheitlichen."

„Wenn ich dir auch einen Rat geben darf", fuhr er fort, „würde ich mich an deiner Stelle aus dieser Angelegenheit heraushalten. Man ist selten dankbar, wenn Menschen von außen sich einmischen. Selbst wenn es Freunde sind." Er lächelte, nahezu schadenfroh. „Ich weiß, du hältst dich für eine sehr vertraute Freundin dieser Familie, aber wir wissen, aus der Geschichte heraus, wie diese Freundschaften manchmal umschlagen können –"

„Ich weiß nicht, was du meinst." Esther wehrte sich.

Herr Müller-Weidt lächelte noch immer, seinen Sinn für Humor hatte er anscheinend nicht verloren: „Na ja, das brauche ich dir nicht zu erzählen, einer Historikerin der Gefühle, oder wie du dich nennst.

Deine Geschichtskenntnisse sind bestimmt den meinen weit voraus. In der Politik, denke ich, waren die Polen für die Einmischung ihrer jüdischen Mitbürger nicht gerade dankbar, und sie haben ihnen das öfter gezeigt."

„Könnt ihr euch nicht mit eurem eigenen Antisemitismus beschäftigen und die Polen in Ruhe lassen?" fuhr es aus Esther heraus.

Dann verabschiedete sie sich grußlos und ging.

„Ich mache mir Sorgen um Jolanta", beteuerte Maria immer wieder, die Hände knetend, „sie ist wirklich depressiv geworden."

Am letzten Abend fuhren sie wieder hinaus zum Schloß. Morgen würden Jolanta, Paweł und Maria zusammen mit Herrn Müller-Weidt zum Notar gehen und die Sache erledigen. Erledigen, sagte Jolanta, als handelte es sich um eine Beerdigung. Warum nicht verpachten und es später in die Familie zurückholen, hatte ein Cousin gefragt. Herr Müller-Weidt bestand noch immer auf Kauf. Sie überlegten aufs neue, trafen sich wieder, besprachen alles. Schweren Herzens willigten sie endlich ein. Selbst der amerikanische Cousin Tadeusz gab am Ende seine Zustimmung, wenn auch nur unter der Bedingung, daß er für sich ein Zimmer oder zwei dort behalten könnte, es sei denn, Herr Müller-Weidt zahlte ihm seinen Anteil nach und nach zurück.

Jolanta, trotz der Schminke wachsbleich, saß schweigend im Auto neben Paweł. Nicht einmal der Gedanke an die Reisen ins Ausland, von denen sie sich früher nie hatte träumen lassen, vermochte sie zu trösten.

„Wir mischen uns dort ein paar Getränke", versprach Paweł, um die Stimmung zu heben. Maria hatte eine Flasche Wodka mitgebracht. „Alles nicht so düster sehen. Im Winter fliegen wir nach Mexiko, da wolltest du immer hin."

„Was wird er jetzt tun?"

Jolanta durchschritt die Zimmer, die Säle, als könnte sie kaum ertragen, das alles anzusehen. „Vielleicht wird er die ganzen Flügel abreißen –"

„Er sagte, er wolle deine Pläne respektieren, soweit es geht", meinte Paweł, der inzwischen die Rolle des Vermittlers übernommen hatte. „Er sagte, du kannst immer gern vorbeischauen, so oft du willst. Du kannst hier auch weiter übernachten –"

„Das glaube ich nicht, und das will ich nicht. Ich will nie wieder hierher zurückkommen."

Sie gingen hinauf in den Salon; an den Wänden hingen noch die beiden Gemälde. „Die kriegt er aber nicht!" rief sie aus, beinahe triumphierend, und wollte die Reproduktion der *Melancholia*, so hieß das düstere Bild von Malczewski, sofort abhängen. „Dieses hier nehmen wir mit!" In Jolantas Augen flammte wieder der Trotz von früher auf, eine müde gewordene Wut.

„Laß mal", und Paweł legte besänftigend die Hand auf ihren ungeduldigen Arm. „Wir können die Bilder heute nicht mitnehmen. Ich lasse sie abholen."

Jolanta gab nach. „Die Deutschen. Sie werden jetzt hierher kommen und das ganze Land besetzen", erklärte sie verbittert, „durch ihre Wirtschaft."

„Früher mochtest du den Mr. Müller-Weidt."

„Ich mag ihn noch immer, den Klaus. Ich muß ihm ewig dankbar sein, daß er uns – mir – jetzt aus der Patsche hilft. Er ist kein böser Mensch – er ist einfach –"

Sie führte den Satz nicht zu Ende, sondern blieb plötzlich stehen und schrie:

„Sie kommen und kaufen Polen auf, Stück für Stück! Seht ihr das nicht? Die Firmen, die Banken?"

„Der Retter in der Not", lächelte Maria.

„Das Land braucht Investitionen, sagt man", stimmte ihnen Paweł zu. „Auch Arbeitsplätze. Es hängt natürlich davon ab, unter welchen Bedingungen."

„Ich weiß, was für Polen gut ist –", murmelte Jolanta, ihre Stimme wieder in die Tiefe gerutscht.

Auf der Terrasse mischten sie sich Getränke. Jolanta schüttete einige Wodkas hinunter, hörte auf zu sprechen. Sah nur in die anbrechende Dunkelheit, auf die Kastanien, die Platanen, den halbfertigen Garten. In die Nacht, die heraufkroch, die Landschaft verschlang.

Die Sonne brennt herab, heiß und lässig, auf das Gelände des früheren Konzentrationslagers; eine riesige, halb verwilderte Parklandschaft, Wege, Pfade, die nirgendwo hinführen. Immer wieder begegnet Esther einem Mahnmal. Keine Juden seien hier genannt, zürnt Joseph gekränkt, immer nur Polen. Doch an zwei Denkmälern liest sie die eingemeißelte Schrift, daß an diesem Ort Juden ermordet worden seien. Zikadengesang, ein Specht hämmert an einen Baumstamm, weiter unten, auf der Ringstraße, polternder Verkehr. Brütende Hitze; verführerisch, einladend.

„Sie legen sich sogar auf den Hang in die Sonne“, klagt Joseph, „weil sie nicht wissen, wie viele Menschen darunter begraben sind. Ein Massengrab. Und nicht einmal eine Gedenktafel.“

Jetzt kann Esther sich nicht mehr erinnern, um welchen Hang es sich handelt. In der Ferne verschwindet ein Mann mit seinem Hund im Gebüsch. Vor dem großen Mahnmal sitzen vier Halbwüchsige; die Jungen haben ihre Hemden ausgezogen, ihre Schultern sind nackt; in ihrer Mitte ein dunkelhaariges Mädchen, in einer Bluse mit Blumenmuster, eine riesige Sonnenbrille verdeckt ihre Augen. Als Esther vorbeigeht, schweigen sie. Die Holunderbeeren reifen mitternachtblau. Schwefelgelbe Margeriten wachsen ihr über den Kopf. Altweibersommer. Damals, an Nachmittagen wie diesem, quälten sich die Gefangenen im Steinbruch, der Schweiß lief ihnen herunter; wenn sie bei der Arbeit versagten, wurden sie sofort erschossen.

Nahebei hört sie Stimmen, sie schaut hinunter auf die Wiese. Eine Frau und zwei Männer mähen und harken ein Feld in Handtuchgröße – ihr eigenes Stück Erde, friedlich, an ihrem freien Nachmittag.

Ein junger Vater führt sein Kind spazieren, sie laufen an Esther vorbei, dann schlagen sie eine andere Richtung ein, meiden die Gräber, die Gedenksteine. Esther ist für sie unsichtbar, anachronistisch; sie gehört weder zu den Toten noch zu den Lebenden.

Was hast du hier zu suchen? fragt ihre Dybbuk-Stimme, frech und frei. Was kramst du hier wieder rum?

Maria hatte sie noch nie nackt gesehen, nackt würden sie einander in diesem Leben nicht gegenübertreten. Selbst wenn Maria sich abends umzog, um auszugehen, und Esther zufällig noch mitten im Gespräch bei ihr im Zimmer war, wies Maria sie höflich darauf hin: Na geh jetzt bitte, ich ziehe mich um, siehst du das nicht? – der Satz reißt ab, Esther entschuldigt sich und geht. Peinlich. Das hätte sie wissen müssen, daß Maria sich umziehen wollte, sich auskleiden, und Esther zu verschwinden habe.
Nackt, nicht einmal im Sommer, beim Baden. Sie fahren aus der Stadt K. hinaus, zu einem der nahe liegenden Seen, fahren an Dörfern und absterbenden Kastanienwäldern vorbei.
Manchmal fährt Jolanta mit, manchmal ein Cousin, eine Cousine, obwohl in letzter Zeit Jacqueline und Pat nur bei Familienfeiern erscheinen, ihr Beruf beansprucht sie immer mehr...
Maria liebt das Schwimmen. Wenn es heiß ist, fährt sie jeden Tag nach der Arbeit an den See, auch Esther schwimmt gern, doch nicht so weit wie Maria, so lange kann sie nicht durchhalten; nach einer Weile steigt sie aus dem Wasser, zieht sich ans Ufer zurück. Wartet auf Maria, auf die anderen. Nicht einmal im Wasser nackt zusammen. Das geht nicht, irgendwie. Es schickt sich nicht, sagt man.
Maria steigt aus dem Wasser, breitbeiniger als früher, ihre Oberschenkel sind voller, ihr Bauch im schwarzen Badeanzug wölbt sich naß glänzend; mit den Jahren haben sich ihre Gesichtszüge noch verfeinert, meint Esther, wenn Maria mit abwesender Zärtlichkeit auf sie zukommt, das Badetuch, das Esther für sie bereithält, gern nimmt und sie umarmt. Esther spürt ihre noch nasse Wange an die eigene gepreßt, spürt durch den Stoff des Badekostüms die Konturen ihrer beiden Körper, warm und feucht, Brust und Bauch dicht aneinander; schweigend halten sie sich einen Augenblick fest – bevor Maria sich loslöst. Alle ziehen sich um, Esther, Paweł, Cousin und Cousine; lachend, plaudernd verteilen sie sich auf die verschiedenen Autos, Esther nun nicht mit Maria zusammen, sondern mit Marek, dem Stadtcousin, wie sie ihn nennt, fahren zurück nach Hause.

Jolanta fährt in letzter Zeit nicht mehr zum Baden mit.
„Nein, sie will nicht", antwortet Maria, wenn man sie fragt. „Ich mache mir Sorgen um sie", wiederholt sie seufzend.
Wenn sie sich unten im Flur begegnen, grüßt Jolanta Esther meist nur flüchtig, sie schleicht durchs Haus. Selbst von Paweł scheint sie sich zurückzuziehen, auch von ihrem Sohn, ihrer Tochter.

„Sie haßt mich", sagt Maria, „ich glaube, sie hat mich immer gehaßt. Ich weiß nicht warum, vielleicht ist es Neid. Früher beneidete sie hier alle – Pat, Jacqueline, alle. Jetzt, wo der Kommunismus vorbei ist und sie auch reisen, sich schöne Kleidung kaufen kann, muß sie die anderen nicht mehr beneiden. Nur ich bin da. Und sie haßt mich immer noch. Oder wieder."

„Auch als ihr Kinder gewesen seid?"

Ein müdes Verziehen des Mundes.

„Unsere Kindheit, ihre und meine", erzählte Maria, „das ist lange her. Ja, ich glaube, damals hat es angefangen; weil ich älter bin als sie, hatte ich sozusagen Privilegien. Damals waren es nur Vorrechte von Kindern; ich durfte abends länger aufbleiben. Der Vater hat mir mehr Aufmerksamkeit geschenkt. Jolanta war Mamas Kind."

Maria seufzte. „Dazu kam noch das Klavierspiel, die Musik. Es gibt Zeiten, wo wir miteinander vertraut sind. Aber sobald es ihr schlecht geht, wendet sie sich gegen mich. Sie braucht mich nicht zu beneiden, sie hat es nicht nötig. Jolanta führt eine glückliche Ehe; Paweł hat immer zu ihr gestanden, ich glaube nicht, daß er jemals mit einer anderen Frau etwas gehabt hat. Und selbst wenn. Er steht noch immer zu ihr. Ich habe niemanden, ich bin allein." Sie hielt einen Augenblick inne: „Sie beneidet mich sogar um unsere Freundschaft."

Es klopfte. Maria ging zur Tür.

Jolanta trat ein. Ging an Maria vorbei, als ob es sie nicht gäbe, trat auf Esther zu.

„Esther, wenn Maria mit dir fertig ist, kommst du herunter zu mir?"

Esther zögerte. „Ja – wenn du möchtest –"

„Geh jetzt, wenn dir danach ist", nickte Maria, „ich muß sowieso arbeiten. Du kannst gern nachher wiederkommen –"

„Ja, komm –" Jolanta hängte sich bei Esther ein, führte sie entschlossen mit zur Tür.

„Du verbringst immer mehr Zeit mit Maria als mit mir", sagte sie gewollt scherzhaft, draußen auf der Treppe.

„Das ist nicht wahr", entgegnete Esther.

„Es ist wahr. Du weißt, daß es wahr ist. Aber komm jetzt. Bitte."

Sie setzten sich unten in der Wohnküche an den breiten Holztisch, da, wo sie früher bei Esthers erstem Besuch, als die Revolutionsetüde gespielt wurde, alle gesessen und von den Gefahren gesprochen hatten, damals während des Kriegsrechts; und danach immer wieder, als Cezary noch lebte. Heute war das Zimmer wie entseelt, trotz der frischen dunklen Politur wirkte sogar der Tisch wie verlassen; alles war verdächtig sauber und geordnet, die Putzfrau mußte dagewesen sein, oder war das nur ein Zeichen dafür, daß Jolanta mittags nichts gegessen hatte...

„Wollen wir nicht lieber hinausgehen, in den Garten?“ schlug Esther vor. „Heute ist wunderbares Wetter –“

Jolanta schüttelte heftig den Kopf.

„Ich kann den Garten nicht ausstehen. Er erinnert mich ans Schloß – alles – an die Gärten dort – meine Gärten!“

Plötzlich fiel ihr ein, daß sie auch hier, zu Hause, und selbst mit Esther, Gastgeberin war.

„Was willst du trinken? Ich trinke immer Wodka um diese Zeit – ein wenig Wodka, wie wär's? Mit Zitrone, Orange, Cola, Schweppes? Ich mische dir was zusammen!“

Sie hantierte mit Gläsern, Flaschen, redete, redete, wie gut das alles sei, mit den Cocktails, diese Drinks haben sie gerettet. Tagsüber, wenn sie allein ist und nicht mehr weiß, wohin mit sich.

Wieder setzten sie sich, einander gegenüber, Gläser voller Wodka, Eis, geheimnisvoller Säfte – noch einen und noch einen, Esther trank mit.

„Ich weiß nicht, was ich mit mir anfangen soll“, setzte Jolanta wieder an, fixierte Esther mit flehenden, heute seltsam unergründlichen blauen Augen. „Die Kinder brauchen mich nicht mehr. Mateusz hat nach der Schule seinen Freundeskreis, er wird bald studieren. Und Anna geht auch lieber zu ihrer Freundin, weil ich –“

„Weil du?“

„Weil ich so deprimiert bin. Und Paweł arbeitet. Kommt spät nach Hause. Und ich hab's satt, immer drüben bei meiner Mutter zu sitzen. Und meine Gärten“, fiel ihr wieder ein, „weißt du, was der Klaus mit meinen Gärten machen will? Entweder er will Platten legen, weil es praktischer ist, sagt er, oder er will sie sogar überbauen. Der Klaus hat Pläne – ja, Pläne. Hat er's dir nicht gesagt? Er möchte das Hotel erweitern, ausbauen – noch einen Anbau und noch einen –“, ihre Stimme schnellte eine Oktave hinauf.

„Dafür braucht er Kapital“, unterbrach Esther sie, „und er hat nichts mehr. Sagte er mir zumindest.“

„Und du glaubst ihm? Du glaubst ihm?“

„Er sagte –“ Esther griff nach Jolantas Hand, hielt sie fest; kühle Finger, Jolantas Finger, ihre Hand, trotz ihrer Aufregung, war eiskalt.

„Er sagte, du darfst es nicht so tragisch nehmen.“ Sie zögerte. „Er sagte, es könnte für dich sogar vorteilhaft sein. Du – du wirst diese ganze Belastung los, du könntest für dich etwas bauen, mit dem Geld –“

„Was? Eine Hütte?"
„Ein Haus. Ein Haus", wiederholte Esther verzweifelt. „Ein eigenes."
Jolantas Finger krampften sich um Esthers. „Verstehst du nicht", zischte sie, ihr Gesicht, auf einmal ganz nah an Esthers, die blauen Augen weit aufgerissen: „Verstehst du nicht? Es war für mich keine Belastung. Wir hätten es geschafft, mit ein wenig mehr Kapital. Nur wollte er – der Klaus – nicht weiter investieren. Das war alles."
„Vielleicht hatte er es wirklich nicht –"
Jolanta ließ Esthers Hand langsam wieder los. „Auch wenn er es hatte – jetzt ist es zu spät. Esther, ich kann nichts mehr bauen. Ich kann gar nichts mehr. Ich weiß nicht, wofür ich leben soll. Was hat das alles für einen Sinn?"
„Ich weiß nicht. Wirklich nicht", sagte Esther verzweifelnd. „Kannst du nicht – einfach – leben?" fragte sie. „Nach all den Jahren, in denen es für dich, für alle hier, so schwer war? Gibt es für dich nichts anderes als das Schloß?"
Jolanta schwieg. „Du meinst reisen, mich kleiden, mich kulturell weiterbilden – ja, aber ich brauche mehr. Selbst ich, die dumme Jolanta, brauche mehr."
Sie lächelte bitter, goß Esther und sich noch einen Wodka ein. „Ich weiß, ich bin dumm, sonst hätte ich das alles nicht verloren. Ich weiß, daß der Klaus so über mich denkt – stimmt, nicht wahr? Ja, ich weiß, daß es stimmt, weil du schweigst. Du mußt es mir nicht sagen, Esther. Du denkst wahrscheinlich wie er, und Maria sowieso, und wenn –"
„Wenn?"
„Wenn der Vater noch lebte, würde auch er so denken. Alles umsonst. Obwohl –" Auf einmal ein unverhofftes Leuchten in ihrem Gesicht. „Der Vater hätte zu mir gestanden, ich weiß es! Ich hatte zu ihm ein wunderbares Verhältnis. Wir konnten uns ohne Worte verständigen – ein Blick hätte gereicht – er hätte alles begriffen –"
„Wirklich?" staunte Esther, verblüfft. „Aber ich meinte –" Sie biß sich auf die Lippen.
„Was meintest du? Du dachtest –", und Jolanta blickte Esther herausfordernd an. „Du glaubtest, nur Maria sei sein Liebling gewesen. Da hast du dich aber getäuscht! Auch ich war seine Tochter!"
„Das weiß ich", stammelte Esther verzweifelt, versuchte sie zu beschwichtigen: „Du hast bestimmt recht, ganz sicher hätte er zu dir gestanden, hätte dir zumindest keine Vorwürfe gemacht –"
„Aber –", und Jolanta verfiel wieder ins Grübeln, „ich hätte mir seinetwegen Vorwürfe gemacht, und –" Sie blickte an Esther vorbei, ihr

Gesicht verdüsterte sich. „Nicht mal dem jungen Mann kann ich jetzt helfen –“

„Welchem jungen Mann?“

„Ach, du erinnerst dich wahrscheinlich nicht. Jacek, der so hübsch gesungen hat, damals, bei der Eröffnung.“

„Ach so. Ja, doch. Marysiu, komm, mein süßes Mariechen. Ich bin ihm sogar begegnet, wir haben uns kurz unterhalten ...“

„Ja, der. Damals, als wir mit Klaus auf der Terrasse saßen. Du warst auch dabei – er hat mich um Hilfe gebeten, eine Arbeit zu finden.“

„Ja, das hat er mir auch erzählt –“

„Er ist schon neunzehn. Aber er findet hier nichts. Er hat eine Lehre gemacht. Nichts Aufregendes, Tischler oder Ähnliches, aber er findet nichts. Und er liebt die Musik. Und ich sagte, ich würde ihm helfen, ich würde mich für ihn einsetzen. Ich habe ihm das versprochen, Esther, und wenn ich etwas verspreche, halte ich es. Immer habe ich meine Versprechen gehalten. Aber diesmal hab‘s ich nicht geschafft. Ich mußte es ihm sagen, und er war so enttäuscht. Kannst dir gar nicht vorstellen, wie enttäuscht er war.“

Jolanta weinte beinahe. „Gut, wirst du mir sagen, ich hätte es ihm nicht versprechen sollen. Ich weiß nicht, für wen er mich gehalten hat, eine Heilige oder was, ich war für ihn zweifellos die Grande Dame du Château, aber – ich hatte kein Recht dazu. Und jetzt fühle ich mich – ich fühle mich –“ Wieder stockte sie, und schwieg.

„Was wird er jetzt tun?“ fragte Esther.

„Er wandert aus. Das hat er mir gesagt.“

„Aber er wollte gar nicht weg –“ Esther staunte.

„Er hat wohl alles probiert. Jetzt könne er in diesem Land nicht leben, sagte er. Es gäbe für ihn hier keinen Platz. Stell dir vor, in seinem eigenen Land! Keine Arbeit, keine Perspektiven! Keiner steht zu uns, sagte er.“

„Zu uns? Was meint er?“

„Zu unserem Land – zu Polen. Und den Menschen, uns, den Polen. Er geht weg. Nach Amerika oder England, egal wohin, wenn er’s schafft. Weißt du, Esther –“, wieder griff sie nach Esthers Hand. „Es hat sich nichts verändert! Unter dem Kommunismus wollten wir alle weg. Alle haben wir von einer besseren Welt geträumt. Und was ist jetzt? Wir können reisen, die Läden sind voll, alles haben wir jetzt, mehr als wir brauchen oder gebrauchen können, aber die meisten Menschen haben noch immer kein Geld, um sich etwas zu kaufen. Die jungen Leute finden keine Arbeit, und selbst nach dem Studium, was verdient man hier?

Nicht einmal zweitausend *Złoty* im Monat verdienen die meisten – außer den Neureichen in Warschau und den Kriminellen. Ich wollte helfen, ich wollte es besser machen, für die Menschen in diesem Städtchen. Und ich bin gescheitert! Und ich halte das nicht aus. Ich wollte diesem jungen Mann ein anderes Polen bieten. Ich wollte allen, die gekommen wären, etwas vermitteln, ihren Horizont erweitern. Nur das wollte ich. Und bin gescheitert."

Esther erinnerte sich noch lange an jenen Nachmittag. Wie sie sich von Jolanta verabschiedete, und später auch Marias Einladung zum Abendbrot ablehnte. Sie erinnerte sich, weil an jenem Abend der Himmel wie sonst war, ein sanftes Blaugrau, kein Gewitter zog auf. Es war schwül, es war still. Vielleicht nur wegen der Stille verspürte sie eine merkwürdige Beklemmung.

In der Nacht klingelte das Telefon. Esther erschrak, griff nach dem Hörer. Am anderen Ende Jolantas Stimme, hysterisch: „Sie haben das Schloß in Brand gesteckt!"

„Was? Wer?"

„Das wissen wir noch nicht. Ich fahre hin, mit Paweł. Und Maria fährt morgen früh hin. Wenn du willst, kannst du mitfahren –"

Auf dem Revier sahen sie den Brandstifter. „Ja, nur der eine ist es gewesen", versicherte der Inspektor.

Er stand vor ihnen, die volle Unterlippe bebte nicht.

„Du doch nicht?" stammelte Jolanta.

„Doch, ich!" Jacek, der das Lied gesungen hatte. Ein mürrisches Kopfnicken.

„Warum? Sag uns, warum?"

Schweigen. Achselzuckend blickte er nur Jolanta traurig in die Augen. Auch Herr Müller-Weidt schwieg.

Das Gelände stank nach Fäulnis und Rauch, Sträucher und einige Bäume waren eingeknickt. Jemand war schon dabei, Äste abzuhacken, bevor es gefährlich wurde.

„Die Fresken – auch die Fresken –" Jolanta schwankte.

„Sie sind nicht vollständig zerstört –"

„Sie sind schwarz –"

„Das ist nur Ruß –"

„Und die Bilder? Die Gemälde?"

„Ach", Paweł seufzte. „Ja, sie sollten uns diese Woche gebracht werden –"

„Sag nicht –", Jolanta stockte. Ihre blauen Augen blitzten.

„Sie sind schon verpackt. Reg dich nicht auf, wir werden sie schon finden –“

„Ich werde es wieder aufbauen, irgendwie“, erklärte Müller-Weidt inzwischen. „Genau wie, weiß ich noch nicht.“

„Ob Pan Klaus nicht selbst der Brandstifter war“, hatte Elwira schon kichernd in den Raum geworfen, als man es ihr erzählte und sie sich vom ersten Schock erholt hatte, „der es abfackelte, um der Versicherung willen?“

Vor dem Brand hatte er eine zusätzliche Versicherung abgeschlossen und einen eigenen Nachtwächter dort eingestellt. Man könnte ihn tatsächlich verdächtigen, wenn man wollte.

„Ihr hättet es auch abfackeln können, damit ich's nicht kriege“, erklärte Müller-Weidt, als könnte er ihre Gedanken lesen. „Warum denn nicht?“

„Ja, aber wir waren's nicht“, antwortete Paweł. Maria lächelte sarkastisch.

„Sie haben ihn nachts aus dem Bett geholt“, schmunzelte Paweł.

„Glücklicherweise brannte nur ein Teil aus, er kann noch immer sein Hotel haben.“

„Aber das Schloß ist weg – unser Schloß“, sagte Maria. „Mit dem Schloß ist es zu Ende.“

„Es war sowieso zu Ende“, Jolantas gereizte Stimme.

„So aber nicht – und jetzt –“

„Was geht in so jemandem vor – der Junge –“ murmelte Elwira.

„Er hat die Gelegenheit abgepaßt, nachdem der Nachtwächter seine letzte Runde gemacht hatte –“

„Er hat's aber doch nicht gepackt, er ist zurückgekommen, versuchte zusammen mit dem Wächter den Brand zu löschen –“, bekräftigte Paweł.

„Er wollte nicht auswandern –“, sagte Jolanta. „Vielleicht ist das alles nur meine Schuld –“

„Sei nicht albern! Er wird nun bleiben können. Wenn nicht im Gefängnis, dann in einer Anstalt –“

„Ressentiments gegen die Deutschen, sagten sie auf dem Revier. Sie geben ihm zum Teil sogar recht –“, und Maria schürzte die Lippen.

Der Wind treibt sturmgraue Wolken über den Himmel. Dazwischen ein gelbweißes Leuchten, über der Weichsel ein bleierner Glanz. Die Straßenbahn rattert über die Brücke, kommt beinahe ins Schlingern. Als der Himmel aufreißt, der Regen herabpeitscht und den Bürgersteig, die Chaussee in Seen und Teiche verwandelt, das Stadtbild auf beiden Ufern verschwimmt, überkommt Esther ein Gefühl der Einsamkeit. Wieder sieht sie die Kinder in einem langen Zug über die Brücke gehen, die gleiche Brücke wie jetzt, ihre Holzstühle auf dem Kopf oder fest an sich gedrückt, Knirpse in Kurzhosen, noch zuversichtlich lächelnd, ziehen sie ins Ghetto.

Abrahams Bethaus blieb eine Zeitlang geschlossen. Er sei in die Vereinigten Staaten und nach Israel geflogen, um die Kandidaten zu treffen, die sich für seine *Jeschiwa,* sein jüdisches Seminar, beworben hatten. Es waren vor allem Söhne und Enkel von Rabbinern und Chassidim, aus den berühmten Familien und Dynastien.

„Keine Frauen?" hatte Esther gefragt.

„Keine Frauen", hatte Abraham geantwortet.

Sechs, höchstens sieben Schüler, Lernende. „Für den Anfang nicht zu viele, ich habe hier nur wenig Platz. Sie sollen hier mit mir zusammen wohnen, wenigstens drei von ihnen. Die anderen werden in der Stadt unterkommen. Es hängt davon ab, wie lange sie bleiben wollen. Ich will es zunächst einige Wochen lang mit sechs von ihnen versuchen; die besten, ernsthaftesten will ich dann auswählen. Schließlich werden höchstens drei von ihnen bleiben. Selbstverständlich werden sie auch bezahlen. Wovon soll ich sonst leben?" fragte er, „von etwas muß ich mich ernähren."

Er musterte Esther; sie blickte zur Seite.

Konnte es nicht ertragen, ihm in die Augen zu sehen, so wie er war, abwechselnd hochmütig, dann wieder verunsichert. Sein Bartwuchs, strähnig, schwarz wie seine Kopfhaare, seine teigige Haut, unter den Augen Ringe. Vielleicht fastete er. Esther war ruhiger geworden. Sie hatte eine Zeitlang nur Ekel gespürt, wenn sie an Abraham dachte – Ekel und Wut. Ekel vor seinem Körper. Wut auf seine Heuchelei, sein religiöses Gehabe: der Hut, die Schläfenlocken, die Schaufäden – *tzizit* – die unter seiner Jacke heraushingen... Obwohl, das mußte sie eingestehen, wer sagte denn, daß Chassidim keusch sein sollten? Und wieviele von ihnen sind es je gewesen? Dann redete sie sich ein, daß sie sich den Vorfall in der Dybbuk-Nacht vielleicht eingebildet hatte. Doch wenn sie darüber nachdachte, kamen ihr Zweifel. Sie war sicher, daß er log; er log, vielleicht weil er die Wahrheit nicht ertrug. Unfaßbar, diese Nähe zu ihm, damals in der Nacht – diese ihr aufgezwungene Intimität, die Hand, die ihren Bauch berührte, der Druck seines knochigen Körpers, das hatte sie sich nicht eingebildet, ein fremder Geruch, zugleich nach Verbranntem und seinen Ausdünstungen... Das Stöhnen der Pritsche unter ihnen, ihr Abtauchen ins Dunkel.

Das Gebäude war inzwischen fertig. Esther mußte zugeben, wenn sie vorbeilief und von Zeit zu Zeit einen Blick hineinwerfen durfte, ohne die heiligen Dielen zu betreten, daß Abraham es einfach und geschmackvoll eingerichtet hatte, mit hellen neuen Möbeln, die Wände in Pastellfarben gestrichen.

In der Jüdischen Gemeinde kursierten Gerüchte. Wie lange bräuchte er, um sich zu entscheiden? Käme er überhaupt zurück? Er würde vielleicht verschwinden, wurde gewitzelt, wie vor ihm Sabbatai Zewi, und anstatt als Messias zurückzukehren und die Juden in ihre Heimat nach Palästina zu führen, konvertierte er zum Islam, wer weiß, oder zum Christentum, und ließe gar nichts mehr von sich hören.

Abraham verschwand nicht. Er kam wieder. Esther sah oben in der Klause eines Abends Licht, wußte, daß er zurückgekommen war. Die Jünger, wie sie meist heimlich genannt wurden, sollten bald eintreffen. Auch in der Tageszeitung erschien darüber ein kurzer Bericht: Ausgesuchte Schüler, aus den angesehensten jüdischen Familien, hieß es, die Mehrzahl von ihnen sei ursprünglich polnischer Herkunft.

Sie ging einige Wochen lang nicht mehr bei ihm vorbei, obwohl sie vorhatte, ihm zu gratulieren. Dazu könnte sie sich noch überwinden. Einmal träumte sie von ihm. Zum ersten Mal seit damals. Der Traum war anders als die früheren Träume. Sie sah nur sein Gesicht, breit und flach wie ein Zifferblatt. Bleich wie immer, zunächst ganz nah, dann weit weg. Seine ungleichen Augen waren aufgerissen. Er redete nicht, bewegte sich nicht, trotzdem hatte sie beim Erwachen das Gefühl, daß er ihr etwas sagen wollte. Nur hörte sie keine Worte. Das wird wohl nichts bedeuten, sagte sie sich beim Aufwachen.

Am Nachmittag war sie mit Maria verabredet. Sie fuhr hin, erklomm wie immer die steile Straße, erreichte das Haus. Sie schob das eiserne Tor auf, der kurze Weg durch den Vorgarten war frisch gepflastert worden, die Haustür hatte den ersten Anstrich einer neuen Farbe erhalten, safrangelb, und stach ins Auge; trotz der Klingelanlage öffnete sie sich wieder von selbst. Esther stieg die Treppe hinauf, durch die

Spuren der vielen Schuhe und Stiefel grauschwarz geworden; die Wände mit geheimnisvollen Hieroglyphen aus Staub und Ruß beschrieben, nie wieder würden sie weiß werden, dachte sie abwesend im Vorbeigehen, dieses Mal, heute, jetzt wieder, ohne Koffer.

„Ja", sagte Maria, als sie die Zeitung aufschlug, auf dem Tisch ausbreitete und glattstrich, „das wollte ich dir unbedingt zeigen. Du kennst ihn, nicht wahr?"

Im Lokalteil der Tageszeitung war ein Foto. Kein Bild im Großformat, sondern ein kleines, spaltenbreit. Es zeigte Abraham wie immer, den breitkrempigen schwarzen Hut auf dem Kopf, er schaute gottergeben in die Kamera, kaum die Spur eines Lächelns, seine Schläfenlocken waren frisch gekringelt.

„Ach", murmelte Esther, ohne auf die Überschrift zu achten, „er hat wohl sein Seminar eröffnet."

Maria zögerte einen Augenblick, betrachtete Esther eindringlich. „Nein", antwortete sie seufzend, zögerte wieder, bevor sie weitersprach.

Esther spürte, wie ihr Körper sich verkrampfte.

„Siehst du nicht? Er lebt nicht mehr. Er starb unerwartet vorgestern abend."

„Er – was?"

„Er starb, vorgestern abend", wiederholte Maria.

„Das kann doch nicht –"

„Komm, setz dich –" Maria schob sie sanft auf einen Stuhl, las ihr aus der Zeitung vor. Esther starrte vor sich hin, als wüßte sie nicht mehr, wo sie war.

Maria erklärte alles noch einmal, langsamer, weil Esther offenbar gar nichts mehr verstand.

„Sie fanden ihn dort, vor zwei Tagen, er war schon bewußtlos. Später, im Krankenhaus, ließ sich nichts mehr machen. Gehirnblutung, sagen sie. Glücklicherweise kam jemand vorbei, sonst wäre er allein dort geblieben, Gott weiß wie lange noch."

Esther nahm die Zeitung, las alles selbst mühsam durch. Noch zwei seiner Studenten sollten ankommen, Abraham war sehr aufgeregt, ekstatisch, sagte ein dritter, weil sein Werk endlich in Erfüllung ging, er sei auch überarbeitet gewesen. Er starb dort in der Klause, betete wohl noch, als ihm übel wurde. Das wußte aber keiner mehr genau, jedoch war er noch in seinen Gebetsschal gehüllt, als sein Student, der erste seiner Ankömmlinge, zurückkam, die Tür aufschloß und Abraham bewußtlos auf dem Fußboden fand. Da er kein Polnisch

konnte, rannte er los, um jemanden zu holen. Erst dann riefen sie den Krankenwagen. Er selbst hatte an jenem Nachmittag nicht mit Abraham zusammen gebetet – keiner wußte warum, er mußte etwas erledigen, das dringender zu sein schien als das Abendgebet.
Abrahams Vater sei bereits eingetroffen. Sein Sohn sollte baldmöglichst zurück in die Staaten überführt werden. Nach Hause.
„Er wollte hier bleiben", murmelte Esther.
„Die Familie entscheidet", erklärte Maria. „Sie wollen ihn drüben bestatten."
Sie hatte Tee gekocht, und Esther trank. Hilflos.

Später fuhr sie zurück in die Altstadt. Dort stieg sie um und ging hin zu Abrahams Klause.
Die Türen und der Eingang zum Hof waren bereits abgeschlossen, aber ein Mann kam auf einmal heraus und öffnete das Tor. Die Familie, erklärte er Esther, das heißt der Vater, sei nebenan im Hotel. Da, wo sie nach dem Fasten früher gefeiert hatten. Am besten ginge sie auch dorthin, um mit jemandem zu reden. Mehr wisse er nicht. Bevor er das Tor wieder abschloß, ließ er sie schnell über den Hof gehen und durchs Fenster schauen. Stühle und ein Tisch standen noch dort. Abrahams Möbel. Aber ohne Abraham. Verwaiste Räume. In diesem Augenblick wußte Esther, daß er wirklich gestorben und alles zu Ende gegangen war.

Ja, verkündete sein Vater, Abraham werde in den Staaten zur Ruhe gelegt, und dort würde auch die *Schiwa*, die Trauerwoche, stattfinden. Schade, daß Esther nicht dabeisein könne. Nein, leider dürfe sie ihn nicht mehr sehen. Die Gemeinde-*Chewra*, die Sterbegemeinschaft, mache ihn bereits fertig. Sowieso sei der Brauch im Judentum, Tote anzusehen – den Bruchteil einer Sekunde musterte er Esther streng – im Judentum, wiederholte er nachdrücklich, nicht so verbreitet wie in anderen Religionen und Praktiken. Eine leichte Betonung des „anderen" fiel Esther auf, das müßte sie wohl wissen, fügte er hinzu, und im Judentum berühre man die Toten nicht. Jedenfalls nicht als Rabbiner oder *Kohen*.
Esther beruhigte ihn sofort, ja, natürlich wußte sie das, nur bei Freunden oder Bekannten, sie stolperte über die Worte, sie dachte vielleicht, man könnte eine Ausnahme machen, und, stammelte sie, nicht einmal den eigenen Sohn berühren? Der große Kopf des Rabbiners, der durch die Pelzmütze mit den *Strejmeln* noch eindrucksvoller wirkte, neigte sich zu ihr hinunter. Zweifellos war diese

Frau die Unverbesserliche, die seinem Sohn den Weg ins Grab geebnet hatte. Esther schaute zum Pelzhut hinauf, den der Rabbiner offenbar so oft aufsetzte wie sein Sohn den schwarzen, breitkrempigen Chassidenhut. Die profane Frage, ob Abraham auch noch im Sarg den Hut aufhabe, verbat sie sich.
Wollte er nicht hier liegen? Esther verhaspelte sich, errötete. „Sein Ort", sagte sie, „er sagte immer, dies sei sein Ort."
„Und das Seminar?" fragte sie. Das wollte sie wissen. Was sollen wir tun, wenn es für die *Schechina* keinen Ort mehr gibt? hörte sie wieder Abrahams Worte.
„Das Seminar wird aufgelöst, weil es keinen geeigneten Lehrer mehr gibt, der es weiter leiten kann. Mein Sohn war der einzige. Mein Sohn –", der Rabbiner zögerte – „keiner wird ihm jetzt folgen. Wir müssen warten, bis die Zeiten sich ändern."
„Bis?" fragte Esther stirnrunzelnd, offenbar hatte sie ihn nicht verstanden.
„Bis die Zeiten sich ändern", wiederholte er, „in jeder Generation gibt es nur einen Gerechten."
„Er? Abraham war ein Gerechter?" staunte Esther. Sie konnte nicht umhin zu staunen.
Der Rabbiner schwieg. Er betrachtete sie verächtlich, mitleidsvoll.
Auch Esther schwieg. Sie hatte keine Worte mehr. Nach jüdischem Brauch wünschte man den Hinterbliebenen ein langes Leben, vielleicht wartete der Rabbiner darauf, aber nein, das kann man nicht, das konnte sie nicht, furchtbar, wenn der Sohn vor dem Vater stirbt, noch viel zu jung. Er wäre im Frühjahr einunddreißig geworden, hörte sie jetzt. Der Rabbiner war schon mit anderen Besuchern beschäftigt, Esther schlich hinaus.
Dunkel. Hinter der Fassade von Schminke und Musik lauschte sie den Stimmen des jüdischen Viertels.

„Er ist hierher gekommen, um zu sterben."
Sagte Maria, als Abrahams Tod sich herumgesprochen hatte.
Doch für Abraham sollte es in der Stadt K. weder Grabstein noch Grabmal geben. Da er kein Held war, durfte er zwischen der aufgehenden und der untergehenden Sonne nicht in die Erde, nicht einmal auf dem jüdischen Friedhof, weil seine Eltern es nicht wünschten. Auch nicht seine Braut, die frisch verlobte, für die man sich in den Staaten angeblich schon nach einem neuen Bräutigam umsah. „Was wird aus dem Seminar?" fragte Paweł.

Wahrscheinlich weil kein anderer Gelehrter sich der spirituellen Größe des eben Verstorbenen rühmen konnte, traute sich niemand zu, das Seminar zu übernehmen. Seine Jünger, seine Schüler waren zurückgeflogen, dorthin, wo sie hergekommen waren. Der Ort sei verwunschen, meinte einer aus der Gemeinde, deshalb habe der Allmächtige Abraham zu Sich geholt.

Vielleicht wird das Gebäude ein Restaurant. Oder auch nur ein Café. Sein Vater, der Rabbiner, verhandelte schon. „Bloß kein Hotel", bemerkte Maria ironisch. „Schade, schade. Alles umsonst", seufzte sie. „So viel Arbeit, so viel Hoffnung. Ein Seminar wäre etwas ganz anderes gewesen, das hätte einen Sinn gehabt. Wozu brauchen wir all diese Cafés und Restaurants? Abrahams Lehrhaus wäre ein Anknüpfen an die Vergangenheit gewesen, unsere gemeinsame Vergangenheit."
Auch Cezary hätte so gedacht, pflichtete ihr Esther bei, obwohl er mit manchen Ideen Abrahams gewiß nicht einverstanden gewesen wäre. Es sei denn, auch er hätte ihn für einen Gerechten gehalten. Cezary und Abraham hatten sich aber nicht gekannt.
„Zuerst das Schloß, nun das Seminar", murmelte Paweł.
Ein Kulturhaus? Ein Theater? Das letztere hätte Abraham nicht gewollt. Obwohl – Esther schwieg.
Sie mied den Ort, nur ab und zu schlich sie, aus Neugier, vorbei. Die Räume blieben lange leer; dann wurde der Bau an eine Immmobilienfirma verkauft. Aber weil ein Jude dort zu Tode gekommen war, lag ein Schatten auf dem Haus, und die Firma zog wieder aus. Ein Angestellter behauptete sogar, er habe abends Stimmen gehört, wie im Gebet.
Eine Wahrsagerin mietete sich dort ein. Ihre Geschäfte gingen gut. Die übrigen Räume blieben leer. Mit ihren Gespenstern, ihren Geistern.

Doch selbst wenn Abraham aus dem Grab aufstünde und es ihr befähle, ginge sie nicht ins Ritualbad, in die *Mikwa*. Sie kann die Tat nicht wegwaschen.
Und das Gebet, das dazu gehörte? Nein, Wasser und Gebet, die Sache hat nicht nur mit dem Judentum zu tun, sie muß herausfinden, wo es hinführte –
Esther grub in ihrer Tasche, zog die Karte mit der Schwarzen Madonna wieder heraus, schaute in das geschundene Gesicht mit den Verbrennungen und Narben, Maryja, Polens Königin, die *matka boska*, Gottesmutter, die für die Juden nur eine junge Jüdin namens Miriam gewesen war. Die Holzplatte, auf die sie gemalt war, so wird erzählt, stamme vom Tisch der Heiligen Familie, sei mehrmals zerbrochen, von Ungeziefer zernagt. Die Risse an der Wange seien ihr vermutlich erst durch die Messer von Dieben und Verbrechern zugefügt worden, aber keiner weiß es mehr genau. Das ursprüngliche Gesicht der Heiligen Jungfrau sieht man nicht mehr, es hält sich verborgen unter den Schichten von Farbe und Firnis. Ihre bezaubernde schwarze Haut, als käme sie tatsächlich aus dem Orient, verdankt sie der Lackierung, den mannigfaltigen Versuchen, sie vor dem fortschreitenden Zerfall zu retten. Immer wieder erhält sie neuen, kostbaren Schmuck, ein Korsett, frische Bekleidung, wodurch sie zugleich gefeiert und verschleiert wird.

Esther träumt: Sie streckt die Hand aus und berührt Marias Hand, ihre Haut; ihre Finger wandern weiter hinauf, sie berühren Marias Gesicht, Marias Stirn. Maria läßt es geschehen.

„Ich habe deinetwegen mit einigen Leuten gesprochen“, erklärt Maria eines Tages, „auch mit dem Priester. Es ist nicht ganz so einfach, wie ich dachte“, gab sie zu. „Du mußt für dich entscheiden, wie du dazu stehst.“
Sie setzen sich draußen auf den schmalen Balkon. Unter ihnen liegt der Garten, die letzten Äpfel im Gras verstreut, die meisten sind schon eingesammelt. Die Blätter der Bäume verfärben sich rot und rostbraun. Der Strom, die Weichsel, heute graugrün unter einem dunstigen Schleier, der die Umrisse der Landschaft verschlingt. Esther kennt diese Landschaft in beinahe allen ihren Stimmungen, auch im Winter, wenn eine Schneedecke die Dächer und Gärten ringsum einhüllt und dem Tageslicht nur einige dunkle Äste preisgibt.
Fährt man unten auf der Straße weiter und biegt an der Kreuzung rechts ab, erreicht man mit dem Auto in anderthalb Stunden Auschwitz.

Maria nimmt aus der Hosentasche eine Zigarette, zündet sie an. Die letzten Tagetes schimmern orangegelb vor dem Efeugrün des Gartenlaubs. Noch blühen einige Chrysanthemen, und die im Winter nicht mehr gebrauchten Blumentöpfe stehen ordentlich gestapelt in einer Ecke des Balkons.

„Wenn es dir zu kalt ist, kann ich dir einen Pullover geben", schlägt Maria vor.

„Nein, danke."

Der Rauch der Zigarette schwebt, zerfließt.

Maria redet, schaut gelassen in die Ferne, an Esther vorbei.

„Es gibt ganz unterschiedliche Ansichten, jeder legt es anders aus. Wie ich dir schon sagte, der Katholizismus ist großmütig. Wenn du das Sakrament empfangen hast und gar nicht weißt, um was es sich handelt, und es ist wirklich ein Zufall, so hat es fast keine Bedeutung, weder für dich noch für die Kirche. Fast. Aber –" Sie zögert.

Esther wartet, pochenden Herzens.

„Aber wenn du weißt, was es bedeutet, und du keine Christin bist, kein Christ, so ist es", wieder Zögern, „könnte man es als Verhöhnung des Christentums verstehen. Etwa wie", nun wendet sie sich Esther zu, „tatsächlich wie eine Form der Hostienschändung, es ließe sich jedenfalls damit vergleichen." Und Maria lächelt strahlend breit, als wolle sie dadurch die Tragweite ihrer Aussage dämpfen. „Aber du hast es nicht absichtlich getan", erklärt sie, Esther in die Augen blickend. „Es war nur ein Zufall, und damit würde ich es an deiner Stelle bewenden lassen", wiederholt sie entschlossen.

Esther nimmt die rettende Hand nicht an.

„Aber ich wußte, was es bedeutet, und bin trotzdem geblieben –"

„Du konntest nicht anders, im Gedränge –"

Esther schweigt, kaut an der Unterlippe.

Maria beobachtet sie neugierig. „Und ich nehme an", sie läßt nicht los, „ich nehme an, daß alles so schnell ging, eh du dich versahst –"

„Eh ich mich versah, war ich schon getauft!" ergänzt Esther den Satz.

„Nein, so war es nicht. Du mußt keine Entschuldigung für mich suchen. Ich hätte dem Priester ausweichen können. Es ist wahr, daß alles sehr schnell ging, ich war mitten in diesem Strom von Menschen, bin nach vorne geschoben worden – Aber ich hätte mich zurückziehen können. Und ich weiß, was das Sakrament bedeutet. Ich verstehe den Sinn. Der Leib Christi, von dem ich als Jüdin ausgeschlossen bin. Nur – ich hatte in jenem Augenblick keine bösen Absichten."

Maria legt ihr den Arm um die Schultern. „Das weiß ich. Und deswegen habe ich den Priester gefragt."

Wieder eine Pause. Beide Frauen schweigen. Der Dunst über der Weichsel verflüchtigt sich, deckt allmählich die Wasserfläche auf; die Bäume und das Gestrüpp am andern Ufer zeigen sich wieder.

Anders als die Oblaten, von denen jeder am Heiligabend ein Stück abbricht und mit einem Segen an den Gast, an die Freunde, die Verwandten, an die Nächsten weiterreicht. Die Oblate, das Sakrament in der Kirche, ist anders.

„Und die Kirche? Was sagt die Kirche?" fragt Esther.

„Die Kirche schenkt jedem Menschen, der zur Messe kommt, ihr Vertrauen."

„Jedem?"

„Jedem."

Seltsam, denkt Esther, daß die Kirche sich jedem öffnet, sich hergibt. Ungeschützt.

„Normalerweise erst nach der Beichte", ergänzt Maria. „Das Sakrament bedeutet eine Begegnung mit Gott."

Esther erschrickt. „Symbolisch?"

„Unmittelbar."

Die unmittelbare Begegnung mit Gott, sagt der Priester. Gott ungeschont, nichts, niemand dazwischen.

„Nicht möglich." Esther fröstelt.

„Bei uns doch."

Schweigen.

Der Menschensohn, der greifbare Gott. Der Christus in uns. Ich strecke die Hand aus und berühre Ihn, den Unberührbaren, den Unfaßbaren. Abraham hätte Feuer auf ihr Haupt geschüttet, hätte sie jemals gedacht, sie dürfte sich Ihm nähern.

„Du hattest keine bösen Absichten – Du bist einfach –"

„Zu weit gegangen?"

„Genau."

„Zu nahe."

Nicht unbedingt eine Sünde, so nahe an Gott heranzutreten, es hänge von ihrer Auffassung ab, sagt der Priester.

Der Tanz um das Goldene Kalb. Nur die Frauen nahmen damals nicht daran teil. Nur sie hatten einen tieferen Blick. Kein verzerrtes Abbild der Gottheit. Meine Unordnung ist meine Ordnung, fällt Esther unwillkürlich ein.

„Du könntest", bekräftigt Maria, „aus dieser – zufälligen – nicht beabsichtigten Begegnung etwas schaffen, etwas Gutes. Es vor allem nicht gegen dich wenden."

„Was?"

„Das weiß ich nicht. Du mußt es dir selbst überlegen."

Wieder Schweigen.

„Es muß nichts Äußerliches, Auffälliges sein. Es kann etwas Tiefes, Persönliches sein, nur für dich."

„Für mich?"

„Für dich."

„Du mußt dich entscheiden, wie du dich dazu stellst, ob es Folgen für dich hat. Das habe ich dir schon gesagt. Keiner kann dir helfen. Die Kirche kann es für dich nicht ungeschehen machen."

„Das habe ich nicht erwartet – daß man mir das abnimmt."

Maria steckt sich eine zweite Zigarette an.

„Ich habe dich noch nicht gefragt", sagt sie nach einer Weile. „Was hast du dort eigentlich gesucht?"

„Was ich dort gesucht habe?"

Die Musik, der Weihrauch, die Sprache, die Farben, die Feierlichkeit, das alles hat sie berührt, ihre Seele geweckt. Wieder betrachtet Esther die Landschaft, den Abend, der nun aufzieht, sie dreht sich halblächelnd zu Maria um.

„Ich weiß nicht genau", sie zögert. „Dich habe ich vielleicht gesucht, dich. Etwas von dir, von deinem Geheimnis. Mag sein, von der Maryja. Sie ist dein Geheimnis." Dann, verschämt: „Etwas. Vielleicht habe ich mich selbst gesucht."

Als sie sich später von Maria verabschiedete, die schäbige Steintreppe hinunterstieg, fielen ihr die Jahre wieder ein, die ersten Jahre. Damals, wenn sie mit Maria zusammensaß, beim Tee oder beim Kaffee, nachdem sie zu einer unmöglich frühen Morgenstunde, einer unchristlichen Zeit könnte man sagen, angereist und Maria bereits aufgestanden war und für sie beide Kaffee gekocht hatte, und sie vertraulich in der Küche am Fenster saßen und zusahen, wie der Tag leise und bescheiden anfing, während Jan noch schlief; damals, als sie erzählten, sie und Maria, sich freuten, wieder zusammen zu sein, und Maria die Gardinen vorsichtig zurückzog und das Licht hereinließ – das waren die ersten Jahre ihrer Leidenschaft für die Stadt K., für Maria Jaworzyńska und für Cezary.

Ja, und wenn sie ehrlich ist, die Erinnerung an das Sakrament fordert Ehrlichkeit, hat sie Cezary geliebt. Immer, wenn sie hierher kommt, die schwere Tür aufschiebt und erneut das Haus betritt, die Treppe hinaufsteigt und später wieder hinuntergeht, wundert sie sich, immer und immer wieder, wieso er nicht mehr da ist, die Tür seiner Wohnung nicht mehr öffnet und herauskommt, um sie zu begrüßen, sie willkommen zu heißen, und, wenn sie geht, sich von ihr zu verabschieden. Wie zweifellos auch Maria jeden Abend auf das Gespräch mit ihm wartet, immer noch, jeden Abend, erzählt sie Esther; die Stunde vor dem Schlafengehen sei ihre gemeinsame Stunde gewesen. Wahrscheinlich betet sie, und wenn sie betet, spürt sie ihn. Auch in Jolantas und Elwiras Erinnerung lebt Cezary weiter. Für Jolanta sind es vielleicht die versäumten Gespräche, die Vertrautheit, die er ihr nicht gewährte, noch sie ihm, obwohl sie sich das nicht eingesteht. Aber sie hat ein Recht auf ihre eigenen Wahrnehmungen, ihre Erfahrungen, ihre Gefühle. Elwira spricht von „meinem Mann", hört sich wieder und immer wieder die Tonbandaufnahmen an, die Esther für sie überspielt hat. Für Esther darf Cezary nicht lebendiger sein als für die Frauen seiner Familie, mit denen er eng verbunden war, verwachsen wie die Sträucher im Garten, der vor allem sein Garten war. Oft sagte Maria zu Esther, wenn du ihn näher gekannt hättest, als Ehemann oder Geliebten, hättest du ihn gehaßt, so wie Elwira, behauptet Maria, ihn oft auch gehaßt habe.

Vielleicht war Cezary der einzige Mann, den Esther in ihrem Leben geliebt hätte, und nur deswegen konnte sie es nicht lassen, mußte

immer die Nähe zu ihm suchen. Ihre quälenden Fragen stellen. Durch ihn drang sie in dieses Land, in die Stadt K. ein, durch die Hintertür, sozusagen. Nur seinetwegen hatte sie das Tonbandgerät angeschafft, hatte gelernt, es zu handhaben; wenn sie das Mikrofon vor ihm aufstellte, lachte er, nannte es ihr Folterinstrument.
Seine Stimme, Cezarys Stimme, hatte sie sauber auf dem Band verewigt. Seine Stimme, seine Worte, sein Lächeln in jenen Stunden gehörten ihr, Esther Blaublat, der Jüdin von auswärts, einer Fremden, einer Unbekannten in der Stadt K., einer leidenschaftlichen Liebhaberin, die über die Familie Jaworzyński gekommen war. Aus dem Nichts. Ihre Geheimgespräche mit Cezary, denen keiner sonst beiwohnen durfte, nicht einmal Maria, geschweige denn Elwira oder Jolanta; die Stunden, die sie mit ihm allein verbracht hatte, gehörten ihr und niemand anderem. Dazu sein Lächeln, das letzte Mal, als sie gerade angekommen war, zum wievielten Mal bei ihnen „gelandet“, und er die Treppe hinaufstieg, im Nachhinein konnte sie sagen: sich hinaufquälte, zu Maria, um sie, Esther, zu begrüßen. Mag sein, es gab andere Gründe, weswegen er damals heraufkam, gar nicht um Esthers willen, was bildete sie sich bloß ein, selbst wenn Maria, das hatte Esther genau in Erinnerung, ihr angekündigt hatte: „Mein Vater kommt, um dich zu begrüßen.“
Er setzte sich ihr schräg gegenüber in einen der bequemen Sessel in Marias Wohnzimmer, die Lampen waren angezündet, schattiges Licht füllte den Raum, er saß im Fauteuil. Während Maria und Jolanta neben ihm standen und auf ihn einredeten – das Thema des Gesprächs hatte Esther längst vergessen, die beiden Schwestern vermutlich auch – sah er zu Esther hinüber. Das ruhige, verschmitzte Lächeln, seine lachenden Augen. Das lange, hagere Gesicht, keineswegs das Gesicht eines kranken Menschen, er wollte seine Krankheit nicht wahrhaben, und als er später im Lampenschein aufstand und sich verabschiedete, zu Esther sagte: „Wir sehen uns morgen wieder!“, hatte sie eine quälende Vorahnung – ein eingeschobenes Fragezeichen – daß sie ihn morgen nicht sehen würde. Gar nicht mehr. Sie verdrängte das, schob es von sich weg. Später konnte sie nicht einmal behaupten, daß dieses Gefühl, eines der letzten, das sie mit Cezary verband, zu den dunkelsten Ahnungen ihres Lebens gehörte. Es war einfach ein Gefühl.

Maria wachte über Cezary bis zu seinem letzten Atemzug. Manchmal fragte sich Esther, ob Maria in Cezarys letzten Tagen, Wochen und

Monaten, nur über ihm gewacht hatte, damit kein anderer zu ihm hinkäme, weder Esther noch Jolanta. Waren Maria und Cezary nicht ein Liebespaar? Sogar mehr, wenn auch anders als Elwira und Cezary? Während sie, Esther Blu, von auswärts kam und auch ein wenig von ihm wegstahl, sich dazwischen drängte. Auch mich, er liebte auch mich! hörte sie auf einmal Jolantas Stimme, forsch und fordernd, auch ich war bei ihm, bevor er starb.

Nur über Zenon Jaworzyński hatten Esther und Cezary damals zu wenig gesprochen. Aus den Fragmenten und Sätzen von Cezary, von Maria, Jolanta und von Zenon selbst in den Zeitschriften und Zeitungen jener Jahre, nicht nur aus seiner Literatur, versuchte sie ihn zu ergründen, zuletzt und am gefährlichsten, aus der eigenen Phantasie. Ein Portrait von Zenon, das sie nicht in Elwiras und Cezarys Wohnzimmer aufhängen könnte. Ein Portrait wie alle Portraits, ob von Goya oder Rembrandt in Chiaroscuro. Während sie am Portrait von Zenon Jaworzyński arbeitet, erscheint es Esther zeitweise wie ein völlig unzulässiges Flickwerk, das sich ständig widerspricht und seinem Thema keinesfalls gerecht wird, weil Zenon Esther nicht sympathisch sein dürfte, sie müßte sich nicht bemühen, nach Vorzügen zu suchen, geschweige denn sie hervorzuheben, sie würde sie aus dem Zusammenhang reißen und allzu sehr betonen. Von irgendeiner Liebe, oder einer Liebesempfindung, dürfte also keine Rede sein.

Wenn sie jedoch sein Portrait in Elwiras Wohnzimmer betrachtet oder das Familienfoto im Garten, in dem Zenon das Kind Cezary, das neben ihm steht und ihm gerade bis zum Knie reicht, an sich drückt; Cezary unvorstellbar klein in Knickerbockern und Strümpfen, mit einem wirr gelockten Kopf, seine Haare stehen ab wie ein Heiligenschein, zusammen mit seinem Bruder und der Mutter; wenn Esther ab und zu in alten Zeitschriften auf eine Fotografie von Zenon stößt, das längliche Profil, die hohe Stirn und die durchaus römische Nase sieht, die schmalen zusammengepreßten Lippen, das entschlossene, leicht vorgeschobene Kinn – Zenon gelang es beinahe immer, im Profil fotografiert zu werden –, kann sie trotz ihres Widerwillens von ihm nicht lassen.

Vor der Fabrik. Es hatte angefangen zu regnen, Sonntagnachmittag, das schlafende Sonntagsgrau, und Esther stand vor dem eisernen Tor, das geschlossen war. Das Tor zum Film, sagte man. Oben zinnenförmige Spitzen wie Speere, das Eisenblech kaum mehr als ein bis

zwei Zentimeter dick – braun und verkrustet, abblätternde Farbe, grünblaugrau, Schicht um Schicht, die Schuppen eines sich häutenden Chamäleons. Dahinter die Lagerräume aus hellgestrichenem Beton, Gebäude im Baustil der zwanziger-dreißiger Jahre.
Auf einmal kommt jemand, ein Mann in Uniform, der Sonntagsdienst hat, ja, sie dürfe gern eintreten und das Gelände besichtigen, die Treppe hinaufsteigen, ganz oben seien die Fotografien, es läuft ein Film; sie bleibt stehen, schaut zu, sieht die Gesichter der Mörder von damals, auch die Straßen, die sie heute kennt, sie haben sich kaum verändert, dort, wo sie zum Schuster geht und dann weiter zum Postamt, da war das zweite Tor des Ghettos, sozusagen die Hintertür, gegenüber das Gestapogebäude, heute eine Schule. Der Film geht zu Ende, fängt wieder von vorne an, wieder sieht sie die Gesichter der Mörder, wieder und so weiter und so fort.
Falls sie die Mittel erhalten, die Finanzierung, werde das ganze in ein Kulturzentrum umgebaut, Ausstellungen und Musik, sagt man, was kann man mit der Vergangenheit sonst anfangen, an einem solchen Ort? Die Gebäude werden renoviert, modernisiert, und das ganze bleibt nur in der Erinnerung lebendig: die strahlenden Gesichter der Frauen, Männer und Kinder auf den Fotografien, wie sie entspannt die Straßen entlangschlendern, über die Plätze gehen, mit ihren Nächsten und Liebsten, Eis schlecken, Ball spielen, normaler Alltag, normales Wochenende, Feiertag, leben, leben, bevor... noch als sie die Armbinden mit dem Davidsstern tragen müssen, kaum ein oder zwei Jahre später, lächeln sie. Als wollten sie der Nachwelt sagen: Auch jetzt, jetzt, selbst in dieser Stunde freuen wir uns.

Die Gebäude dehnen sich aus, in unregelmäßige Formen aufgeteilt, mit flachen Dächern oder mit Giebeln, die an Puppenhäuser erinnern. Als sie auf die Fabrik schaut, in der sich über tausend zu Tode verurteilte Menschen Tag für Tag abmühten, lange her, die gelblichen Wände sieht, die verriegelten Fenster, weiß Esther, daß die Vergangenheit wirklich zu Ende ist. Diese Vergangenheit wird nichts mehr hergeben, sie ist erschöpft, von diesem Ort gewichen. Es bleibt nur die Geschichte, die Phantasie. Keine Wirklichkeit mehr, außer dem nackten Beton und dem Regen, der nun fällt.

An einem Nachmittag, als die Luft blau leuchtet und man nicht genau weiß, wird es bald Winter oder doch Frühling, hat auch das sogenannte Deutsche Viertel einen Reiz, und selbst Esther Blaublat geht dort

spazieren, weg vom ehemaligen Gestapogefängnis, dem Park zu. Die klobigen Bürgerhäuser mit ihren breiten Bögen und vernünftigen, schmucklosen Fassaden erzählen von Bequemlichkeit und Wohlstand, keinem übertriebenen, sondern der Behäbigkeit des mittelständischen. An solchen Tagen wie heute, wo der Glanz sich wieder auf die Stadt K. legt, freut man sich des Lebens, auch Esther freut sich und nimmt sogar eine Einladung von Klaus Müller-Weidt zum Kaffee oder Eis gern an. Sie setzen sich einander gegenüber ins Café, und heute ist auch er ein Du, wie lange kann man hassen, Esther kann sowieso nicht hassen, und wenn doch, dann nicht allzu lange. Eine Idee darf man hassen, verpönen, aber einen Menschen, dem man gegenübersitzt und in dessen graublaue Augen man sieht, selbst wenn es die Augen von Klaus Müller-Weidt sind, der ihr großzügig gerade Kaffee und Kuchen spendiert, nein, ihn zu hassen wäre geschmacklos.
Esther hatte sich nicht um diese Einladung gerissen, es geschah ganz zufällig, als auch Herr Müller-Weidt zur gleichen Zeit durch das Deutsche Viertel spazieren ging, mag sein auf der Suche nach einem Stück seiner Vergangenheit. Er reiste jetzt öfter in die Stadt K., das ließe sich kaum vermeiden. Ohne Jolanta mußte er noch mehr Verantwortung übernehmen als zuvor, und jetzt nach dem Brand ...
Diese Einladung konnte Esther also kaum ablehnen, es wäre unfreundlich gewesen, zumal Klaus Müller-Weidt sich in letzter Zeit von seinen besseren Seiten gezeigt hatte.
„Pratza", hatte er verkündet, vor einigen Tagen, *Praca*.
Sie musterten ihn verwirrt – Jolanta, Paweł, Esther.
„Pratza", wiederholte Müller-Weidt, stolz auf sein Polnisch. „Arbeit, ich habe ihm Arbeit angeboten. Wenn er sie haben will."
Sie verstanden ihn noch immer nicht.
„Ich gebe dem Jungen eine Chance", erklärte er. „Wenn er das alles hinter sich hat." Er meinte offenbar den Brandstifter. „Ich hoffe, er wird sie nutzen."
Man sollte die Leute ermuntern, wenn sie wirklich Gutes tun wollen, Esther lächelte ihm ermutigend zu. Ja, er sei hingefahren, habe Jacek zu Hause in seinem Dorf besucht, erzählte er. Der Junge und seine Mutter – eine ganz einfache Frau, die Putzarbeiten in den umliegenden Dörfern und Städtchen verrichtet – seien ganz außer sich gewesen vor Schreck, als er dort eintrat. Er hat mir einfach leid getan, sagte Müller-Weidt, ich will junge Menschen nicht abschreiben. „Und da ich ein Deutsch-Polnisches Taschenwörterbuch mit hatte, um mich mit ihm verständigen zu können – ich hab' sonst nur die paar Ausdrücke

aus meiner Kindheit behalten – ich saß vor ihm wie ein Kind, das gerade das Sprechen lernt. Das hat ihn irgendwie beruhigt. Ich sei nicht mehr der große, furchtbare Deutsche, der in sein Land gekommen ist, um es ihm wegzunehmen. Das habe ich ihm gesagt. Vielleicht glaubt er mir nicht, allerdings habe ich ihm auch gesagt, daß ich Menschen nicht mag, die die Arbeit anderer Menschen zerstören – meine ganze Arbeit und die Arbeit von Pani Piotrowska. Und Gebäude abfackeln. Meine zukünftigen Pläne hier zunichte machen. Das hat er auch eingesehen", nickte Klaus Müller-Weidt wohlwollend. „Und das mit dem Wörterbuch hat ihn trotz allem amüsiert!"

Nicht seine Schuld, daß er die ersten Jahre seines Lebens ausgerechnet in der Stadt K. verbracht hatte, glücklich im Garten, während die polnischen Kinder, wenn nicht schon getötet, ihren Eltern entrissen und nach Deutschland zum Lebensborn geschickt worden waren, und die jüdischen... Esther rührt in der Kaffeetasse, versucht nicht nachzudenken, hört ihm zu.

Mehr Zeit in dieser Stadt, sagt er, als er ursprünglich beabsichtigt habe. „Diese Stadt hält auch mich fest".

Esther nickt, sieht vor sich die älteren deutschen Touristen, die in fröhlichen Klüngelchen, in letzter Zeit beinahe tagtäglich, durch das altjüdische Viertel ziehen. Ob sie sich wohl vergewissern wollen, daß wir alle tot sind, und die Stadt K. tatsächlich judenrein...

„Liebe heißt teilen", sagt Klaus Müller-Weidt, als könnte er ihre Gedanken lesen.

„Kommt darauf an mit wem", rutscht es ihr heraus.

Er hebt die Augenbrauen. Schachmatt.

„Ich bin dir trotzdem dankbar", fügt sie beschwichtigend hinzu, „daß du nach dem Brand – es war bestimmt sehr schwer für dich –"

Ein melancholisches Lächeln. „Danke. Das nehme ich von dir gern an."

Er steht auf, auch Esther erhebt sich, Klaus Müller-Weidt hilft ihr in den Mantel, dann geht er zur Kasse und zahlt die Rechnung.

Nie chodź, Marysiu, po sianie, po sianie
Nie chodź, Marysiu, po sianie, po sianie
Bo na tym sianie jest kiepskie spanie,
Nie chodź, Marysiu, po sianie, po sianie!
Geh nicht im Heu spazieren, Marie,
Geh nicht ins Heu, meine hübsche Marie,
Hier im Heu wirst du nur schlecht schlafen, Mariechen,
Wehe, du gehst im Heu spazieren, meine schöne Marie!

Das Tor klagt und knarrt, als Esther es aufschiebt; ein Teppich gelber Platanenblätter bedeckt den Vorgarten. Das Haus ist ruhig, in sich gekehrt, als wolle es seine müde Fassade schonen. Esther geht die paar Stufen zur Haustür hinauf, hinten, aus dem Garten, erscheint der Cousin aus der ersten Etage, sie begrüßen sich. Eine Katze springt hoch, steigt durchs offene Fenster ins Treppenhaus, verschwindet. Heute ist die Tür nicht abgeschlossen, Esther stößt sie auf, tritt ein. Die nackte Steintreppe windet sich nach oben. Als sie den ersten Stock erreicht, bewundert sie den atlasweißen Türsturz im Jugendstil, als sähe sie ihn zum ersten Mal.

„Ich bin Jüdin", sagte sie, an jenem Nachmittag, lange her, sie saß unten in der geräumigen Wohnküche mit Jolanta am Tisch, Tee schlürfend, war bei dieser fremden Familie gerade erst angekommen, deren Adresse ihr jemand freundlicherweise, weiß Gott warum, vor der Abreise auf einem Zettel in die Hand gedrückt hatte. „Ich bin Jüdin", sagt sie, erwartet, daß die Himmel sich öffnen, Jolanta vom Tisch aufstehen wird, diese schmale junge Frau mit der weichen blondlockigen Haarkrone, ihr Neugeborenes im Arm, und sie sofort des Hauses verweisen, wieso denn nicht, wenn ja, denkt Esther, dann lieber jetzt als später, in der Nacht. „Ich bin Jüdin", sagt sie wieder, weil Jolanta immer noch nicht reagiert, sie womöglich nicht gehört oder die Tragweite ihrer Aussage nicht verstanden hat. Aber Jolanta bleibt ruhig sitzen, nippt weiter an ihrem Tee, sagt nur: „Ach, ja?" Weder überrascht noch entsetzt. Gleichgültig beinahe.

Oben angekommen, klingelt sie. Maria öffnet die Tür, umarmt sie. Der unbestimmte Duft von Holz und Wärme, und noch etwas anderes zieht Esther hinein, wie es sie immer hineingezogen hat, in Marias Welt. Auch Elwira ist da, und die Nachbarin von nebenan, die Esther ebenfalls kennt, sie begrüßen sich, Esther setzt sich zu ihnen an den Tisch, Maria serviert den Tee. „Der letzte schöne Sonntag dieses Jahres", erklärt sie, „Esther und ich gehen spazieren." Elwira und die Nachbarin verabschieden sich, Esther und Maria ziehen los, gehen zusammen in den Wald, auf gewundenen Wegen an den weißen Birken vorbei, Esther liebt diese Birken.

„Dieser wunderbare Ausblick", schwärmt Maria.

Das kobaltblaue Gebirge sticht in den bleichen Himmel, vor dem Bergrücken heben sich kupferrote Baumwipfel ab, dichtes Gestrüpp. Sie laufen tiefer in den Wald hinein, heute nicht dunkel und bedrohlich, sondern licht, sie steigen hinunter in eine Kuhle, über ihnen wölbt sich das safrangelbe Blattwerk.

Sie bleiben stehen.
„Das kann uns niemand nehmen", seufzt Maria.
Auch Esther freut sich, es gibt kein Verbrechen, keinen Mord, wie könnte man in dieser Pracht morden...
Sie gehen langsam unter dem Baldachin von Laub, steigen auf der anderen Seite den Hang hinauf.
„In einer Woche wird es das nicht mehr geben, die Blätter fallen schon..." sagt Maria.
Auf dem engen Waldweg rücken sie näher zusammen.
„Wie war er, dein Großvater?" fragt Esther leise, beinahe ein Flüstern.
Auf einem späten Lichtbild, zufällig entdeckt, wirkt Zenon, von Professoren und Intellektuellen der Stadt K. umgeben, auf einmal schmaler, kleiner von Gestalt, seine Kollegen überragen ihn um einige wichtige Zentimeter. Fast keine Haare mehr, beinahe nur noch Schädel, der Gesichtsausdruck bekümmert, zerbrechlich; trotz des eleganten Anzugs – hellgrau, mit Nadelstreifen? – sieht er seltsam verloren aus.
Sie schaut aufs Datum, 1939, dies muß eine der letzten Aufnahmen gewesen sein, vor dem Krieg vielleicht die allerletzte. Viele seiner Kollegen und Bekannten wurden bald danach von den Deutschen deportiert und ermordet.
„Ich habe ihn nicht mehr kennengelernt", antwortet Maria, seelenruhig. „Er war ein Mann seiner Zeit und ein Bürger dieses Landes."
Hör endlich auf, sie zu quälen, und Esther schiebt die Hand unter Marias Ellbogen. Du wirst die Antwort nicht finden.

Jolanta tritt aus dem Unterholz, in der Hand hält sie einen Strauß rotgelber Platanenblätter. Ihr Teint ist überraschend frisch, sie wirkt entspannt, gelöst, hat in den letzten Monaten endlich zugenommen, ist rundlicher geworden. Lächelnd hängt sie sich bei Maria ein, zu dritt laufen sie weiter durch den Wald.
Du gehörst uns, sagt Maria zu Esther. Du bist unser Spiegel.
Mit gesprungenem Glas.
Das, was wir verloren haben.
Das, was ich verloren habe, sagt Esther.
„Wann kommst du wieder?" fragt Maria. Du kommst doch zurück?
Esther kommt zurück. Immer wird sie zurückkommen. Doch nicht bleiben. Esther kann nicht bleiben.
„Warum ziehst du nicht hierher?" fragt Paweł.
Die andere Stadt, die andere Wohnung, Verpflichtungen, sagt sie, die Zukunft, immer unsicherer; bei solchen Gesprächen fällt Esther

plötzlich ihre Rente ein, die sie noch lange nicht beziehen wird, auf die sie aber nicht verzichten möchte. Ihre Entscheidungen kann sie immer gut begründen, mit den Jahren ist sie darin Künstlerin geworden. Weshalb sie sich mit keiner ihrer Welten allein verbinden kann, nur mit mehreren gleichzeitig.
Das heißt im Grunde... Paweł betrachtet sie kritisch, er betreibt in seiner Freizeit Psychologie, baut neben seiner Arbeit im Krankenhaus eine psychotherapeutische Praxis auf. Das hieße im Grunde... Paweł schweigt.
Das heißt im Grunde... Esther beendet den Satz für sich. Nur spricht sie ihn nicht aus. Sie stehen einander gegenüber. Verkrampftes Lächeln.

Er war nicht für alles verantwortlich, der Großvater Blaublat, später Blu, sie wollte ihn nicht verantwortlich machen, für ihr Leben zwischen den Welten. Er lebte in seiner Welt, er ließ sich nieder, änderte seinen Namen, zeugte Nachkommen. Suchte eine neue Verwurzelung, in einer anderen Erde, einer anderen Sprache. Es war ihm vielleicht sogar gelungen.
Für das Leben seiner Enkelin Esther Blu war er nicht verantwortlich zu machen, außer daß er sich eine Enkelin gewünscht haben soll, in seiner sonst von Männern geprägten Familie.
Sie will ihn nicht für Abrahams Tod verantwortlich machen, den Großvater Blu; er hatte ihn letztlich nicht gekannt. Er war nur für die Handlungen in seinem Leben verantwortlich. Das, was er mit seinen beiden Händen bewußt geschaffen hatte. Seine Möbel, die standhielten, gegen die Zeit, seine Schneiderarbeiten.
Die Möbel hielten nicht stand gegen die Zeit. Der Vater hatte die Kindermöbel – den Tisch und das Stühlchen, die der Großvater lange zuvor für Esther angefertigt hatte – zerschlagen und auf den Müll geworfen. Zu Abfall verarbeitet. Das Puppenhaus an andere, fremde Kinder weitergereicht.
Durch seinen Gram wegen des Cousins und der böhmischen Braut von einst trug er eventuell für den eigenen Tod einen Teil der Verantwortung. Ich habe die Visa besorgt. Es war aber schon zu spät. Ich konnte sie nicht retten. Was konnte ich sonst noch tun? Was hätte er noch tun können? Seine Knochen wurden weich, wurden zu Schwamm, wurden porös wie Siebe, von Reue und Schmerz zerfressen.

Das Album der Gefühle ist beinahe voll. Alle gewürfelt und durcheinander, mal düster melancholisch, mal wollüstig lachend. Wieso es dazu kam, daß der Große Kazimierz sich in die Tochter eines jüdischen Schneiders verliebte – Esterka, aus einem mittelalterlichen Städtchen, damals weit entfernt von der Stadt K. Das Haus, vermutlich ein Geschenk des Königs, steht noch immer. Esther geht daran vorbei, meist ohne hineinzuschauen. Wenn sie dennoch ab und zu – das Haus ist heute ein Museum – über die Schwelle tritt, durch die Räume geht, fragt sie sich, ob auch sie sich hier hätte zu Hause fühlen können. Und ob der König nachts durch die Säle geistert.

Und das Gemälde, das Esther beinahe vergessen hätte. Wie ein Wunder hatte es irgendwo verpackt in einer Ecke unversehrt das Feuer überstanden. Das Sichtbarwerden eines Gefühls: *Melancholia*, das Bild, das vor allem Cezary berührte, sagte Jolanta. Ja, Jolanta sagte es, nicht Maria, obwohl auch sie das Gemälde kannte. Die Menschen stürzen aus dem Rahmen, in dem der Maler sie festhalten will, sie fallen übereinander, schlagen aufeinander ein, ein Meer von taumelnden Leibern, Schwertern und Speeren. Zerfleischen den Feind, zerfleischen sich selbst, sie wollen hinaus aus dem Saal, das Fenster steht schon einen Spalt offen. Davor auf dem Sims hockt eine winzige, schwarzgekleidete Gestalt. Ein buckliges Teufelchen, in sich versunken, denkt Esther, ein bleiches Frätzchen. Will es die Menschen ermutigen, hinaus in die Freiheit zu fliehen, oder sie vielmehr daran hindern? Doch als Esther genauer hinsieht, erkennt sie die Trauer in dem halb abgewandten Gesicht, die Schwermut. Frauen und Männer streben nach vorne, ans Fenster – bleiben dann, wie vor einer unheimlichen Grenze, wie angewurzelt stehen, starren verängstigt ins Leere, fallen wieder aufeinander zurück. Dort verharren sie, eingefroren im ewigen Kampf, in einem Knäuel von Gliedmaßen – Arme, Beine, sich windend, ineinander verstrickt, die Hände hingestreckt zum Licht.

Nein, ihr Album wird sie nicht verkaufen, weder an die Museen noch an die Archive. Keine kommerzielle Angelegenheit, ihre Gefühle, kein Gewinn. Man könnte ihr sogar vorwerfen, ihre ganze Arbeit sei umsonst gewesen, und wozu nur. Esther Blu ist dadurch kein besserer Mensch geworden, sie wird der Menschheit nichts schenken können, nicht einmal ein Kind, nur einige Worte auf dem Papier; ob ihre Gedanken und Gefühle, ihre Erlebnisse für die Nachwelt von Interesse sein können, bezweifelt sie. Ein Leben umsonst, hätte Abraham gesagt.

Viele nennen die Stadt K. schön. Wenn man jedoch die elegant renovierte Altstadt – das hallende Pferdegetrappel altneuer Droschken, die schmucken weißen Kaleschen, befiedert und beflaggt, ihren mal leichteren, mal schärferen Trab durch die Gassen, die Alleen entlang – hinter sich läßt, verblaßt die Schminke. Nicht die trügerische Schönheit reizt, sondern etwas anderes. Abends glänzt der Himmel apfelfarben, durch die leuchtende Luft schwirren Vögel und Fledermäuse, Türme und Zinnen der Kirchen und Klöster zeichnen sich ab, schummrig grau. Selbst nach Verletzung wächst die Liebe wieder, die Leidenschaft lodert auf, tiefer, intensiver als zuvor.
Esther schaut auf den Winternachmittag, eine trostlose Straßenlandschaft, der Schnee von gestern ist schon zerschmolzen, brauner Matsch im beginnenden Regen, die Laternen gehen an, in den Fenstern wird Licht gemacht, die Dämmerung frißt die letzte Helligkeit. Dissonanzen aus Licht und Dunkel, das rauhe Klagen zerbeulter Straßenbahnen, die vermeintliche Häßlichkeit verrußter Fassaden, bizarrer Stuck, die eng aneinander gedrängten Läden mit ihren grell erleuchteten Schaufenstern; hübsche kuriose Damenhüte im Stil der zwanziger-dreißiger Jahre, schnittige Herrengarnituren von heute; Lebensmittelläden, die Wodkaflaschen stramm auf den Regalen, verbilligte Haushaltsgeräte jeglicher Art, purpurn-grün-blau-rot glitzerndes Talmi; eine überfüllte Straßenbahn schlängelt sich mühsam durch die Gassen, bremst stöhnend vor den dahineilenden, mit ihren Einkaufstaschen beladenen Menschen. Alltag, mehr nicht. Esther ist erschüttert, ergriffen. Das Leben bedrängt sie, zieht sie in seinen Strudel hinein.

Vielleicht werden eines Tages ihre sterblichen Reste in der Erde hier liegen, an diesem Ort, der zu ihrem Ort geworden ist. Ihr Leib, ihre Seele, Gedanken und Gefühle werden zum geistigen Kompost dieser Stadt. Dann endlich wird sie zur Ruhe kommen.

Danksagung
Autorin und Verlag bedanken sich bei Marita Gleiss und Miriam Maimouni für das geduldige Lektorat. Dank auch an Birgit Bauer, Joachim und Ursula Baumhauer, Marianne Bielitz, Tanja Dückers und Renata Serednicka.

Personen und Handlung des Romans Krakowiak sind frei erfunden.

Impressum

KLAK
VERLAG für gute Bücher
Jörg Becken & Ingo Markert GbR
www.klak-verlag.de

Deutsche Erstausgabe, 2013

Layout+Satz: rainGroup-Agentur.com Ingo Markert
Umschlag: Umschlaggestaltung Ingo Markert.
Foto Ruth Fruchtman von Michael Witte.
Druck: Drukarnia Art-Druk, Szczecin
ISBN: 978-3-943767-07-0